柴 隆

追寻一座城的前世今生,用文字记录时代细节,以非虚构方式描述其底色与传奇。代表作:《宁波老味道》《宁波有意思》《千年郡庙》《江厦观潮》。

宁波人

nyin poh nyin

柴隆 著

宁波出版社
NINGBO PUBLISHING HOUSE

图书在版编目(CIP)数据

宁波人 / 柴隆著. -- 宁波：宁波出版社，2021.9
ISBN 978-7-5526-4077-9

Ⅰ.①宁… Ⅱ.①柴… Ⅲ.①小品文—作品集—中国—当代 Ⅳ.①I267.3

中国版本图书馆CIP数据核字（2020）第194502号

宁波人 柴 隆·著
NINGBOREN

出版发行	宁波出版社
	地址邮编 宁波市甬江大道1号宁波书城8号楼6楼 315040
策划编辑	徐 飞
责任编辑	周真渝
责任校对	叶呈圆
装帧设计	马联飞 金字斋
插 图	马联飞
印 刷	宁波白云印刷有限公司
开 本	889毫米×1194毫米 1/32
印 张	10.75
字 数	200千
版 次	2021年9月第1版
印 次	2021年9月第1次印刷
标准书号	ISBN 978-7-5526-4077-9
定 价	65.00元

如发现缺页或倒装，影响阅读，请与印刷厂联系，电话：0574-87327496

（版权所有 翻印必究）

序 言

因为我们吃鱼长大的

十八岁离开宁波后,到过很多地方,说起家乡,对方常常是无意识地回应一句:你们宁波人会做生意。年轻的时候,听到这样的话,常常不爽,尤其是20世纪末,对于文艺青年,生意几乎就是文艺的反义词。当然现在不一样了,商人又成了高级存在。

但是有一次,在香港和几位老先生吃饭,席间说到香港电影,一位老先生突然对我说:得感谢你们宁波人啊,没有宁波人,哪有"邵氏出品",哪有香港电影半壁江山。那天晚上,我破天荒喝了白酒,吃了三碗饭,一路吟诵着"东钱山水秀堪图,不数城南日月湖"回宿舍。

因为宁波人会做生意,宁波的其他方面常常被淹没了。因为宁波人生意做得大,各行各业的王者中常有宁波人,船王包玉刚,棉纱大王陈廷骅,钟表大王李惠利,毛纺大王曹光彪,等等等等,但当我们说着"上海三大亨,两个宁波人"的时候,却经常忘了,养育出四明大地钟灵毓秀的浙东文化。从四明学派到姚江学派,到浙东

宁波人

史学派，宁波人其实身心都被加持了王阳明的"知行合一"和黄宗羲的"经世致用"。从小到大，宁波人的骄傲是骨子里的，但我们的表达始终乡土又亲切，类似"跑过三江六码头，摸过老蒋光郎头"。宁波人穿梭于阳春白雪和下里巴人之间，身心璀璨，又游刃有余。

没错，宁波人从来就是，身心璀璨，游刃有余。我们和这个国家一起经历过所有的坎坷和艰辛，即便在物资匮乏的年代，宁波人也坚持守住自己的体面和淡定。我外婆不识字，一个字的阳明学都没听过，也不知道世界上有《明夷待访录》，但是一桌坐定，外公不上桌，我们不可以动筷子。十个人，七素一荤，外公没动荤菜，我们也不能动。外婆的口头禅是，我们宁波人吃鱼长大的，得比其他地方的人聪明，也得比其他地方的人守礼。所以，从小到大，遇到客人来，要重新烧饭添菜。去戏院，得换干净衣服。邻居送东西来，不可以空篮子还过去，因为我们吃鱼长大的。

因为我们吃鱼长大的，我们知道从骆宾王、李白、杜甫到元稹，有无数诗人歌咏过四明的如画山水，我们是唐诗之路的驿站，也是四海的羁绊，旅人的客愁。天宝十二年(753)，阿倍仲麻吕写下《明州望月》的场景，被不少电影表现过。老师给我们讲王安石的时候，会说，他在我们这里做过父母官啊，于是全班立马同情了王安石变法。

可惜的是，改革开放四十多年，宁波越来越降维成一个虽然繁荣但多少单调的商业城市。这个时候，一本钩沉我们底色和来路的《宁波人》就显得迫切又必须,而著述《宁波人》的 Mr. Right,非柴隆莫属。

柴隆尽管年轻,却已经是宁波文化和民俗专家,他的《宁波老味道》《宁波有意思》《江厦观潮》《千年郡庙》等著作,都已是宁波文化名片。这本《宁波人》让我尤其喜欢的一点是,柴隆从宁波人的日常生活细节切入每一个专题,避开了政府工程的写法,又秉承了地方志的优点。我们借此轻松理解河姆渡,庄重见识臭冬瓜。一本小书,既有书藏古今港通天下的开阔,也有活脱脱的风土声色和市井世相。文艺先生柴隆,还会时不时地在春天的孝闻街描几瓣海棠,在秋日的文昌街秀一下梧桐,他为这个城市傲娇得不行,但方式却是轻描淡写的。他说,张岱写《阿育王寺舍利》,将舍利子描述得神乎其神,但黄宗羲说舍利这事不稀奇,晚上写文章,灯草上啪一声,爆出的坚硬小颗粒,就是草舍利。真是聪明又好看的写法。

看过《宁波人》,想想中国第一家机器轧花厂、第一家榨油厂、第一家火柴厂、第一家机器制造厂、第一家中国人自己的银行,以及同仁堂、鹤年堂、敬修堂、老凤祥、亨达利、亨得利、商务印书馆,全部由宁波人创办,实在是一种"牛逼"的感觉。同时呢,在寂寞的求学治学生涯里,回望我们祖上的梦之队,一路包括楼郁、张孝祥、杨简、王应麟、戴表元、方孝孺、王阳明、范钦、朱舜水、黄宗羲、万斯同、全祖望、徐时栋等,更是惊心动魄的体验。而且,还不只这些。1916

宁波人

年8月22日,孙中山先生由胡汉民、戴季陶、邓孟硕、朱卓文、陈去病、周佩箴等人陪同,搭乘曹甬铁路火车,于中午时分抵达宁波。孙先生直言:"宁波风气之开,在各省之先,将来整顿有方,自可为各省之模范。以地位、人材,均具有此项资格也。"是不是被爽到了?

当然,话说回头,《宁波人》不是一本自我表扬的书,里面也有自我揶揄、自我揭露的地方,这些,我就不剧透了。反正,这是一本宁波人写给天下人看的书,它集合了"我族最强的鳞片",但愿尺牍传出春消息。

从小,一直认真读书学语言,得意于别人没听出我的宁波口音,现在人到中年,连说英文都带出宁波口音,只是我再也不会觉得有什么难为情。想起读大学时离家,外婆在大门口跟我说,想家就买条鱼吃吃,都是从这里游过去的,就觉得生为宁波人,便注定,要吞吐大海的消息。

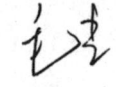

2019年7月

(毛尖,宁波人,作家,华东师范大学教授。著有《非常罪 非常美》《当世界向右的时候》《例外》《有一只老虎在浴室》《一直不松手》《夜长梦短》《一寸灰》《凛冬将至:电视剧笔记》等。)

目 录

一 性情

吾城与吾民	003
开风气之先	013
藏书之基因	019
信义行天下	026
做人家,做自家	030
下饭呒告,饭吃饱	034
腔调石骨硬	038
赤膊穿长衫	044
经世致用"小乐惠"	048

二 格调

何以称宁波	055
明州海上绮梦	060

一船明月一帆风　　071

　　解语花　　076

　　微盐隐于水　　084

　　天童诗僧　　090

　　四明工巧　　095

　　雪　隐　　099

　　甬上古书店风景　　104

三　市井

　　走遍天下，不忘江厦　　113

　　烟火城隍庙　　121

　　一半勾留是月湖　　130

　　家住鼓楼沿　　137

　　夜航船·桃花渡　　142

　　坊间七月半　　149

　　露天吃夜饭　　153

　　黄梅时节家家雨　　159

　　十三人搓麻将　　163

四　声色

　　遍地市声　　171

灵桥牌普通话	176
"来发"音乐家	180
嘴上一本生意经	185
四明南词·滩簧·走书	189
则见风月暗消磨	200
麒麟童横空出世	205
宁波人与中国早期电影	210
邵氏出品,必属佳片	217

五 品味

宁波人的味觉	225
逐臭之欢	230
生吃,不烹小鲜	234
宁波人的那碗泡饭	241
压饭榔头	245
向人但说汤团好	252
老酒糯米做	256
爆出来的菁华	260
我的"一副",我的"国"	264
派头、嚎头与花头	270

六　世相

天下宁波帮	277
老墙门春秋	282
甬地男女	288
外滩"小开"	297
忍　冬	303
讲规矩,也讲契约	308
墙外花开	312
宁波人与上海人的纠缠	316
岁华一枝	321

一

性 情

吾城与吾民

中国的历史文化名城不少，若论沿海最早的文化古城，但凡稍稍具备历史地理眼光的，都会聚焦中国大陆海岸线的中点——宁波。

南部的天台山脉，西部的四明山以及东部的海岸线，在浙江的东面围合成一片相对封闭的独立平原，余姚江和奉化江穿过狭长的山谷，在这一广袤的腹地交汇成甬江，流入茫茫东海。得天独厚的地理骨架，赋予吾城富有个性的发展方向。

从远古走来的宁波，河姆渡先民的骨哨一吹就是七千年，连同井头山遗址出土的八千年前的船桨，划开了一幅幅风云际会的城市长卷。

因境内有甬山和甬江，吾城常被称作"甬上"或"甬城"。"明州""庆元"，皆为其旧称。宁波，这个正式地名，在公元1381年由明朝开国皇帝朱元璋亲自拍板敲定。"海定则波宁"，这古老的名字带着虔诚的祝祈，一直被叫了六百多年。

遥想博洽多闻、工赋擅词、精阴阳历算的郭璞，西晋末年自中原避乱浙东。当年他立于三江口,对着这片"斥卤之地"喟叹:"此地五百年后,当成大郡也!"千余年后,闻性道在清康熙朝修编《康熙鄞县志》中回应郭璞预言:"至是,果符前言。"

当年,身处吾城这一"斥卤之地"的郭璞不曾料想,日后,在河姆渡遗址中,稻谷和干栏式建筑的发现,确认长江流域是中华民族的另一个发源地。他没想到宁波是个"早熟品种",正当吾民沐浴着井头山文明曙光之时,我国海岸线上的其他先民基本处于文明的空白期。

其后,作为"海上丝绸之路"东方始发港和登陆港,宁波倚天时地利人和之势,历经千余年东西方文明对话,兼收并蓄,亲历多元文化动静聚散,进而崛起成为一座国家级历史文化名城。

背山面海,借舟楫之利惊艳中国商界

小时候,春游去河姆渡遗址参观,对着出土的六支橡木桨发呆,心想:先民的独木舟究竟要划去何方?随队伍走进下一个陈列室,看见鲸鱼、鲨鱼的骨骼化石,才找到答案:噢,原来他们一直划向了大海。今天,井头山遗址又发现史前贝丘,一并将宁波地区的人类活动史与文明发展史推到了距今八千年前。

八千年前,"以船为车,以楫为马"的先民已开始探索海洋。正如梁启超在《地理与文明之关系》中所言:"此古来濒海之民,

一 性情

所以比于陆居者活气较胜,进取较锐……"遗留、发掘的诸多史籍与实物即可证实:秦代以前,背山面海的宁波人借舟楫之利,商贸市舶已初露端倪;自唐始,吾民北上日本、高丽,南涉东南亚,与海外各国贸易往来频频;两宋时期,宁波与泉州、广州并称为三大港城,俨然为市廛所会、万商之渊;明朝虽厉行海禁,吾民铤而走险,进行海上走私贸易,宁波帮崭露头角,始登中国近代经济舞台;清康熙朝,特设宁波"浙海常关",为中国历史上最早正式以"海关"命名的机构之一,海禁一开,吾民的商船驶往南洋群岛经商;鸦片战争后,宁波成为"五口通商"口岸之一。

不久,宁波人口口相传的"走遍天下,不及宁波江厦"被英国人传到西方,使世界深入认识这座中国东海岸的城市。辛亥革命后,宁波人一度以人数优势"占领"上海滩。所以,1916年,孙中山先生于宁波发表演说,开篇直言:"宁波风气之开,在各省之先……"

天赐良港,倚舟楫之利,宁波帮应运而生。他们以雄厚的经济实力与杰出的经营才能称雄中国商界达半个多世纪,书写灿烂篇章:中国第一家机器轧花厂、第一家榨油厂、第一家火柴厂、第一家机器制造厂、第一家中国人自己的银行……熟悉的中华老字号,如北京同仁堂、鹤年堂,广州敬修堂,上海老凤祥,亨达利、亨得利钟表公司……皆由宁波人创办。他们数次华丽转身书写了世界经济舞台上的壮丽史诗。

宁波人

东方风来满眼春。改革开放的春风吹拂三江口后,世纪伟人邓小平竖起两根手指头,点赞两大优势——"一个是宁波港,一个是宁波帮"。紧接着,他号召"把全世界的'宁波帮'都动员起来,建设宁波",一语点破宁波改革开放发展之要领。寄身于这座城,一条不起眼的深巷弄堂,一幢檐角高翘的老墙门,乃至一副泛黄的月份牌,亦可载得起这座商埠的嬗变。敬往思来,恰是这天赋良港与舟楫之利的渊源,孕育亘古未断的港城文明,文脉与商脉得以持续交融。

人文渊薮,带海腥味的港口城市散发着浓郁书香

当然,与其他历史文化名城相比,宁波愧于政治功业,羞谈军事抱负,有的却是文化滋养。

千年以降,吾城亦是人文渊薮之地。琴棋书画,诗词歌赋,才子文章,一草一木,一沟一壑,一峰一石,也曾描绘吴越风情、唐宋风流与明清风华。

"书藏古今,港通天下",港是宁波的生命所系,港兴则城兴,港通则天下通。一座书香萦绕的城市,令人心生向往,令人心生敬意。在中国城市的宣传标语里,宁波人的口吻像是要将物质和精神层面一网打尽,似乎国内还没有一个城市能集"港口"与"藏书"的荣耀于一身。

一 性情

如果说上海是一名西装革履的绅士,杭州是知书达理的大家闺秀,宁波则像一名沉稳机灵的水手。然而,这位沉稳机灵的"水手",其文化底子并不薄。要说宁波的人文底蕴,一个天一阁的分量就足够重了。余秋雨笔下的《风雨天一阁》,渗透着隽永的书卷滋味与文人怀想,层层皱纹间折叠着四百余年的沧桑,吸引着天下读书人前来观瞻。

如今,天一阁与月湖景区连成一片。在这片历代文人墨客荟萃之地,思路的曲折与起伏,灵感的气脉与潜流,文采的蕴藉与绽放,无不隐匿着思想的风景。唐宋八大家之王安石与曾巩,北宋婉约词宗周邦彦,南宋宰相史浩,明末清初史学家万斯同,皆于此留下不可磨灭之印迹。宁波人口气不小,亦敢将其称作"浙东邹鲁、教育之所"。

世代生活于"书香之城"的吾民,两耳谛听窗外事,一心读尽天下书,大规模、长时间、高质量、一茬茬地往外冒着"立德""立功""立言"的人才。尺牍书疏,有格物致知的博雅君子,有睥睨天下的任性少年,这支由王应麟、王阳明、黄宗羲、万斯同、全祖望等组成的浩浩荡荡的浙东学术队伍,将"读书、著书、藏书"的风尚氤氲传世。至若楼郁、张孝祥、杨简、戴表元、方孝孺、范钦、朱舜水、徐时栋……历代读书人的心潮似天一阁湘素清幽,思潮如四明山泉不竭,乃至当今宁波籍科学家屠呦呦,2015年,为中国人捧回第一个诺贝尔生理学或医学奖。

宁波人

山河冷暖,吾城也曾遇冷落,文化的断壁颓垣曾覆满尘埃苔藓。然而,千百年来,那些散落在古城经络里的众多文化地标,浸足了人文养料,为道德文章和名流气质所熏陶,使这个带着海腥味的港口城市散发出脉脉书香。宁波有了这些风流,就增添了其在中国文化史上的分量。

像一坛糯米老酒,有些度数不辣口,有点后劲不上头

四明迁客张孝友画过一轴《南乡旧梦图》:江南祖屋,临街枕河,枇杷门巷,秋桂金馥,轩窗盈翠,桥堍夜市,酒肆错栉,画桥暮树,迷茫月色……将市井人文、草木沟壑、岁朝清供萃聚于尺页之上。世界如此温柔,那斜阳西下的寻常旧巷,散落着文明的碎片。

此外,三月细雨的田塍、燕子呢喃的门梁、穿过桥洞的夜航船、炊烟缭绕的马头墙、祠堂里的走书、晒谷场上的滩簧、社戏里的梁祝以及古桥、鱼米、药材、梅雨、藏书楼……所有的江南印记、江南风物、江南味道、江南风雅,宁波皆可一一对上号,外乡人一踏入吾城,当即会意。

吾城男人,既非大丈夫,亦非小男人。一眼望去,高大魁梧的并不多,貌似阳刚不到哪去,给人的印象极少显现英武威猛。然而,这只是迷惑的表象。宁波男人实则是不安分的,好胜、好闯天

一 性情

下的,能做好经济文章。老底子,有"一手好字,两句歪诗,三斤黄酒,四季衣裳,五子围棋,六出滩簧"的宁波男人,其文化装备大于物质装备,落得一身清闲,风雅得很。他们凡事不愿意太计较,一句传神的"啥搭界啦"呈现豁达与洒脱。如今,他们承袭大隐隐于市的古风,但凡有点条件,总想做出点事业来。

吾城女人精致、实惠、拎得清,款语温言、识趣、解风情。她们纵有天大本事,能盗仙草、水漫金山,却不露声色,依旧将庭院护得稳稳当当,琴瑟在御,从容地顶起半边天。旧时,宁波女人最能体谅丈夫在外创业的辛劳,夜来孤灯独坐,她们不作怨声,反而唱道:"小白菜,嫩艾艾,丈夫出门到上海,廿块廿块带进来,介好丈夫阿里来?"讨来这样善解人意的宁波女人做老婆,男人要不发达,那才怪!

吾民的性格不是平面的,而是立体的、多面的。他们不忘追求个性独立,却也集中体现了中华民族的优良传统和美德,并以修炼多年的刚柔相济之性格,将喜怒哀乐毫无掩饰地表现出来。

宁波人热爱祖国,热爱家乡,有正义感和责任感,却带有一点自恋情结;宁波人讲究契约精神,守纪律,懂规矩;宁波人敢为天下先,具有开拓意识,也有拼劲弱化之趋势;宁波人自信、精明,心灵手巧,擅长做生意和手工艺,也有自己的"小聪明";宁波人勤劳务实,会过日子,也有"小富即安"的心理;宁波人的礼俗繁多,爱撑面子,喜赶时髦,很少露富张扬;宁波人尊师重教,重视对下一代的培养,但也有溺爱的一方面;宁波人注重口腹之欲,创造了别

宁波人

具一格的饮食文化；宁波人的腔调，不嗲不糯，太硬太扎，有着独特而风趣的语言文化。

细忖之，吾城像极了一坛糯米老酒。有点度数，却不辣口；有点后劲，从不上头。酒色偶有浑浊，恰似天然琥珀。吾城不大不小，宜居宜业；吾民生活节奏不紧不慢，喧静有度。宁波是个过小日子的地方，但从未沾沾自喜于"小家子气"。

宁波是一座没有太大压力的城市。曾几何时，吾城时不时在全国一、二方阵城市之间徘徊，基本没有一线城市的躁动与不安，却也无法掩饰其明亮的色彩。吾城既有传统又不固守陋习，有文化却不酸腐，迎新而不厌旧，为外地人提供了一个大显身手的舞台。这里不会漂着"北上广"的眼泪，创业青年一到来便会感受到宁波的热情。虽然没有航母级的企业，吾民却处处享受着改革开放的红利。

举凡种种，无不诠释着宁波人见人爱的理由。然而，由爱故生怨：拥有上好的地理区位，理应可以有更好的发展空间；拥有优异的天然禀赋，应该争取更多的机遇；拥有如此众多的人文荟萃，造就的光芒却不够耀眼。多年发展下来，敢为天下先的拼劲不免弱化，亟待提振，在科技、文化、高等教育、民生领域，尚存不尽人意的短板。点点滴滴，如同父母对待自己的孩子，手心手背都是肉，唠叨数落几句后，照旧疼爱，大概是吾民对这座良城知之深，爱之切。

在三堤七桥、十洲胜景下,于粉墙黛瓦、曲径长廊中,宁波人纵有再烦心的恼事,坐在月湖畔,心里也踏实。捧一杯清茶,消磨一个午后,心里再不痛快,肯定也啥事没有了。那些心头牵挂的不安,以及心底无边无际的空荡,仿佛就此烟消云散……

开风气之先

宁波人开风气之先。

这句话,不是空穴来风的杜撰,乃国父孙中山先生之赠言。

1916年8月22日,孙中山先生由胡汉民、戴季陶、邓孟硕、朱卓文、陈去病、周佩箴等人陪同,搭乘曹甬铁路火车,于中午时分抵达宁波。据《申报》1916年8月25日报道,孙中山先生在车站受到宁波官绅商学各界人士的热烈欢迎,下午二时假座第四中学(今东恩中学)出席欢迎会,各界数百人与会,孙中山先生旋即发表宁波之行演说。节录如下:

> 兄弟今天初到宁波,蒙诸君开会欢迎,非常荣幸。鄙人虽初到此地,然宁波为通商大埠,则当游历各洲时,已熟闻之矣……
> 故兄弟之所最钦佩者,莫如浙江。良以浙江地位、资格均适宜于共和,而民心又复坚强,故能有此结果。今观宁波之情形,则又为浙省之冠。查甬地开埠在广东之后,而风气之开不在粤省之下。且凡吾国各埠,莫不有甬人事业,即欧洲各国,

宁波人

亦多甬商足迹,其能力之大,固可首屈一指者也……宁波风气之开,在各省之先,将来整顿有方,自可为各省之模范。以地位、人材,均具有此项资格也……

故兄弟今日之所望于宁波者,以宁波既有此土地,有此资力,苟能亟疾经营,则即不难为中国第二之上海,为中国自己经营模范之上海。是在诸君子勉为之耳。

孙中山先生赞宁波诸多风气之开,在各省之先,希望振兴实业,讲求交通,整顿市政,在演讲期间,多次博得如雷掌声。

孙中山先生的言谈中,宁波像一个提早发育的孩子。谭其骧先生主编的《简明中国历史地图集》,也印证了宁波先于沿海其他城市"早熟":当宁波人沐浴在井头山的文明曙光中时,我国海岸线上的其他先民基本处于文明的空白;当宁波先秦时期设县建制,广州还是邻近番禺的宁静村庄;当宁波唐代建州,已是"海外杂国,贾舶交至"的繁华城市,上海不过是一个海滨渔村;宋代的宁波已成为闻名国际的四大港口城市之一,天津还是一片名不见经传的滩涂;近代,宁波作为"五口通商"口岸之一被迫开埠,当时青岛、大连等地的城镇化才刚刚起步,更不必说改革开放后才崛起的深圳。

如此"炫耀"的类比,无意扬己抑人。激进与保守碰撞,开放与封闭拉锯,最终是敢作敢为寻找出路。浙东宁波,既不像杭嘉

一 性情

湖是鱼米之乡、金粉之地,也不像温台横行搏海、民风强悍,更像是这两者的结合。一半身在大陆,一半身处海洋,出走与回归、闯荡与保守、书卷与草莽,无不在宁波身上并存。

不与人斗,但他们与天斗、与海斗、与台风斗、与死亡斗。一场台风过后,一个村只剩几户人家的传说也是有的。背靠四明山,地处东海岸的"艰山海阻",一方面限制了宁波与他处的联系,另一方面也让这里得以摆脱官方正统儒家思想中重本抑末的压力,让冒险成为刻在宁波人骨子里的精神,让开拓培育了宁波人开放、博纳、兼容的胸怀,更历练了"闯海""弄潮"的本事。故而有人调侃,宁波人跳出去就是一条龙。这句话虽有些不妥,但敢于跳出去的,多少有点当龙的潜质。

滔滔东逝之水,逢山开路,水滴石穿,一刻不停地汇入大海,说到底,哪有什么"三千弱水,只取一瓢饮"的停歇。练就这一身"闯海""弄潮"的本事,是否要降维到"宁波人啊,你们只会做生意"的单调?又是否会掩盖古城的文化特质与人文精神?

然而,并没有。宁波人开风气之先,在浙东文化的学术思辨中亦可印证。明代的王阳明倡导"致良知"学说,鼓动人们冲破既定的思想牢笼,去争取自我心灵的解放。之后,黄宗羲以振聋发聩的声音,提出前所未有的社会改革与民主启蒙的进步观念,突破儒家理论的传统框架,让中国百姓憧憬未来曙光。

从四明学派到姚江学派,再到浙东史学派,宁波人的身心游

宁波人

刃于最高级和最低级之间,被王阳明的"知行合一"与黄宗羲的"经世致用"加持,而表达始终乡土又亲切,于是,嘴边挂起"跑过三江六码头,摸过老蒋光郎头"的戏谑。

游刃于最高级和最低级之间,宁波人塑造了一整套自家的文化符号,形成了以三江历史廊道为核心、海港和水乡相结合的独特的文化地理构架。扳起手指头,宁波人说得头头是道:喏,以距今七千年的河姆渡遗址为代表的史前文化,以天一阁为代表的藏书文化,以白云庄为代表的学术文化,以保国寺为代表的建筑文化,以它山堰为代表的水利文化,以上林湖越窑遗址为代表的青瓷文化,以天童、阿育王寺为代表的佛教文化,以镇海口海防遗址为代表的海防文化……

孙中山先生又说:"且凡吾国各埠,莫不有甬人事业,即欧洲各国亦多甬商足迹,其能力之大,固可首屈一指者也……"是的,近代以来,面对多灾多难、落后挨打的中国,宁波人抱成一团,稳妥发挥超群的经商才能,以资殷善贾抵抗着西方资本的入侵。甬商朱葆三、虞洽卿在1909年集资创办的第一家新型航运公司——宁绍轮船公司,在创办之初就可与英商的"太古公司"及法华合资的"东方公司"相抗衡。

彼时,甬商怀揣振兴中华的历史使命,投身于反帝反封建的爱国运动,不同程度地支持着孙中山为首的革命党人,既有加入同盟会者,也有在经济上给予帮助者。1905年,从事航运业的赵

一 性情

家藩、赵家艺兄弟与张静江赴法国巴黎经商，以所获利润全部资助孙中山的革命事业。在二十世纪三四十年代的抗战中，中国药业先驱项松茂、中国日用化工的奠基人方液仙……诸多甬商面对强敌威武不屈，奋起抵制日货，为民族工业发展做出贡献。

二十世纪初，宁波人的生意经唱遍大江南北后，严信厚、叶澄衷、虞洽卿等甬商成为近代中国商界呼风唤雨的人物，一个"无徽不成镇"的传说，悄然变成一个"无宁不成市"的神话。随着宁波帮的兴起，"蒋委员长"带着一大批浙江人走上了中国近代史的舞台，宁波人留下了举足轻重的历史印记。

诚然，宁波在诸多领域拔得过头筹，拿下不少的"中国第一"，但跋涉的脚步不轻快，一路上也曾起起落落、磕磕绊绊，正是摸索前进中才归纳出渐渐成形的"四知精神"。新中国成立后，宁波地处海防前沿，没有重大工业投资与项目，守着"七山二水一分田"，向来有"大海洋洋，忘记爹娘"经商传统的宁波人，着实被"蹩"了一阵子。改革开放的春风吹来，宁波人身上的每个毛孔顿觉通畅，不在原地蹉跎坐等，抓住机遇寻出路，开风气之先的宁波人，又轰轰烈烈地发展民营经济，建设北仑港……

说到底，老天对宁波是厚爱的，苏伊士运河、京杭大运河、大西洋运河都是挖出来的，而宁波港不需深挖，天赐深水良港，常年不结冰、无淤泥，且以舟山群岛为天然屏障，受台风的影响小。处于中国大陆海岸线中部、南北航线和长江黄金水道"T"字形

宁波人

结构交汇点的宁波港,区位优势不言而喻。走南闯北的宁波人,如同漂洋过海的船只,无论停靠哪个港湾,罗盘永远指着家乡的方向。

有染料,方能摆染缸、开染坊;敢冒险,才能突破禁锢,开拓创新。宁波人不是没有过停顿,只是在稍有懈怠后,也会推己及人,在揭揭自家短处,审视自家不足后继续前行。故而,没有开风气之先的精神,宁波的经济、文化亦非今日之局面,百年前孙中山先生之赞,恰如其分。循着这条精神脉络,大致能知晓宁波人前行的动力从何而来。

藏书之基因

有人说,若论宁波的人文底蕴,一个天一阁的分量就足矣。

天下文人墨客,落脚宁波之后,最先前去打卡的地方,必是天一阁。仿佛迈过天一阁的门槛,脚尖点地,身处园林中,见廊轩相对,池水清洌,心意和神思跟着恍惚起来,一番幽幽怀古之后,如同了却一桩许下多年的心愿,才算真正到过宁波。

明州天一富藏书,福地琅嬛信不虚。背靠一城之繁华,脚踏千年之厚土,处幽僻静雅之地的"南国书城"天一阁,为中国现存最早的私家藏书楼,也是世界上现存最古老的三个家族藏书楼之一。

楼主是明代嘉靖年间的兵部右侍郎范钦(1506—1585),这颗读书人队伍里的"赤紫杨梅",经层层科举考试登第,踏上仕途,一偿读书人光宗耀祖之夙愿。最后是告老还乡式的隐退,迟暮之年,在月湖畔造一座藏书楼而处江湖之远。

出仕也好,与世无争也罢,宁波历代书生、士大夫的血液里始终流淌着藏书的基因,范钦只是其中的一个。只是他不曾料想,

宁波人

自家的一座藏书楼成全了一个书香之城，范氏所藏图书典籍，恰为四百余年宁波文明精粹之所在。

深深浅浅的天一阁中藏着多少长恨歌？在天一阁的众多故事里，清嘉庆年间，宁波知府丘铁卿的内侄女钱绣芸，她的命运颇出人意料。为求登天一阁读书，竟自求知府做媒嫁入范家。书痴至此确也难得，然而造化弄人，范家对于藏书有森严的规定："代不分书，书不出阁。"就连族人无故也不能上书楼半步，更何况外姓的钱姑娘。

念念不忘，未必皆有回响。钱绣芸姑娘的梦想终究没有实现，落花寂寂，心愿未遂，她竟郁郁而终。范家后人守住了规矩，连知府的面子都不肯卖。

有关范钦及天一阁的故事、传说，乃至八卦，就像阁中的藏书，太多了，连同天一阁的一砖一瓦、一廊一轩、一联一画，足以让我们品咂和享用大半个人生。

天一阁之奇，奇在上乘的藏书质量，版本精善，文献翔实；天一阁之奇，奇在庞大的藏书数量，珍本充牣，缥缃盈栋；天一阁之奇，奇在独特的楼阁形制，四库七阁，慕名效仿。它传承十三代，历经四百多年，阁与书依然岿立于天壤间。

一座古城有这么一根文化标杆，是宁波人的幸运。天一阁，让这个带着海腥味的港城散发出脉脉书香。这书香，被寻常巷陌吸纳，经久不衰地散发开来，弥漫开去……

一 性情

毫无疑问,书籍是宁波人心头的珍藏。谈及宁波的藏书楼,又岂止天一阁一个!细究一番,在天一阁藏书之前,北宋甬上著名学者楼郁和陈谧,其所藏之书已达相当规模;南宋楼钥的"东楼"和史守之的"碧沚"为当时众多藏书楼中的佼佼者,有"南楼北史"之美誉;元代,袁桷的"清容居"可谓富甲一方;明初,丰坊的"万卷楼"可居魁首,其后,范钦建"天一阁"而独步天下。

宋元以来,四明攻性命之学者相继,学风彬彬,号称"浙东邹鲁"。明清以降,科举锢人,但是宁波人藏书的风气愈发不可收,遂以天一阁为核心、做标杆,大大小小藏书楼如雨后春笋萌发,藏书人和藏书楼比比皆是:

(明)方孝孺:石镜精舍

(明)袁忠彻:静思斋

(明)丰坊:万卷楼

(明)范钦:天一阁

(明)范大澈:卧云山房

(明)屠隆:古娑罗馆

(明)陆宝:南轩

(明)陈朝辅:云在楼

(明)谢三宾:博雅堂

(清)黄宗羲:续钞堂

宁波人

（清）万斯同：寒松斋

（清）郑性：二老阁

（清）全祖望：双韭山房

（清）卢址：抱经楼

（清）邵晋涵：重远楼

（清）黄澄量：五桂楼

（清）姚燮：大梅山馆

（清）冯云濠：醉经阁

（清）徐时栋：烟屿楼、城西草堂、水北阁

（清）董沛：六一山房

（清）薛福成：揽秀堂

（清）杨臣勋：清防阁

（清）沈德寿：抱经楼

（民国）张寿镛：约园

（民国）秦润卿：抹云楼

（民国）曹炳章：集古阁

（民国）李庆城：萱荫楼

（民国）朱赞卿：别宥斋

（民国）冯孟颛：伏跗室

（民国）马廉：不登大雅之堂

（民国）张季言：樵斋

一 性情

（民国）孙家溎：蜗寄庐

（当代）唐弢：晦庵

……

宁波的山不太高，不险峻；宁波的水也不大壮阔，是秀水。这江南的青山秀水中，孕育的藏书人家和藏书楼层出不穷。

在一大列"读书、著书、藏书"的宁波人中，晚清书生徐时栋是个传奇人物。他生逢乱世，历经鸦片战争、太平天国起义……身处一个压根儿不适合读书与藏书的时代，但这个饱经社会动荡与战乱之苦的书生依旧嗜书如命，毕生矢志不渝，延续着宁波历代书生执正而守的良知与情操。

徐时栋本是城中首富之子，却一生命运多舛。他十六岁丧父，三十七岁丧母，人过中年后，两次丧妻，又四次殇子，而读书、藏书的种子却不曾泯灭。徐时栋十岁开始藏书，书叠青山，晨夕勤读，手不释卷。藏书最辉煌之时，其烟屿楼藏书"将十万卷"，城西草堂"五六万卷"，且收藏的古籍与考校的著述均属上乘之列。

命运似乎总在不停地捉弄一介孱弱书生，藏书接二连三遭毁：太平军攻入宁波时，徐时栋将书藏在建岙的金岩寺山洞里，藏书竟被寺庙的僧人焚烧取暖；紧接着，城西草堂意外失火，大量藏书化为灰烬；之后，烟屿楼的藏书又毁于兵火……而徐时栋"置死地而后勇"，再建一座新书楼，取名"水北阁"，抱朴守真，屏绝声

宁波人

华,继续搜罗藏书。

这个带着几分孤傲的宁波书生,既为当时著名藏书家,又是同代学人中的佼佼者。徐时栋秉承万斯同、全祖望的治学风范,更难为可贵的是,他踽踽独行于宁波文化的低谷时期,抛却喟然惆怅,致力搜罗宁波乡帮文献。他长于考据,不仅是一位杰出的方志家和谱牒家,甚至在诗书、书画金石收藏方面亦颇具造诣。

冰轮转腾,这个宁波书生喜欢尝酒试茶,临帖对画。春风骀荡,他也会抚松荡舟,游山访古,而藏书、布施始终是其一生最大的喜好。徐时栋设义庄,兴义学,修东津浮桥,建三桥碶闸,以义行得胜,一度被当时四明人士推为地方儒宗。徐时栋勤学博览,治经奉先秦遗说,以经学释经书,校勘刊印《宋元四明六志》。由他主持,仿国史馆列传体例,费时达十二年之久,终成《鄞县志》。

1933年,鲁迅先生无意间购得徐时栋的《烟屿楼笔记》,读到"人生得一知己足矣,斯世当以同怀视之"时大为欣赏,有份心有灵犀一点通的惺惺相惜,特地将《烟屿楼笔记》转赠瞿秋白共享。他赞扬这个生不逢时、身处文化低谷的宁波书生,证史修学,铁笔琢石而初心不改。

徐时栋过世后,至清宣统三年(1911),水北阁藏书全部出售给上海书商。所幸的是,部分书籍被宁波藏家购买,并先后捐赠给天一阁。1994年,水北阁依原貌迁入天一阁。如今,阁内收藏徐时栋著述与藏书近百种千余卷。

一 性情

显世与隐世,清流与浊流,在朝与在野……范钦在天一阁中,坐看再凶险的宦海、再热闹的官场,我藏身于清闲的书海里,你们又奈我何?徐时栋生逢乱世,即使烟屿楼、城西草堂连连遭毁,焉能消磨我藏书的意志,拼舍身家性命也要再建一座水北阁。

宁波的读书人是很韧的。

多少年了,说到宁波人,似乎第一感觉就是商人。早些年,宁波人闯荡上海滩,也不全是去开银行、做买办的。1897年,宁波人鲍咸昌兄弟与人在上海开办商务印书馆,先后聘请张元济、王云五等经理馆务。在他们的主持下,商务印书馆成为当时全国规模最大、技术最先进的印刷出版企业,影响直至今天。

千余年来,若问宁波人的理想生活是什么,可能不是大富大贵、尽享荣华,而是书香门第、耕读传家。

千余年后,宁波人是中国第一个喊出并大胆地把"书藏古今"作为城市形象口号的。宁波人的书不会一夜之间积藏起来,宁波也不会一夜之间变成"书藏古今"。但正是因为那骨子里的藏书基因,宁波人的物质和精神正一天一天地富起来,宁波人正在一天一天地把宁波建成书香之城。

信义行天下

中国传统美德讲求一个"信"字，人无信不立；也讲求"诚"，要以诚待人。"人无信不立，业无信不兴，国无信则衰"这句古训，道出中国人对诚信的理解与态度。

别人大起的时候，宁波人不怎么大起；别人大落的时候，宁波人也不太会大落。似乎宁波人总是稳稳妥妥的，极少给人大喜大悲的跌宕，但也从不令人失望。跟宁波人接触久了，就会觉得他们中的大多数，是讲信誉、重情义的。

初次跟宁波人接触，他们一般不会太热情，也不会自来熟。一顿酒喝下来，就与你勾肩搭背、称兄道弟的那种人，不像是宁波人。宁波人交朋友，开始有些慢热，一旦和你成为朋友，就是很长久的朋友。这是由个人的信誉充当纽带，与个人诚信颇有关联。

诚实守信，是治业之根本；知己律己，是立身之要道；容人助人，是处世之良津。老底子，宁波坊间的俗语常说："遍地徽州，宁波人跑上前头。"为啥宁波人会跑上前头？因为多数宁波人恪守

一 性情

信用,未敢轻于然诺,一经言出齿外,绝不后悔,免致自误误人,外埠莫不欢迎。

古人季布,一诺千金,被宁波人视为典范。旅沪宁波籍早期工商业家叶澄衷的创业发家史,生动展现宁波人笃守"诚信"的态度,也诠释了宁波人会跑上前头的原因。

1854年,十四岁的叶澄衷到上海学做生意,最初在黄浦江上摇小舢板度日。某日正午,有一美国洋行经理乘其小舢板,摆渡去浦东杨家渡。舢板靠岸,洋人下船时不慎将皮包遗忘在船上。叶澄衷打开一看,见有美金、支票及手表等贵重物,遂停下生意不做,在原处等候失主前来。直到夕阳西下,方见洋人寻来,叶澄衷便将皮包奉还。洋人开包验看,原物一件不少,意欲酬谢,被叶婉言拒绝。洋行经理大为感动,仍乘叶的小舢板返回,靠岸后即邀叶到洋行做事。几年后,叶澄衷积累资本,独资开设上海第一家华人五金商号——"顺记"五金洋杂货店,靠"开通敏达,诚实可信"的经营理念,生意越做越大,号称华人"五金大王",自此发迹。

宁波旧俚戏谑:"天下之主,不如买主。"老底子,宁波人在经商中视顾客为"衣食父母",其传统是:待客如宾,不管新老;端凳请坐,敬烟献茶;货款不足,派人跟取;携带不便,送货上门;买错货物,允许调换。商家罕有宰客现象,沾染着一股"儒气"。

这种信义行天下的"儒气"也在作家的文学作品中不时出现,沈祝三就是其中一位。

宁波人

沈祝三（1877—1941），宁波鄞县人。1908年，沈祝三在汉口开办当时武汉最大的营造厂——汉协盛，先后承建了武汉德商捷臣洋行、圣玛丽亚学校、汇丰银行等一批优秀建筑。1918年，沈祝三因青光眼导致双目失明，却依旧全身心投入建筑事业。汉口总商会、景明洋行大楼等地标建筑，都是在他双目失明后建成的。

1930年，他带领汉协盛承建武汉大学珞珈山校舍，包括文、法、理、工、农学院大楼和图书馆、体育馆、师生宿舍及礼堂、实验室。不曾想，承建武汉大学却是一笔亏本生意。汉协盛中标后，金价大涨，而建筑所用的材料中，外货甚多，紧接着历史罕见的长江洪水席卷武汉，又逢国际经济危机带来的原材料价格大幅上涨……在工程全面亏损的关键时刻，沈祝三为了信守合同，咬紧牙关挺了下来。

1932年，新校舍一期工程竣工。其后，沈祝三按合同约定，保质保量按期施工，承诺奉送的水塔、水池等配套工程仍旧兑现。为使工程得以继续，他不得不将三元里、三多里、德华里等多处私宅和阜成砖瓦厂抵押给银行。沈祝三的汉协盛耗时八年，费尽苦心，终于在1938年，将当时中国最大、最美的一组近代高校建筑群——武汉大学呈现给世人。

武汉大学的整体建筑，既沿袭中国传统，又引入西方罗马式、拜占庭式建筑式样，两者相得益彰、和谐运用。令人惋惜的是，双

一

性情

目失明的沈祝三却看不到他用全部心血创造的武汉大学。

为了建造武汉大学,沈祝三从一代富商变得一贫如洗,几乎遭灭顶之灾。这位宁波人依然凭借顽强的毅力,直到武汉沦陷时终将银行借款全部偿清。沈祝三一家在武汉做了大量慈善事业,令人难以想象的是,他离世后,沈夫人连个像样的住处都没有。季布一诺千金,宁波人沈祝三的一诺,早已不止万金。这个宁可亏本也要信守诺言的宁波人,在近代中国建筑史上书写了可歌可泣的一笔。

信义行天下的枝叶,也伸展于今日广袤的蓝天。2003年闹"非典",中国(宁波)国际日用消费品博览会因"非典"而推迟举行。有一个叫哈里斯的印度商人不知日期有变,只身来到宁波,结果宁波的商务部门为哈里斯一个人服务,围绕他办了一场"一个人的消博会"。

像是性情中人的做派,吃亏也就吃亏了,统统都不是事。说宁波人骨子里过于清高,倒也未必。他们也会逐利,肚里有自己的小算盘,但在利与情的打斗中,在欲与理的搏击中,在成与败的决战中,宁波人心存信义行天下的秉性,像一棵大树扎根厚土,扎根于生活的日常,将繁茂的枝叶伸展于广袤的天地。

做人家，做自家

许久不开电视机，偶尔摁下遥控器，就瞥见老宁波情景喜剧——《药行街》。

剧中，精明的金家老太由本土方言节目《讲大道》里的王阿姨扮演。其中有个特写镜头：民国时期的某日清晨，一家人洗漱后，聚拢在饭桌前吃早饭，但见金家老太将一块豆腐乳，小心翼翼地用棉纱线划成四小份。油炸花生米从竹筒里倒出，悉心用竹筷头笃笃，一粒粒数着过泡饭……

王阿姨把节俭的宁波老太演绎得淋漓尽致，令人忍俊不禁，不由得想到那句宁波老话——"做人家"。

"做人家"，意思为勤俭持家。常听坊间流传，过去宁波人日子过得清贫，吃饭吃菜也厉行节俭，一份咸蟹糊摆上桌，用筷子尖蘸一下，还唯恐过多，要甩上几甩，才肯送进嘴里下饭。

有不少老宁波人，几十年如一日，早间保持着吃泡饭的习惯。负笈海外的宁波帮发迹后，天天在外应酬，铜钿多了，衣食无忧，早饭总得改善些，吃点好的吧？实则不然，你若问他什么最好吃，

一 性情

他往往会说，还是家里的泡饭最乐惠。更有甚者，说上海人吃泡饭的寒酸气，是宁波人传带过去的。孰是孰非，无从争辩，反正宁波人"做人家"的形象，非但深入人心，而且深入人胃。

这一种卓然而立的生活态度，可集中体现于宁波人操控衣食住行的能力。譬如一只家禽，吃法也别出心裁：半只红烧烧，半只白斩斩，内脏炒时蔬，头脚剁碎与茭白丁、毛豆子烧豆瓣酱，汁水用来下面条、放年糕汤，剩下的血肠煮一碗肠血汤……你瞧瞧，光一只家禽，宁波人就吃出这么多花头，还安排得"煞煞清爽"、如此得法！

有碗蟹糊、几颗黄泥螺与油条佐餐下饭，这样的人家可算得上"小康"。可即便是这样的人家，走出来的子女，其穿着依旧遵循"新阿大、旧阿二、破阿三、烂阿四"的章法。兄弟姐妹较多的人家，大概都有类似经历。在物资短缺的那些年，宁波人的这种禀赋，再次体现出"做人家"的实用价值。

"做人家"的宁波人，有独立的是非观念。门槛再精，手头再紧，对子女的读书教育却从不悭吝，决断分明。旧时，家中若有聪敏善学的"女公子"，必定全力送入"甬江女中"；后生小子，若不是块读书做文章的材料，家里便趁早打好算盘，托人带去上海大公司当学徒，自此走上从商路。

再节省，也不能忽视教育，不少宁波人依旧秉承尊师重教的遗风。这不，宁波百年间冒出了一百多位两院院士加一名诺贝尔

宁波人

奖得主,扛回"院士之乡"的牌子。

"做人家"的宁波人,在家时不动声色,外出经商却把笑傲江湖走四方的豪气装进了心肺。看看蜚声海外的宁波帮的发迹史,这个"船王"、那个"大王"的背后,哪一个没有精打细算,哪一个不是勤俭持家?

"做人家"的宁波人有副热心肠。平日里节俭,在大场面上,却从不寒酸,出手极为慷慨。当他们在《宁波晚报》上看到罗南英《一封特殊的来信》时,会急忙放下手中的报纸,心甘情愿地跑去银行汇款。那些"做人家"的宁波人在七天内就向她捐款60万元,用爱心感动和温暖着这座城市……

这座城市中,还有一位家喻户晓的"顺其自然",喜欢撸起袖子献爱心。TA至今是一个谜团,因为TA的身份无人知晓,大家只知道,TA是一位宁波本土的慈善人士。捐资人只留下沉甸甸的善款,却轻轻隐去了自己的真实姓名。宁波市慈善总会有一个档案夹,集纳了TA二十多年寄来的信和汇款单据,从1999年至2019年,捐款总额达1155万元。神龙见首不见尾的TA,俨然是宁波人善良与仁爱的代称。神秘人不神秘,善良者在人们心中自有姓名。

情景喜剧《药行街》中,金家老太有段堪称经典的碎碎念:"做人家,做人家,阿拉不是在做人家,明明是在做自家啦!"细品一番,余味三匝。

一 性情

　　宁波人口中说的"做人家",不会越过界线,去算计别人以利自己,而是克己、节俭来"穷翻花头"。它像是在城市文明进程中,对一个族群生活智慧的高度概括,真切地传递出宁波人勤俭持家的秉性和对生活质量的追求。

　　而今,当年轻一代的宁波人重新审视"金家老太"的时候,或许会会心一笑,"做好自家"是终极目标。老宁波人也好,新宁波人也罢,这种对物质消费的审慎精神,愈加凸显出难能可贵的别样风骨。

下饭呒告，饭吃饱

"下饭呒告，饭吃饱"，这句老话时不时在宁波人嘴边挂着。

待客时，宁波人总会甩出这么一句客套话，意思是说，不论菜肴好坏，米饭管够，肚子吃饱才有力气"做生活"。在物资匮乏的年代，这句话显得何等实在。

事实上，忙活一天后，黑灯瞎火赶回家，拖着一身疲惫的宁波人，照样要笃笃定定烧上几碗荤素，再温一壶热老酒，从不亏待自己，更不消说请客待亲。

当今，保持着一贯"下饭呒告，饭吃饱"的低调，自谦务实的宁波，却是中国五个计划单列市、十五个副省级城市、十四个沿海开放城市之一，与省、直辖市只差半级。这个半级，给宁波带来了较高比例的财政留成；这个半级，具有"较大"制定政策法规的权限；这个半级，至今为宁波发展锦上添花。

宁波人做起事情来，手笔和格局一向不小。为了减少宁波到上海的往返车程，使宁波尽早融入长三角都市圈，索性投资约138亿元建造了杭州湾跨海大桥。其中，来自民间的资本占了一

一 性情

半,包括雅戈尔、方太、海通等民企都参与了大桥的投资。

杭州湾跨海大桥全长36公里,曾一度保持最长跨海大桥的世界纪录。虽然杭州湾跨海大桥的名字,会让不知情的人以为是杭州的,但宁波人根本不会计较这些。他们延续着一贯的不张扬,该省的钱则省,该花的钱会花。逢山开路,遇水搭桥,在城市基础建设上,都是放大格局、放远眼光的。

虽说宁波人精明,但精明中透着务实与冷静。宁波作为商港要津,内通长江,外达四海,如此地理环境,多多少少练就出宁波人性格中内敛的因素。早些年,当宁波人告别故土,去开埠的上海等地谋生,一脚踩进茫茫人海,语言不通,世情不明,内心忐忑惶恐,行事自然谨慎小心。久而久之,低调为人,高调做事的风气渐成。

宁波的生意人,重实效,不爱空谈,崇尚少说多做,埋头苦干。"吃得苦中苦,方为人上人"成为宁波人谋生存、求发展的人生信条。当一步一个脚印地埋头苦干成为商界巨子后,回首来时路,悟出"闷声发大财"的经验。

有人调侃说,温州人从风险中看到机遇,宁波人从机遇中看到风险。温州人手里有两块钱要当作四块钱花,宁波人手里若有两块钱,一块钱是要留底的。宁波人奉行稳健经营,钱可少赚,无谓的冒险大可不必。经营中凡是可预测到的,甚至是偶发风险,他们都自觉避之。

宁波人

宁波人赚到钱后,一般有两条出路:一是投资扩大再生产,二是办义学、修水利、做慈善、助乡梓,罕有暴发后挥霍无度者,毁业败家者更是少之甚少。情系故乡,造福桑梓,渐成共识。

外地人看到胡润百富榜上宁波人的上榜人数年年刷新,第一印象就是宁波人善于经商。然而,宁波人"富而不露""不张扬"的个性,更像隐士。宁波人丁磊的特立独行,至少证明了一点:中国互联网电商的创业者们,不仅只有马云一种成功的模式,如果想活得更加自在、自我一些,丁磊那样的"网易"隐侠,也是一道别样的风景。

平生不羡黄金屋,灯下窗前长自足。宁波的文人亦行"质本洁来"的低调之风。在阿育王寺的舍利塔中,保存着释迦牟尼舍利子,一颗绿豆大小的舍利子,色白略黄。明人张岱写《阿育王寺舍利》,将舍利子描述得神乎其神。黄宗羲却说舍利子这事不稀奇,入夜秉烛写文章,灯草上啪一声,爆出的坚硬小颗粒就叫草舍利。故而,黄梨洲主张"工商皆本",王阳明也会为商人写墓志铭,亦庄亦谐,亦理亦情,务实像是宁波文人的一贯道统。

同样,经历"文革"的宁波,为什么能较完整地保留下天一阁、城隍庙这些其他城市最可能被毁掉的标志性建筑呢?是偶然,还是必然?不敢妄下结论,从天一阁工作人员那里听来的一些旧事可能蕴藏着答案:当年有人奉命来天一阁烧书,阁里的同志就拿出一些无关紧要的书籍,双方心照不宣地装进化纸炉,就

一 性情

算完成任务了。本地领导大抵也知道,却不究细节,恰是如此的"形式主义"保住了宁波藏书的"根"。这就是宁波人,他们是非分明,不盲从,在滚滚红尘中始终坚守良知与底线,该怎么干还怎么干……

仁者乐山,智者乐水。在喧嚣尘世中奔波的凡夫俗子,倘若关注《读书》这本文化闲谈和思想清议为主的刊物,大概会想到两个宁波人:沈昌文与谷林。

沈公言谈,历来忽明忽暗,亦剑亦箫,躲闪腾挪,腋下藏刀,引而不发,一贯的"做人悉悉介"。沈昌文讲述的读书、知识分子故事,激越与冲淡时时互动,清新可喜。另一个"市隐"的谷林先生,最初只是为《读书》做义务校对、义务编辑及义务评论,而"庾信文章老更成",终是因了积学深厚,遂成为一代"书话"名家,备受钟叔河、止庵、扬之水、沈胜衣诸人推崇。两人克制而隐秀,笔意展于盛衰、荣辱、得失、真假、聚散、苦乐……在看似散乱的文章题材中,处处潜藏思想的条理,时时显露歧见之锋芒。

独立思考,低调务实,敢于真枪真刀闯出来、做出来。是为宁波人口中的"下饭呒告,饭吃饱"。至于那些"讲讲神仙阿伯,做做死蟹一只",只夸海口而不踏实做事的人,注定会遭宁波人鄙夷与不屑。这一句多年挂在嘴边的口头禅,是自谦,也是宁波人骨子里带来的基因。

腔调石骨硬

"宁可听苏州人吵相骂,勿可与宁波人讲闲话",苏浙一带的人,谈及宁波话的时候,不少人要抛出这句调侃。

言下之意,宁波话嘛,不够好听、不够嗲,太硬、太扎。虽属吴语片区,宁波话与印象中的"吴侬软语"几乎搭不上边,的确是个另类。

说到底,宁波话毕竟是吴语的一种方言,属于吴语太湖片的分支——甬江小片。宁波话多数以降调结尾,下沉的尾音给人一种生硬、极冲的感觉,仿佛非要用降调说起来,声音显得洪亮,才"中气十足"够味道。连宁波人自己也承认,似乎只有"石骨铁硬",才算地道宁波腔。

相反,苏州人讲话,调门以升调为主,高低起伏而抑扬顿挫,像是在唱弹词。譬如,家长光火,教训小孩时,苏州人就会说成:

"倷呀,要伐要弄一记尼光搭搭呀?"

(要不要打你一个耳光啊?)

一 性情

糯是糯得来,这口气,听得让人轻飘飘、心痒痒。这哪里是在训斥,更像是与孩子讨价还价,分明是商量的口吻。

宁波人肯定要这么说:

"小鬼阿爸,侬寻死啊,要拔我刮煞西类!"

(小鬼,你找死啊,要被我打啊!)

这一连串降调的语气,这恶狠狠的口气,分明是要将孩子往死里打。实则不然,宁波家长也就是嘴巴上吓唬吓唬。一连串下沉的入声,且不论抑扬顿挫,倘若苏州小孩听见这般狠话,必是要吓得发抖,哇哇大哭起来。

细究一番,造成宁波腔"石骨铁硬"的原因有三:一是宁波话大量保留浊音。宁波腔几乎保留了中古汉语的全浊音,而其他吴语片发全浊音的不多。二是入声在宁波人口腔里普遍流行。入声是古汉语的四声之一,读音短促,一发即收,宁波腔的入声较多。三是擅长运用变调。宁波话在强迫式的句子中,连读变调的发音特征尤其明显。

偶尔,用"石骨铁硬"的宁波腔,也能说出一段"竞一韵之奇,争一字之巧"的风雅。

高中时,教语文的尹先生,一个二十世纪六十年代初复旦中文系毕业的高才生,却讲不好普通话,干脆操一口宁波话给我们

宁波人

上语文课。有一回,尹先生念苏东坡的《江城子·乙卯正月二十日夜记梦》:

> 十年生死两茫茫,不思量,自难忘。千里孤坟,无处话凄凉。纵使相逢应不识,尘满面,鬓如霜。
> 夜来幽梦忽还乡,小轩窗,正梳妆。相顾无言,惟有泪千行。料得年年肠断处,明月夜,短松冈。

苏东坡悼念原配的这首悼亡词,经尹先生用宁波话吟诵,声以入律,果真比普通话读起来韵味足。尹先生念完,座下鸦雀无声。

悼亡词如诉陈情,字字自肺腑镂出,哀婉中寄寓着真情。出其不意的是,用宁波话念来,凄凉哀婉的境界层出,为全词平添一分悲伤基调,令当年座下的懵懂少年,体会到一段不可言喻、如泣如诉的雅致。

后来,经尹先生解释,才晓得"石骨铁硬"的宁波腔里保留了大量的中古音。这些中古音相当于唐宋时的"普通话",也是因为大量的中古音,宁波腔多以平调、入声来发音,故而不乏抑扬顿挫、高低起伏之美。

宁波话里的中古音,也影响了周边地区方言的发声。上海与宁波的"渊源",别的不说,上海话中的"阿拉"二字,便是从宁波传

一 性情

过去的。宁波人大量移民上海后,"阿拉"却成了上海话的代表,以至于许多外地人唯一知道的上海话便是"阿拉"。

上海的南京路上,操南方口音大声讲话的,十有八九是宁波人。同是吴语,苏州话"糯",即便吵架也好听,宁波话"硬",好好说话,听上去却像吵架。外人看着宁波人彼此间说话,明明大家脸上表情一派愉悦,可是怎么听起来就像"吵相骂",快打起架来的感觉。

小菜场里的宁波老太们,与摊主讨价还价时,可将这种硬气发挥到极致,个个是"中气十足"的大嗓门。日常生活中,做父母的,每日里,有意无意的骂声不断,"小棺材""呆大儿子""寿头子孙""十三点",那恶狠狠的腔调,听上去,子女非自家亲生似的。

身处一半是海洋一半是陆地的宁波,宁波人"石骨铁硬"的腔调里有四明山瀑的激昂,有三分东海黄鱼骨头里的强硬,更有几分甬江潮涌的气度,说吵架,难免有些冤枉。

那三分东海黄鱼骨头里的强硬,是因为宁波人从小到大、一年四季都吃海鲜,连宁波腔调也散发着鱼腥气:

清明三月节,乌贼吭处叠;

四月月半潮,黄鱼满船摇;

五月油菜花结龙头,银鲳结蓬头;

宁波人

六月十三鳓鱼会,日里勿会夜里会;

八月蛏子,一根筋;

九月鲳鳎,壮如鸭;

十月西风起,蟹脚痒,浪打芦根虾打墙;

十一月小黄鱼抲来,大黄鱼叫来,带鱼冻来……

南人内向细致的心地,虽追求纤巧宛曲的格局,但在"石骨铁硬"的宁波腔中,有些词语特别倔强,不容篡改。宁波人把狗一概称作"黄狗",不论其毛色是不是黄的;把凳子一概称作"矮凳",不管它的高矮,以至有"高矮凳"这样自相矛盾的叫法。

让人叫绝的是,宁波人把男孩一律叫作"小顽",不管他是三四岁还是廿三四岁,把女孩一律叫作"小娘",只要没嫁人,统统是"小娘",乃至将雌梭子蟹叫成"小娘蟹"。如果想活灵活现地表达一番,就会出现"大大小顽,坐高高矮凳,抡厚厚薄刀,切石硬年糕,喂黑黑黄狗"这样看似不通,实则妙不可言的宁波话金句。

因宁波开埠较早,不少派生词汇来自英语,至今沿用。屋顶的英文为"Roof",宁波话索性叫成"老虎窗"。所以,老房子里,用于房屋顶部采光和通风的天窗,称"老虎天窗"。英语"Stick"是手杖,宁波话称"司的克",电视连续剧《向东是大海》里的宁波人,口口声声这样称呼手杖。宁波人将日光灯的启动器读作"司搭特",也是来自英语"Start"。这种英语派生词在宁波人口中不

一 性情

时冒出一个,看来"红毛人"对宁波话的影响也不小。

一旦任性起来,宁波人的口中就会冒出一连串的"反话":好端端的"客人"不叫,叫"人客";"暖和"不说,说"和暖";将"力气"说成"气力";将"热闹"说成"闹热";"着火"叫"火着";"螺蛳"叫"蛳螺";"冰棒"叫"棒冰";"还给你"叫"拨侬还"……这种倒装式的特有说法,常使初来乍到的外地人摸不着头脑。

即使本埠土话,也并非土里土气、土得掉渣。北方人说某人不会游泳,称作"旱鸭子"。宁波人不这么说,叫"燥地鸭",干燥的"燥"。从形象性上来说,"燥地鸭"不比"旱鸭子"逊色。"旱鸭子"的翅膀,被宁波人说成"翼梢",风雅得像宋词。

一座城的腔调,有其特有的象征与地位。以前,听到字正腔圆的"京腔",惯性以为上头来人了;听到"上海哪能",宁波人的头皮就会发紧。宁波人发"腔声"时,顾及眉眼表情、动作姿势;发"调门"时,考虑到讲话时的仪态风度。"石骨铁硬"在吴侬软语的吴语片中,体现出一种独特气度,也赋予宁波人一种从容笃定的强硬。

赤膊穿长衫

讲面子,似乎是中国人的共同特点。不少中国人时常为他人"做人",死"撑面子",将他人对自己的看法看得颇为重要,活得够累。

林语堂先生曾对面子问题做过精辟分析,他在《中国人》中说道:"脸面这个东西无法翻译,无法为之下定义。它像荣誉,又不像荣誉。它不能用钱买,它能给男人或女人实质上的自豪感。它是空虚的,男人为它奋斗,许多女人为它而死,它是无形的,却又靠显示给大众才能存在……中国人正是靠这种虚荣的东西活着。"

看过林语堂先生对面子问题的剖析,扪心自问一番,觉得像是在讲给自己听。不过,面子问题,恰是人们调节社会交往的细腻标准,做一个体面、有"面子"的人,似乎是许多人奋斗的人生目标。

关于宁波人的面子问题,有一个"赤膊穿长衫"的传神说法。旧时,宁波江厦街上最显赫的要数各号钱庄,里面大都为身穿长衫的先生。有句俗语叫"江厦大先生,走路慢缢缢",说的就是钱

一
性情

庄掌舵者。身着"长衫",在过去是有身份的象征。

宁波人口中的"赤膊穿长衫"意味着什么?意味着要面子,追求"面子"不要"里子"。明明内里空空荡荡,依旧要弄件长衫来撑撑市面,带有打肿脸充胖子的意味。

对于面子问题,宁波人讲起来头头是道,这一套包括做面子与给面子、借面子与赊面子、争面子与保全面子、撑面子与挽回面子、交换面子与赠送面子……

老底子,宁波人是比较"做人家"的,有客登门,即便是端出一碗臭冬瓜,也要浇淋一层厚厚的麻油,亮光光的才算有面子。倘若到上海的亲戚家去,宁可平时省吃俭用,也要大包小包塞满鱼鲞海货,挑箩夹担到上海滩去。这些平日里难得进门的物件,在走亲访友时却是省不了的,须在外面撑足这个面子。

二孩政策放开后,生孩子容易,找个好保姆带孩子却不易。以前是东家挑保姆,如今是保姆挑东家,要想找个宁波本地保姆带孩子,更是难上加难。大概是宁波人要面子,即便下岗赋闲,领着低保,搓搓麻将,也很少有人会从事"保姆""服务员"这样的营生。倒不是宁波人吃不了这份苦,怕的是丢了自家的面子,难为情。

宁波人身份证的前四位是"3302",汽车牌照以"浙B"开头,宁波在浙江省的地位如何,不言而喻。过去一段时期内,宁波经济有赶追省城杭州之势头。然而 G20 峰会一开,杭州被推到世

宁波人

界舞台的"风口",世界瞩目,风光无限。浙江省内曾经与杭州有过"双子星"格局地位的宁波,则相形见绌,有那么点儿黯然失色。看着两百公里不到的杭州有阿里巴巴这样的巨头崛起,连带阿里系一片创业公司、新兴产业的兴起,还冒出了蘑菇街这种数十亿美元估值的独角兽企业,宁波人挺眼红的。如今,宁波怎样与杭州唱好"双城记",以实现错位协同发展,如何把握机遇,实现跨越式发展,上到政府,下至百姓,都在关注这个热门话题。要面子的宁波人重拾信心,憋足一口气欲与杭州比翼齐飞,为的是努力重拾自己的面子。

逆水行舟,不进则退。作为副省级城市、计划单列市的宁波,英雄也有气短处。在长三角城市群中,宁波与沪杭苏"群狼共舞",资源禀赋并不占优。在中国交通格局中,宁波处于长三角神经末梢。在科创资源上,这个盛产院士的地方,却少有全职院士。2017年,浙江自贸试验区挂牌,以外贸著称的宁波却未被纳入。行胜于言的宁波主动找差距、补短板,积极谋划对接,最终在2020年被纳入自贸区扩区范围。宁波人以行动证明:没有等来的辉煌,只有拼来的精彩。他们重整后万亿时代城市跃升的万丈雄心,正致力进阶高能级城市。

长三角的城市,底子都不薄,基本都是明星班出身。近年来,周边诸多城市均已纳入国家战略,上海自不必说,连舟山的开发与建设都上升到国家高度,义乌国际贸易综合改革和温州金融改

一 性情

革试验区均获批……爱面子的宁波人被逼急了,于是,铆足劲头打造起万亿级"制造之都"。最终国务院选择宁波为"中国制造2025"首个试点示范城市。紧接着,宁波也加入中国自由贸易试验区新方阵,挑起建设中国未来先进制造业样板的大梁。奋力抓住发展机遇,搭上利好政策的顺风船,崇尚穿"长衫"的宁波人,多少也保全一些面子。

"赤膊穿长衫"也并非一无是处的否定,里面包含着些许不苟且、骨子里要强的性情。和宁波人交往,要给其留足"面子",最好能互赠"面子"。所以,与宁波人交往要彬彬有礼,不可随意拿他们开涮,他们比较在乎别人对自己的评价。

那些埋头苦干的宁波人轻易不求人,有了啥难处,怕是会关在家里咬自己的手指头,自己谋路子。实在想不出下策向人开口,在心里面他其实并没有低头。帮忙之人既要想方设法为其分忧解难,还得小心翼翼地维护他的自尊。

经世致用"小乐惠"

明末清初,以宁波人黄宗羲为代表的思想家,提出并倡导经世致用思想。经世致用之学大兴,形成了一股有影响的社会思潮。

说白了,经世致用就是倡导研究学问要和社会实际相结合,主张用所学解决社会问题,以求达到国治民安的实效。这一思想体现了中国传统知识分子讲求功利、求真务实的思想特点以及"以天下为己任"的情怀。

富有富的过法,穷有穷的过法,宁波人戏谑:"秀才不怕衣衫破,只怕肚里没有货。"经过日积月累的修炼,宁波人练就了一套经世致用的生活哲学。

再说得通俗一些,可将这种经世致用的生活哲学概括为"小乐惠"。外人看来,"小乐惠"缺少气魄,多少带点小家子气。仿佛胸怀大目标,追求大事业,向往大城市、赚大钱、住大房、坐大车才是人生终极目标。然而,鲁迅先生调侃:"穷人决无开交易所折本的懊恼,煤油大王那会知道北京检煤渣老婆子身受的酸辛……"大有大的烦恼,小也有小的幸福。

一 性情

所以，宁波人经世致用的生活哲学里，"小"几乎是"可爱""精致"的代名词，小巧玲珑、小桥流水、小鸟依人、小康人家……

住小洋房，做点小生意，喝杯小老酒，打打小麻将，抱抱小孙子，过过小日子，外头天翻地覆慨而慷，老墙门里逍遥快乐做神仙。

他乡纵有当头月，不抵家山一盏灯。这一饮一酌、一醉一醒中，有一种宁波人淡然混迹的潇洒。在自得其乐中，带着与世无争的意味，享受人生难得的悠然时光。在终日纷扰的世间匆忙奔走中，宁波人自己晓得：片刻的悠然憩息，要且行且珍惜。

宁波人所说的"小乐惠"，并非不思进取、贪图现世安稳与岁月静好。骨子里天生的"不安定"因素，为宁波人在外自立创造了条件。很长一段时间内，经世致用与"拿来主义"占据了宁波人生活哲学的主导地位。

宁波人在建设家乡的同时，一并设计了自家的美好生活。宁波人注重生活品位和经济实惠相统一，追求生活的平和优雅，努力兼顾工作、学习、休闲。

宁波人的生活极有规律。一年四季，什么时候该出去玩，如何玩，什么时候吃什么，如何吃法，什么时候应该洗洗晒晒，什么时候要酱酱腌腌，什么时候要调理进补，安排得井井有条、自成一派，家家都有自己的套路规矩与约定俗成。

说到宁波的城市风格，总体是小家碧玉，房价不太低，也不会飙得离谱，城市该有的配套，几乎都囊括。一年四季，城中有四时

宁波人

分明的诗情画意:春日里,可去孝闻街扫打落一地的海棠;仲夏夜的明月帘下,漫步在三江口晚凉相对,笑指银河;文昌街秋日的梧桐叶被阳光炙烤得响脆;再抹一把月湖芳草洲的冬雪,塞进小伙伴的衣领里,保证他冻得嗷嗷直叫……

他们儿时去姚江动物园看过老虎;上学放学必绕过久久天桥;青春期逛镇明路买磁带后去城隍庙排队吃炸鹌鹑;成年后时常在天一广场、灵桥堵车;腰包鼓时去白沙码头海鲜大排档撮一顿;高兴了约朋友去老外滩看球喝一杯。即便在计划经济年代,在物质资源紧缺的情况下,宁波人在衣食住等方面,照样精打细算、量入为出、自给自足,虽简陋但不失精致,小日子仍然过得其乐融融、有滋有味,着实让外地人羡慕。

长期以来,经世致用"小乐惠"的生活哲学,造就不少宁波人"各管各"的心理与"自管自"的生活态度。宁波是块风水宝地,千余年来,几乎没有大的战乱与天灾,宁波人很长时间是在平静、安宁的环境中生活,他们已习惯于这种平稳而有秩序的生活。

"各管各"的心理,造就宁波人敏感而持重,较少冲动,不会贸然卷入是非旋涡。在生意场上,他们虽有魄力,却又冷静,可在谈判桌上耗费无穷精力;在交朋友上,不失热情却往往有所保留,缺乏为朋友赴汤蹈火、两肋插刀的侠义风范。

"自管自"的生活态度,让不少宁波人讲求实际,凡事左顾右盼,先想着给自己留条后路,与人自觉保持若即若离的一段距离。

一 性情

在今天看来，一小撮宁波人仍保持着一种求和求安、少惹是非的心理，沿袭了这种平稳而有秩序的生活习惯，并用自己的行动维护着这种有秩序的生活，维护着社会的安定和宁静。

大概是因为经世致用的"小乐惠"，宁波这座城不大不小，宜居宜业；宁波人的生活节奏，不紧不慢，喧静有度。宁波人的安居幸福感非常强，要是拿杭州、上海来比较，他们肯定会在旁边"酸溜溜"地说：还是我们宁波好啊，交通通畅、城市宜人，现代化设施和古典文化相结合。其实在每天的高峰时段，宁波市区的塞车程度也绝不含糊，但宁波人依然傲娇。

二

格 调

何以称宁波

从古至今,宁波有不少的称呼:句(gōu)章、鄞(yín)、鄮(mào)、明州、庆元,这些旧称皆为过往,简称唯独一个"甬"字。

"甬"的简称,有些年头,也有些来头,春秋时便有记载。《史记·吴太伯世家》:"(吴王夫差)二十三年(前473)十一月丁卯,越败吴。越王句践欲迁吴王夫差于甬东,予百家居之。"

据光绪《奉化县志》释义,县北二十里江口,俗称江口,其地在鄞奉交界的境上,此山峰峦颇似覆置的大钟,象形似"甬"字。甬者,涌也,此山由西而东,颇似泉涌,故名甬山,甬江流经甬山,凡甬江流经的区域,演绎为"甬地"。

宁波本地人提到籍贯,一般以"甬"字为常态,也以四明代郡,如唐代诗人贺知章,就自称"四明狂客"。唐玄宗开元二十六年(738),分鄮县为鄞、奉化、慈溪、翁山四县,以地属四明山区,设明州以统之。州以四明山为名,凡为明州人,常以四明称籍,自中唐沿用直到清末。

南宋光宗绍熙五年(1194),宁宗赵扩接位,次年改元为"庆元"。宁宗赵扩在藩邸时,遥领明州观察使,他即位后,升明州为庆元府。庆元的名称,是由年号而来。

宁波古代的建制沿革中,鄞、鄮、句章的历史源远流长,寻常市井百姓人家未必能把建制沿革、称呼变迁说得"煞煞清爽"。毕竟,这座城市可考的历史可上溯至公元前两千多年的夏朝,可谓渊源久矣。

鄞、鄮、句章位列中国最古老的建制县群,在此消彼长的过往中,不断演绎着宁波历史、地理、人文等多重脉络。此前,越人先民逐渐聚集到淡水丰富的溪流附近,在三个淡水资源丰沛之处形成大型聚落群:一个在平原南部的白杜,有剡溪流经,这个地方被称作"鄞",相传为欧冶子(古代铸剑鼻祖)造剑处。另一个在平原东部的宝幢,那里有天童、东吴、画龙三溪汇流,因毗邻贸山,被称为"鄮"。还有一个在平原北部的城山渡,那是姚江潮汐的中游,接近河姆渡,称为"句章"。三个大型聚落群,从东南西三边向三江口靠拢,逐渐拉开了明州时代的帷幕。

秦王嬴政二十五年(前222),秦国将军王翦率兵平定了属于楚国的江南一带,降百越之君,以吴、越地为会稽郡,设郡治于苏州,并于现在的宁波区域内设置鄞、鄮、句章三个县。由此,三县作为县级行政建制正式登上历史舞台。

鄞,《大明一统名胜志》称:夏禹时有"堇子国"。这是"鄞"最早见于文献。《国语》记载:越、吴两国交战,勾践败仗,退保会

二 格调

稽,派大夫文种到吴求和,吴王封勾践土地,"广百里,东至于鄞"。《吴越春秋》称:越有"赤堇山"。延祐《四明志》认为鄞县以"堇"得名,因此地有赤堇山,"堇"旁加"邑"为鄞。这样看来,鄞的称谓确实要比句章更早些。

从古至今,试图诠释"鄞"县得名由来之人,为数不寡。两宋以来,诸方志多有解释,鄞籍著名学者如王应麟、袁桷、全祖望等,对此均有钻研。民国时编著的《鄞县通志·文献志》更汇集了历代释鄞各说。当代鄞籍著名书法家沙孟海亦于二十世纪五十年代撰有《鄞字说》。

鄞县,曾是王安石变法的一块"试验田",不少外地人读着载有"王安石变法"的历史书而后知鄞县。宋庆历七年(1047),时年二十七岁的王安石从扬州淮南节度判官任上,调任鄞县知县,成为鄞县建县以来最年轻的县官。此后的三年多,他勤政爱民,革故鼎新,因修水利、放青苗、严保伍、兴学校等施政举措取得巨大成功而饱受百姓爱戴。千日治鄞,既是王安石迈出独立主政的第一步,又是他实践"才疏命贱不自揣,欲与稷契遐相希"的志向,服务苍生、辅政强国之始。被列宁称为"中国十一世纪的改革家"的王安石,在鄞县完成了水利法、青苗法、保甲法等变法的"初稿",也为宁波开创了一个教育与知识的时代。

勾,同古语"句"。句(gōu),春秋时越王句践的简称。《十三州志》载:"句践之地,南至句馀,其后并吴,因大城句馀,章伯功以

宁波人

示子孙，故曰句章。"句践"卧薪尝胆"后，于周元王四年（前472）灭吴，周元王派人封句践为伯爵，句践要向后代子孙彰显自己灭吴封伯之功绩，将原有南方边地的"句馀"，扩大范围而改称句章。

句者，句践自称也。章者，章其封为伯爵之功。这便是"句章"称谓之由来。句章是春秋时期重要的军港与航运中心，吴、越国的军事商业活动在此活跃。能将"句章"两字读得准确而无误，恐怕唯有宁波人自己。

鄮（mào），这个字几近消失，鄮因地有贸山得名。贸山位于今宁波东乡宝幢南，翻过这座山，就是茫茫东海。相传，贸山占尽风水优势，曾是海外民众携百货来贸易之所。贸山的东北山峰上，传说有迦叶尊者的左足趾影，临其上，便可望见阿育王寺。西晋陆云在《答车茂安书》中说，秦始皇三十七年（前210），东巡至会稽郡，乐不思蜀地在鄮县住了三十多天。不过这也只是文学家的道听途说和浪漫联想罢了。

鄮地风光依旧，句章和鄮却渐渐落到历史尘埃里。2015年10月，中国四大古水利工程之一"它山堰"申请世界灌溉工程遗产成功后，鄮县县令王元暐的丰功伟绩，渐渐唤起宁波人对鄮县的追思。五代后梁开平三年（909），因后梁太祖朱温曾祖叫朱茂琳，茂与鄮同音，为避讳将鄮县并入鄞县。从公元前222年，大秦始置鄮县，叫了千余年的鄮县的称呼自此销声匿迹。但宁波人对鄮这块"金字招牌"，始终心存牵挂，如今"鄮城饭店"之类的命

二 格调

名,无不寄托着这份思念之情。

明太祖洪武十四年(1381),明州府鄞县人单仲友,奏请以明州与国名相同,要求改名。他认为明州府既有定海县(即镇海县),可采"海定则波宁"的含义,将明州府改为宁波府。明廷采纳单仲友的建议。不久,明开国皇帝朱元璋下诏,将使用了五百多年的"明州"易名,遂以鄞县县治为宁波府治。

从这以后,宁波的称呼,就像一个人的名字,带着以柔克刚的踏实稳健,带着玉树临风的风雅灵动,带着诗情画意的虔诚祝祈,一直被叫了六百多年。

明州海上绮梦

"明州",曾是宁波之旧称,但宁波的旧称,不只"明州"这一个,句章、鄞、鄮、庆元……能嘟噜出一大串儿。偏偏"明州"这个名字既好听又好记,但凡肚子里有几滴墨水的宁波人,多多少少会自称"明州人氏",来显摆一番历史人文的家底。

唐代,明州与扬州、广州为中国三大港口。宋元,明州继续与泉州、广州为中国对外三大港口,历经明、清两代而不衰。这大概就是宁波人自称"明州人氏"的底气——昔日宁波也曾长期如今日"北上广"般出彩。

巍巍四明山,方圆八百里。东汉永平年间,刘阮遇仙的故事发生在四明山的"四窗岩",这个神话传说因集魔幻、青春、唯美、爱情于一体的"超级IP"气质,被后人广泛写入诗词、歌赋、戏曲之中,成为古代文学中被引用最多的典故之一。唐教坊创作《阮郎归》的曲牌,一度流行千年。

唐朝开元二十六年(738),大唐以宁波境内有四明山,而名之曰"明州"。也就是这一年,大唐在明州设立海关——市舶司,标

二 格调

志着明州港开始成为国际港口。甬江流域由此得以打破近千年的区域行政格局,一下子从县级升格为州级,并独立于越州之外。毫无疑问,这与宁波日渐发达的海路交通及贸易的外在刺激密切相关。

如果还需要一张升级王牌来助推,那就是宁波人手里攥着的"四明"商标。一群热心的唐朝诗人用诗歌为明州做了免费广告,争相为明州广而告之。

骆宾王、李白、杜甫、刘禹锡、元稹……从初唐到晚唐,有一百六十多位诗人写过四明山的山水风物。浙东四明山当之无愧成为"唐诗之路"的一个重量级驿站。

李白梦游登峰望海而高吟"四明三千里,朝起赤霞城"。贺知章归隐,号"四明狂客"。《全唐诗》收录了大量与四明山相关的诗歌。在这些描摹四明山的诗人中,最令人匪夷所思的是,陆龟蒙、皮日休二人从未到过四明山,却像模像样地作了《四明山诗九首》。

及至两宋的王安石、曾巩、周邦彦、陆游、范成大、文天祥,元明清之赵孟頫、王阳明、徐霞客、文徵明、徐渭、袁枚等众多文人雅士羁旅四明,流风余韵,经久不泯,遂使明州大地的水光山色、人文景观闻名于世。

宁波人稳稳妥妥地甩出了一张风烟俱静、森壁争霞的"四明"牌,让历代文人墨客写之不尽,咏叹不绝。然而,这仅是锦上添

宁波人

花。明州时代的出彩，明州时代的繁华绮梦，明州时代的纵横捭阖，最终的落脚点还是在那片一望无际的蔚蓝色大海。

公元前486年，吴王夫差开凿了一条从扬州（今扬州）到末口（今淮安）的南北水道邗沟。自此，一代又一代中国人步履不停，凭勤劳、智慧和坚强的意志，从短到长，不断地开凿整修，终于完成由宁波直达北京全长2700公里的中国大运河。明州也未雨绸缪般地，为大运河提供了一条便捷的出海通道，使中华丰物得以"港通天下"。

在以帆船作为动力的时代，东海海域上的洋流决定着出航的最佳时机。明州得天独厚，处在南北洋流交汇之处，又在中国海岸线的中心位置：港阔、水深、风平、浪静，南通闽、粤，东临日本，北望朝鲜。更难能可贵的是，东南有天台山脉和舟山群岛，成为阻挡台风入侵的天然屏障。如此一来，北方的平底船，南方的尖底船，一股脑儿地聚集在明州三江口一带，桅樯林立、千帆竞渡。

说来也巧，在河姆渡遗址出土代表海上活动的六支橡木桨，向世人印证，中国海上丝绸之路最古老的始发港自南向北有三个：一个是广州，一个是泉州，还有一个就是明州。

唐天宝十一年（752），日本孝谦朝三艘遣唐使船由东瀛来华，缓缓驶入明州港，在东渡门外的"三江口"靠泊登岸。在史书的记载中，这是明州地名诞生后接待的第一批海外来客。这一历史性

二 格调

的时刻，标志着古代宁波港正式开埠，从此开始了明州一千二百余年的对外开放史。而距此九年前，著名高僧鉴真东渡，途中船舶失事，在此获救。

姚江东流，奉江南来，汇合成浩浩荡荡的甬江，奔腾入东海，三江口是这座良城的三叉神经。

南朝刘宋开国皇帝刘裕（363—422），他的部队在三江口建筱墙，勉强算一个军事基地。到了唐代建城，三江口开始作为一个真正意义上的商贸港口。在狭长的三江口一带，唐代曾设市舶司，五代置博易务，宋代设市舶务，元代和明初再设市舶司，明嘉靖时设巡视海道司，清设巡视海道署，康熙时增设浙海常关，中英鸦片战争后，又为"五口通商"口岸之一。

三江口，又充当着中外文化交流的重地。南来北往的船只，牵扯出"三江口一弯，指末头一扳，五花八门，事体交关"的明州过往。

日本的航海史，半部在明州。

一到夏天，北赤道暖流从明州港流过，进入日本沿海；冬春季节，北冰洋寒流绕经日本，流入东海。如此有规律的洋流交替，为中日两国之间开辟了天然航线。

从日本难波津（今大阪）出发，途经博多（大宰府鸿胪馆），再行驶到值嘉岛（鹿岛），最后抵达明州，这条经典航线所用时间最短。一衣带水的便利位置，使日本人跟宁波人的交往，要远远早

宁波人

于欧洲人跟宁波人的交往。

唐天宝十二年(753)深秋月圆之夜,久居唐土的阿倍仲麻吕在归国前夕感慨万千,一抬头,却见天边皓月,银辉如洗,即兴用日文吟诵一首望乡诗:"翘首望东天,神驰奈良边。三笠山顶上,想又皎月圆",题名为《明州望月》。小诗收录在《古今和歌集》"羁旅歌"中。

阿倍仲麻吕少年入唐,科举中举,身为日本人在唐为官,与李白、王维、储光羲等人交往密切,常常以文会友,吟诗作对。"羁旅歌"的注释表明,阿倍仲麻吕是在明州留下的这首诗,或许正是身在三江口望月怀乡。

明州作为连接中国和日本的窗口,自古为日本人所熟悉并向往。著名的遣唐使阿倍仲麻吕、吉备真备和学问僧最澄、空海等日本文人,或坐船来明州,或从明州搭船回国,将其所学带回日本,广为传播,发扬光大,成就日本文明的新高度。

公元九世纪后,明州与日本交流频繁。借助日本史料可知,唐代的宁波地区出了三十多位航海家,最厉害的一个叫张友信。自842年至863年的二十多年间,他曾四次往返中国和日本之间,并创造过最快的航海速度。

北宋,波斯商人经常坐船来明州做生意。在他们的聚居地,当时的明州官员特地为波斯商人设置了一个"波斯馆",明州的波斯巷也因此得名,保留至今。

二 格调

唐宋八大家之一曾巩,在宋元丰二年(1079)知明州,兼领市舶务。就在曾巩知明州的前一年,大宋派遣安焘、陈睦前往高丽访问。为了这次出访,大宋在明州建造了两艘大航船,一艘叫"凌虚致远安济神舟",另一艘叫"灵飞顺济神舟"。两艘"神舟"从明州出发,到达时,高丽举国欢呼出迎。

辽国崛起后,时不时侵犯高丽,虎视眈眈地觊觎大宋,彼时大宋、辽、高丽三国关系复杂微妙。为此,宋神宗推出"联丽制辽"的外交策略,明州也因此成为大宋与高丽外交贸易的重要港口。在此背景下,曾巩来到了明州任上。他兼领市舶务,担任市舶使,执行神宗"联丽制辽"的邦交国策,助推大宋和高丽两国间良好的邦交贸易。

1323年前后,一位来自意大利,名叫鄂多立克的修道士,孤身来到元朝的明州旅行。他在《鄂多立克东游录》中写道:"明州(Menzu)此地船只如此之多,不仅你耳闻之后不太会相信,即使你目睹之后可能也会感到难以置信。"这是目前所知西方关于宁波最早的文字记录。

法国国家图书馆收藏的《加泰罗尼亚地图集》是现存内容最翔实、绘制最精美、流传最广泛的十四世纪世界地图。画在六张羊皮纸上的地图中,中国东南沿海区域的明州(MINGIO),被标注在突出的位置。显然,欧洲人对明州这座世界级的海港,进行过一番详细考证和研究。

宁波人

从文化影响力的角度来看,在明州对东亚诸国文化辐射的范围内,受影响最大的,毫无疑问要数日本与高丽国。

如果说遣唐使的主要目的地是首都长安,明州还只是他们的中转站的话,那么明朝时泛海来华的日本友人,譬如大画家雪舟,则更愿意留在宁波学习先进文化。

雪舟(1420—1506),日本画家,名等杨,又称雪舟等杨。他在日本被尊为"画圣",艺术地位之高,无出其右。他自幼出家入佛门,酷爱绘画,因仰慕唐朝柳宗元的名句"孤舟蓑笠翁,独钓寒江雪"而自号"雪舟"。

雪舟在明宪宗成化三年(1467)五月,随同以天舆清启为正使的日本第四次勘合贸易船来到宁波。上岸后,他去了天童禅寺。作为画僧,雪舟既求法礼佛,又研习画艺。在宁波期间,雪舟广泛吸收宋元明历朝名家技法,得元人淡墨山水之精髓,成为开创日本水墨山水画的一代宗师。

美国波士顿美术馆藏有雪舟的名作《唐山胜景图》,画中描绘当时宁波府城繁华的风貌:城墙沿江而立,江边舟楫如林,天封塔在远处高高耸立……雪舟初到宁波时是在三江口来远亭上的岸,他为眼前富庶繁荣的宁波城景象所震惊,印象深刻,因此画出如此生动的作品。

雪舟在宁波不仅学到了画技,也结交了不少当地的朋友,结下了宝贵的国际友情。其中,文士徐琏与其为莫逆之交。

二 格调

1469年暮春,当雪舟从三江口起航回日本时,徐琏特意为好友饯行,并作诗赠别,他饱含深情地写下:

> 家住蓬莱弱水湾,风姿潇洒出尘寰。
> 久闻词赋超方外,剩有丹青落世间。
> 鹫岭千层飞锡去,鲸波万里踏杯还。
> 悬知别后相思处,月在中天云在山。

这般动人的诗句,在千百年的历史长河中,或许曾无数次地在三江口的来远亭写就,送别了一批又一批仰慕中华文明的外国友人,运走了一船又一船蕴含百科知识的珍贵典籍。当孤帆远影在碧空将尽之时,船上的外国友人也定会回头久久注视港口的方向,嘴里喃喃念叨:"再见,明州。再见,宁波。难忘这片中国海!"

2015年底,中国宁波、日本奈良、韩国济州,三座城市被授予"东亚文化之都"的荣誉,宁波这座历史文化名城用文化与世界进行对话。宁波凭什么可与奈良、济州同时当选?

让我们把目光上溯一千二百年,落在唐代明州城外来自东瀛、高丽的桅樯帆影上,或者上溯七千年,落在河姆渡先民种植水稻、烧制陶釜、搭建干栏式木屋的身影上,因为至今还能够在日本的某个遗址里、韩国的某个纪念馆里,找到传承的答案。

佛教、书画、戏剧、造船、建筑、书志、茶文化、官僚制度、农业

宁波人

技术……诸多领域中,明州这座中国东南沿海的港城潜移默化地影响着东亚。

丰臣秀吉曾轻狂地做过这样一个黄粱美梦——"乘日本船渡海,居守宁波府",进而以宁波为根据地号令亚洲全域。

近来,日本佛教代表团多次来宁波寻访,宁波天童寺是当今日本曹洞宗、临济宗信徒的祖庭。列入世界文化遗产的日本奈良东大寺,也是南宋时期的明州工匠去日本建造的。最澄、荣西、道元、雪舟等著名日本高僧,皆在明州登陆后进入中国内地。

日本有本叫《圣地宁波》的图集,详细介绍明州与日本源远流长的文化交流。且不论徐福东渡的真假,但人工栽培水稻、干栏式建筑、木屐等文化符号,无不留有明显的明州印记。精神层面上,尤其是王阳明的心学、黄宗羲的经世致用,至今仍深深影响着日本人、韩国人。明末宁波人朱舜水,东渡日本后,得到德川家族水户藩第二代藩主礼遇。他带去的格物思想,两百年后成为反幕府的精神指导,遂致大政奉还,明治维新。

优游千载,昔日明州千帆海舶今化宁波舟山港之巨轮。大起大落的明州记忆,或喜或悲的明州往事,无不书写着昔日的壮丽图景,记录着海上丝绸之路的兴衰起伏……

英国人慕雅德,1861年从小火轮跳下,落足宁波的第一方土地,竟是黄晟斩蛟传说之处。年复一年的春汛如约而至,被春风吹落的桃花,将整个渡口衬上了一层桃红色。后来,他就记住了这古渡的名字——桃花渡。

一船明月一帆风

多年前,宁波还被唤作"明州"之时,人们大概想不到这个城市与江河湖海有什么关联,而一旦改名为"宁波",就令人很自然地感受到,这大概是一座港口城市吧,必与大江大海有着天然的联系。

洋洋东方大港,潮落潮涨;浩浩三江汇聚,将"书藏古今"的历史纵深与"港通天下"的宽阔视野集于一体,纵横捭阖,挥斥方遒,彰显宁波厚重的底蕴和开放的姿态。

宁波港,中国最古老的港口之一。大约七千年前,河姆渡人已创造和使用舟楫,航行于港湾与近海,这是迄今被考古证明中国最早的航海活动。早在唐代,宁波港已成为海上丝绸之路的始发出海港。

不只限于海运,宁波的内陆河运也很发达。京杭大运河的宁波段,把传统意义上的京杭大运河向东延伸了239公里。这一延伸的根本目的,是要为千年古运河提供一条便捷的出海通道。

事实上,京杭大运河只是中国古代三条大运河的其中一条。

宁波人

这三条大运河分别是以洛阳为中心的隋唐运河,以北京、杭州为起止点的京杭大运河,以及由宁波入海并与海上丝绸之路相连接的浙东运河,统称为"中国大运河"。宁波身处大运河的出海口,又是海上丝绸之路的连接点,这样一来,无论是内陆还是外海,无论是河运还是海运,到三江口一带,航道都贯通了。

航道畅通后,千帆竞发,百舸争流。既为海上丝绸之路的始发港,也催生了宁波高度发达的造船业,宁波人善于造船的本领,逐渐显现出来。

宁波人在造船上的强项,显然在于海船。《资治通鉴》记载,唐贞观二十二年(648),唐太宗为跨海征讨高丽,曾命令宁波等地造大战船待用。远在唐代,宁波人制造海船的能力已得到朝廷公认。当时的日本仰慕唐朝的造船技术,还把中国制造的海船称为"唐舶"。

唐代,明州是中国造船业的一个主要基地。明州造船师、航海家张友信,在唐大中元年(847)六月二十二日,从明州望海镇(今宁波镇海)扬帆驶往日本,"得西南风三个日夜",便横渡东海,靠泊日本"值嘉岛那留浦"。其行速之快,与日本遣唐使船旷日持久的漂荡,判若霄壤。

到了宋代,宁波人的造船能力更为突出。两宋时期,明州港的造船业已跃居全国首位。当时,明州打造的大海船,不仅广泛应用于商贸,还供朝廷派遣使者航海出国使用。《宋史》记载,北

二 格调

宋神宗元丰元年(1078),朝廷命安焘、陈睦出使高丽,用明州所造万斛船两艘,分别赐船名"凌虚致远安济神舟"和"灵飞顺济神舟"。徽宗时又派徐兢出使高丽,再次下诏明州造两艘更大的神舟,一为"鼎新利涉怀远康济神舟",二为"循流安逸通济神舟"。

北宋时,朝廷在三江口一带设立官营造船场,在东渡门外有造船监官厅事。造船场既有官营,也有民营。官营的主要打造用于江防、海防的战船,而民营的则主要打造贸易运输所需船只。

大大小小的古船,各不相同,那么古代从宁波港出发的海船到底是什么样的呢?

事实上,内河船和外海船在结构上有明显的差别。一般来说,内河漕运船只多为平底船,而外海船则是尖头尖底的。南宋孝宗朝,都督府张浚曾下令"明、温州各造平底海船"。这一道"屁股指挥脑袋"的命令,立刻遭到了宁波造船工匠们的集体抗议,因为他们都知道"平底船"入海后要"吃生活"。《宋会要辑稿·食货》中曾记载,陈敏在明州制造的二千料战船是"尖底海船",张浚下令造"平底海船"是在闹笑话。

纸上得来终觉浅,宁波古代海船的真正模样,一直等到1979年,在东门口交邮大楼基址内发现一艘宋代海船的残骸时才得以确认。挖掘出的这条船,船体基本完整,尖头、尖底、方尾三桅,水线长13米以上,型宽4.5米,型深2.4米,排水量在40吨以上。除了具备一般海船的特点,这艘宁波海船还在船的舭部安装有

宁波人

"舭龙骨"，可以起到减缓船舶左右摇摆、增强平稳性的作用。

苏联船舶专家勃拉哥维辛斯基（С·Н·Браговеспнский）在著作《船舶摇摆》中，曾记述"造船开始用舭龙骨，是在十九世纪的头二十五年"。而早在中国宋朝，宁波人已设计制造出舭龙骨的雏形并实际应用于船体，较之外国至少提早六百年，宁波造船业的先进与发达实非偶然。

船都造好了，下了海。万事俱备，只欠东风。航海，即使是再大的船，在汪洋大海中也渺小得如同一粒微尘，惊涛骇浪，急流暗礁，稍有不慎，随时可能遭遇倾覆。要想平安归来，船员们除了要有过硬的驾驶技术，也得"看天吃饭"，掌握季风洋流的规律。

宁波属于亚热带季风气候，四季分明，夏季多东风、南风、东南风，夏秋之交有台风，冬季受北方冷空气影响，多西风、北风、西北风。宁波人充分利用六月至十月多南风，十二月至二月多北风的风向规律，正风时用布帆，偏风时用利篷，顺风顺水，自然又快又稳。

古代的宁波航海家，究竟驶向了哪些地方呢？细究一番，航线还不少。

唐代，从宁波港出发的"国际航线"至少有三条：一是由宁波经江苏、山东连接渤海航线到达高丽；二是由宁波经福州、广州连接南洋航线到达今天的越南、苏门答腊、爪哇、斯里兰卡、巴基斯坦；三是横渡东海直接到达日本。

二 格调

宋代,除以上国家和地区外,还进一步开拓了到柬埔寨、泰国、菲律宾、印度尼西亚、马来西亚、伊朗等国的航线。

元代,宁波的国际航运发展到顶峰,与我们通航的国家和地区竟有一百四十余个,新增的国家包括意大利(威尼斯)、利比亚、阿曼、也门、印度等。

海风飘摇澄性,白云翩翔驰心,乘坐宁波人打造的海船,迎着东海吹拂的风信,海上的"丝绸之路""瓷器之路""茶叶之路"……一船明月,潮平岸阔,风正帆悬,畅通无阻。

解 语 花

北宋政和五年(1115)的深秋,年近六十岁的周邦彦,以"直龙图阁"身份,转徙明州出任太守,心头带有几分不爽,藏着些许失意。

想当年,周邦彦也曾有过一番凌云壮志。在二十八岁那一年,他向宋神宗献《汴京赋》。这一篇摹仿汉代《两都赋》《二京赋》的长篇大赋,洋洋洒洒,竟有七千字之多。

在《汴京赋》中,周邦彦用假设人物"发微子"与"衍流先生"的对话,巧妙地展开对汴都的颂扬,顺带赞许王安石变法新政,因此大获宋神宗赏识。献赋之举广为传播后,周邦彦名动天下,一时风光无限,官职也自"太学诸生"直升为"太学正"。

然而,日中则昃,月满则亏。周邦彦与属于旧党的苏门词人不同,他本人在政治上,更倾向于变法的新党。献赋之举,却埋下周邦彦宦途坎坷的种子。

周邦彦三十三岁时,新法尽废,新党尽贬。宋神宗逝后数年间,支持旧党的皇太后起用司马光,新法遭全面废除,旧党纷纷被

二 格调

召回,新党则流散四方。"元祐更化"中被挤出京城的队伍里,也有周邦彦一员。

他四十岁时,宋哲宗一上台亲政,就立马将那些旧党驱逐到天边,极力重用新党,并逐一恢复新法。前度刘郎今又来,周邦彦被召回汴京。天地翻覆后,他却觉得,有些倦,对未来茫然。

年近花甲时,他又转任明州太守,来到东海之滨的宁波做地方官。几番被"挥之即去,招之即来",周邦彦不免有些心灰意冷。

周邦彦(1056—1121),字美成,号清真居士,钱塘人。喜欢他的人还真不少,他精通音律,常自创新曲,为婉约词之名家。北宋婉约词家中,周邦彦虽最晚出,但他熏沐往哲,涵泳时贤,集其大成。周邦彦独创整饬字句的格律派之风,使婉约词在艺术上走向高峰,被后来格律派词人长期尊为"正宗"。

周邦彦词作多写闺情、羁旅,格律严谨,语言典丽清雅,长调尤善铺叙。其词风对南宋史达祖、姜夔、吴文英、周密、张炎等产生较大的影响,故而有"词家之冠"或"词中老杜"之誉。

周邦彦转任明州太守,在宁波做地方官的那段日子,留下了他众多辞赋中最负盛名的《解语花·上元》。这是词人周邦彦身在明州,元宵节感怀故人旧事之作,堪称周词中的上乘经典。

解语花·上元

风销绛蜡,露浥红莲,花市光相射。桂华流瓦,纤云散,

宁波人

耿耿素娥欲下。衣裳淡雅,看楚女、纤腰一把。箫鼓喧,人影参差,满路飘香麝。

因念都城放夜,望千门如昼,嬉笑游冶。钿车罗帕,相逢处,自有暗尘随马。年光是也,唯只见、旧情衰谢。清漏移,飞盖归来,从舞休歌罢。

上阕中,"风销绛蜡,露浥红莲,花市光相射"写的是当时宁波街市灯烛通明的绚丽景象。绛蜡,即红烛;红莲,为当时宁波市面上流行的莲花灯。绛蜡红莲,深的朱,浅的红,浓的影,淡的光,与朦胧烟月幽幽氤氲漫舞。

周邦彦笔下的明州城,灯火辉煌、游人如织的元宵夜欢娱情景,正是昔日宁波人过元宵的节庆习俗。时至今日,宁波人依旧保持着元宵节赏花灯的习俗。

上元,即元宵。北宋元宵节当晚"金吾放夜",警卫解除宵禁,人们可以彻夜游玩。上元夜,不仅官家"放夜",也是宁波人在一年之中,唯一允许女孩儿步出闺门,结伴去红衢紫陌中尽兴游玩的夜晚。

可想而知,在城厢宁波人的心中,这一晚该是何等的绚丽繁华。当年的宁波女孩儿,想必也都暗暗期望遇上一位玉树临风的翩翩美少年吧。所以,她们纷纷"衣裳淡雅,看楚女、纤腰一把"。这都是何等的绚烂灵动与美妙。

二 格调

"桂华流瓦"写的是月光在屋瓦上盈盈流动,饶有霜月风露,境界确是上佳。周邦彦本人精音律,故而能精雕细琢,研音炼字,在艺术技巧上出奇制胜。然而,"桂华流瓦"无上精妙的炼字,却遭到王国维的点名批评,说他雕琢之痕过于明显。

王国维在《人间词话》里评论:"词最忌用替代字。美成《解语花》之'桂华流瓦',境界极妙,惜以'桂华'二字代'月'耳。梦窗以下则用代字更多。其所以然者,非意不足,则语不妙也。"

古代文人,尤其是词人,或多或少有典故痴迷症。经史子集是不少词人的命根子,恨不得倒背如流。过多地用典,难免流于雕琢堆砌,甚至晦涩难明。王国维在这一点上无疑是清醒的,批评也较为中肯。

如果说,"桂华流瓦"仅是个小小的技术缺陷,那么配合其后的"耿耿素娥欲下",倒也自成机杼,容易理解。宁波城厢的红衢紫陌,宁波人的淡雅衣裳,宁波市井的满路飘香麝,花稠锦叠,水软尘温……宁波元宵盛景确被周邦彦一一述之。

下阕用"因念"二字领起,目睹浙东宁波人过元宵节的场景,周邦彦追忆起汴京"花团锦簇"的灯节欢腾盛况,追忆昔日似水年华。当年汴京的灯夜,千家万户张灯结彩如同白昼,姑娘们笑盈盈出门游赏,香车上不时有人丢下罗帕,如斯月夜,御风而行,乘风归去。

怅望汴京,一器一物,一颦一笑,风物依旧,念想自家几番被

宁波人

"挥之即去,招之即来",周邦彦心头难免有些失落。后人念着"看楚女、纤腰一把"的香艳,可曾料想,词人在新旧党争的旋涡里浮沉,处处樊笼藩篱。

流光容易把人抛。周邦彦离开宁波城百年之后,宁波城内诞生了一位独具风格的著名词人——吴文英。这位南宋著名词人横空出世后,婉约词迎来了"朦胧词"时代。

吴文英(约1200—约1260),字君特,号梦窗,晚年号觉翁,明州鄞县人。他长期充任权贵的门客幕僚,始终不仕,布衣终老。吴文英的词,语言瑰奇绚丽,意象变幻纷呈,含义隐晦曲折,被不少词论家指责破碎迷离,不成片段。然而《四库全书总目提要》中却说:"词家之有文英,亦如诗家之有李商隐。"

吴文英是位高产的词人。他生前自编词集已散佚,今存《梦窗词》,流传的词有三百五十首之多。南宋词人中除辛弃疾之外,数他为多。

南宋沈伯时在《乐府指迷》中,将吴文英词法主张概括为四点:一是协律;二是求雅;三是琢字炼文,含蓄不露;四是力求柔婉,反对狂放。经过沈伯时的提炼,不难看出,吴文英妥妥地接过周邦彦手中的接力棒,与美成词风如出一辙。但是,"梦窗词"却打破周邦彦传统的层次结构,呈现转换自由、跳跃性强、现实与想象杂糅的特点。

北宋后期,所谓"雅词"逐渐在士大夫中兴起,至南宋,蔚然成

二 格调

风。宁波书生吴文英在其中的助推,可谓功不可没。综而观之,南宋词人队伍不乏杰出者,相对风格较单一,整体上输北宋一大截。吴文英开创"朦胧词派",努力打破这种单一风格,故清代常州词派周济评价他"由南追北,是词家转境"。

沈伯时《乐府指迷》中又云:"如说桃不可直说破桃,须用'红雨''刘郎'等字;如咏柳不可直说破柳,须用'章台''灞岸'等字。""清、雅、正",周邦彦的词风无疑成了吴文英眼中的最高标准,时时以其为宗。读完前面周邦彦的《解语花·上元》,再来看看吴文英的《解语花·梅花》:

解语花·梅花

门横皱碧,路入苍烟,春近江南岸。暮寒如剪。临溪影、一一半斜清浅。飞霙弄晚。荡千里、暗香平远。端正看、琼树三枝,总似兰昌见。

酥莹云容夜暖。伴兰翘清瘦,箫凤柔婉。冷云荒翠,幽栖久、无语暗申春怨。东风半面。料准拟、何郎词卷。欢未阑,烟雨青黄,宜昼阴庭馆。

美成,虽则是遣词雕琢惯了,上阕写宁波人过元宵,下阕汴京思旧,然而章法、套路丝毫未乱,一贯是传统的层次结构。众人读完上阕,大概能猜到他下阕要说些什么。

宁波人

吴文英的《解语花·梅花》，却不是这样。上阕起首一上来，就是倒写一气。从逻辑上说，应是先"春近江南岸"，然后词人循路而"路入苍烟"，再见到"门横皱碧"的迷离春景，为梅花之正式出场蓄势。而吴文英呢，他才懒得遵条理、循脉络，横竖不来这一套。

"端正看"句，看似欲正面写梅花，实则依然不写花蕊、枝萼如何，而是笔锋陡然一转，将梅花比作当年薛昭在兰昌宫撞见的艳鬼。周邦彦仅是用"桂华流瓦"之典，吴文英却漫说起张云容与薛昭合婚的故事。可见梦窗词跳跃性极大，变幻万千，难以捉摸，理解起来真是一件不太容易的事情。

读完上阕，吴文英将会在下阕写啥，读者是猜不到的。从"暮寒如剪"写至"酥莹云容夜暖"，又写至"冷云荒翠"，最后至"烟雨青黄，宜昼阴庭馆"，忽而实景，忽而幻觉，令人目眩神迷，这是不是在写梅花？为此，南宋张炎批评他的词说："如七宝楼台，眩人眼目，碎拆下来，不成片段。"

但是，通篇读后，能说《解语花·梅花》的言辞不美吗？能说张云容还阳的故事不精彩、不玄幻吗？颗颗珠玉看似散乱烟霞，却被一根红线串起，成为完整词作。

宁波词人吴文英，像个调皮的神童，只管按照自己的方式，用跳跃的思维表达自己的情绪，而不管读者的思维是否会与自己合拍。读吴文英的词，只管让其情绪牵引着你走，就不要考虑太多

二 格调

的衔接和过渡吧。所以,有人直言不讳:吴文英就是中国最早的朦胧派词人。

王国维极看不惯这位宁波人。他在《人间词话》里反复痛批吴文英,直呼梦窗为"龌龊小生",可以说是三天一小批,五天一大批。吴文英在《人间词话》出现的频率甚至超过了苏东坡,偶尔被老王赞誉几句,已是极为难得。

事实上,吴文英的词,犹如一部后现代电影,意境变幻莫测,场景纷至沓来,始终有一种饱满清晰的情绪渗入词中。这样的词,爱者极爱,恶者极恶,基本看个人的喜好。

词有千面,解语花篇篇不同。宋代理学盛行,礼教束缚逐渐繁复。于此情形下,周邦彦笔端的明州风情,宁波人吴文英的《梦窗词》,也算是别树一帜了。

微盐隐于水

作为中国历史文化名城,吾甬学风鼎盛,大儒辈出。这不是一句"假大空"。

西晋末、北宋末,黄河流域居民两次大规模南迁,南渡的中原文化精英聚居浙东,贯之经济长足发展、尊师重教风炽、藏书发达等诸多因素,吾甬为"天下贤俊,多避于此"的江南七府之一,并渐为中国思想界最活跃的区域之一。

古往今来,在浙东学术文化名家中,择其哲学思想成就突出的:北宋有杜醇、楼郁等"庆历五先生";南宋有被称作"淳熙四先生"的杨简、袁燮、舒璘、沈焕,四人对陆九渊心学在浙东的传播推波助澜;明代有开创孔孟儒学新境界,冲破理学束缚,提出"心外无物"命题、"致良知"主张、"知行合一"思想的王阳明;清初有宣传民为国本,反对君主专制的民主启蒙思想家黄宗羲;近代也有传播普及马克思主义哲学的冯定。

倘若把中国历史上集大成的思想家减少到最低限度,也一定少不了宁波人黄宗羲、王阳明。阳明心学,拓一代之心胸;梨洲

二 格调

《待访》,破长夜之迷茫。

且不论"黄宗羲定律",他那部启蒙色彩鲜明的《明夷待访录》对封建专制制度作了全面批判,在政治、经济、军事、文教等领域全方位地提出"天下为主,君为客""无君之君"的治国思想,深刻影响了中国民主革命先驱谭嗣同、孙中山诸人。

黄宗羲看透皇帝老儿不过是"生于深宫之中、长于妇人之手"、足不出户的"宅男",见识和执政能力有限,把整个国家的前途命运只放在这样一个人手中,并不保险,故而树立"无君之君"的治国思想,唤醒众人担负起"天下"的责任。三百多年前,黄公摇起"天下为主"之大旗,是为中国早期民主主义启蒙思想家。

中国历史长河中,少有能将"立功立德立言"做到极致的人,明代的王阳明大概可算一个。这番评价来自曾国藩、梁启超、孙中山、"蒋委员长",来自日本现代经营大师稻盛和夫。这位著名的思想家、军事家兼教育家,堪称"儒中慧能"。一生文治武功俱称于世,其"知行合一""致良知"的思想渐为人知,拥趸无数,自近来持续升温的"王阳明热",可略知一二。

"阳明学"远承孟子,近继陆九渊,自成一家,传播中外。只是后人将其讲得玄乎,原本的"接地气"化为高深、艰涩。实则不然,诸多史料记载,明清时期放下田间锄头、挑着粪桶的浙东农人,也会研习阳明心学,皆因万花根源在良知。

论及浙东学术,当以史学成就最为突出。浙东史学肇于汉

宁波人

唐，发展于宋明，鼎盛于清代，延续近代。唐代，贞观名士虞世南所著的《帝王略论》为早期评论历代帝王的专著。南宋，王应麟推进历史编纂学革新，黄震参修宁宗、理宗两朝实录国史，胡三省突破前人作《资治通鉴音注》。元代，袁桷参与编修宋、辽、金三史。明清之际，黄宗羲新创"学案体"，其《明儒学案》为中国第一部完备的学术史料专注，清万斯同参修明史，全祖望七校《水经注》、三笺《困学纪闻》、增补辑《宋元学案》。近代，陈汉章一生致力经史子集"四部"研究。当代亦有黄云眉、童书业、张芝联、邹逸麟、毛昭晰等史学大家。

宁波接受新思想较快，也出产经济学人才。自新中国成立，涌现董辅礽、乌家培、黄达人、蒋学模、伍柏麟、张为国、叶雅阁等从事经济学教育与研究的学人，一时瑜亮，各有千秋。宁波人在法学领域颇有建树，吴经熊、严景耀、江平、龚祥瑞、应松年、周汉民、胡建淼皆为法学界之翘楚。

然而，这一支浩荡的队伍，终离不开教育洗礼。吾甬早在东汉已设学宫，唐宋以来，州、县学发达，书院林立。1047年，年轻的政治家王安石作为鄞县县令踏上明州，他第一件政务决策，就是创办一所"县学"。他延请慈溪人杜醇为教师，因孔庙为学，教养子弟，又作《师说》一文勉之。这一决策，对后世影响源远流长。

明清时期，尊师重教引发一个奇特的现象：浙东学术人才大

二 格调

量集中在以余姚江为纽带的鄞县、慈溪和余姚,使其成为中国人才最密集的区域之一。有人做过统计,鄞县、慈溪和余姚三县的乡试解元人数一度占浙江的一半。余姚被誉为"文献名邦",其他县市区也不会有意见。从上古时期的虞舜,到汉代严子陵,到初唐虞世南,再到明清王阳明、刘宗周、朱舜水、黄宗羲、万斯同……明清时期的浙东学术空间布局恰是落在余慈。毕竟范仲淹早有远见,北宋庆历年间就把"东南最名邑"的奖牌颁给余姚。姚江两岸的人才荟萃现象延续四百余年,至今未衰,乃至近代陈布雷,现当代邵洵美、顾仲彝、袁可嘉、余秋雨等文人辈出。有人调侃"一部宁波志,半部余慈史",宁波人文不可避免地要借助余姚撑撑场面

鸦片战争后,宁波洋学堂、新式中小学堂比比皆是。至1908年,已有中学堂5所、中等专业学堂6所,小学280所,数量为浙江省第一,全国领先。严修、张寿镛、蒋梦麟、张雪门、杨贤江、张其昀等教育家纷纷涌现。出洋留学之风兴起,翁文灏、蒋梦麟、林汉达、陈之佛、董辅礽等留学生,日后皆为有影响力的学者。

回顾中国新文化运动,浙东是一个人才渊薮。先冒一茬的蔡元培、经亨颐、周作人、胡愈之、刘大白、夏丏尊、朱自清、丰子恺、俞平伯、邵洵美,晚一辈的王任叔、柔石、殷夫、唐弢、柯灵、穆时英……早春晨曦,晚秋山泉,吾城既有"山间明月"映照,又不乏"江上清风"吹拂。

宁波人

《新青年》阵营风流云散后,北平文化界沉闷久矣。1924年深秋,周作人、钱玄同、孙伏园、顾颉刚、章川岛、江绍原、李小峰七人聚会欲创办新刊,顾颉刚拿出朱自清、俞平伯编于文学研究会宁波分会刊物《我们的七月》中的张维祺《小诗》,诗句中有"语丝"一词,随机定为刊名。半个月后,《语丝》周刊出现在北平街头的报童们手中,日后成为中国现代散文一个流派。

回望中国现当代文学,宁波籍作家写出了一片出彩的天地。曾在十九世纪四十年代走红的女作家苏青,其作品《结婚十年》《浣锦集》踏实地展现生活情趣与"伟大的单纯"。1950年3月,张爱玲为"稻粱谋"在上海《亦报》上以"梁京"的笔名连载《十八春》,"梁京"是她一生唯一用过的笔名,读者一度以为是宁波的"鬼才"作家徐訏。当看完梁家辉主演的电影《人约黄昏》,方知其改编自徐訏的成名作《鬼恋》,回头翻原著,莫不如冰室观火,过目难忘。故而,林语堂在题为《五四以来的中国文学》的演讲中直言:"在短篇小说家中,鲁迅、沈从文、废名和徐訏是最好的。"

同样,我们看到的王家卫电影《花样年华》《2046》分别改编自宁波籍作家刘以鬯的《对倒》及《酒徒》。至于"新感觉派代表"穆时英《白金的女体塑像》,於梨华《梦回青河》,毛尖《非常罪 非常美》、安妮宝贝《告别薇安》、阿耐《大江大河》……如云舒卷,如花自绽,赏者自迎。在读着入选中学课本的柔石《为奴隶的母亲》时,宁波的文青们也确实暗爽一把。

二 格调

　　身处一半是大陆、一半是海洋的宁波人，在两种异质文明的对比影响下，大概脑袋早开窍一些。在蒙昧专制的世道，处乱世烽烟的时代，逢"未有之变局"时，崇学向善的宁波人，或多或少受"知行合一""经世致用"的影响，一如微盐隐于水，大味却不曾淡。

天童诗僧

前日,偶得一本《八指头陀诗文集》,收录了清末爱国诗人、中华佛教总会第一任会长寄禅敬安的多篇诗词。这位昔日天童禅寺的首座对梅花情有独钟,《嚼梅吟》《白梅诗》颇有一番别样的空灵忘我。

大概,诗歌是有归宿的,僧人也有僧人的命运。

诗僧,为世所称道者。晋有法显、道林;唐有寒山、贯休;宋有参寥、石门;近代禅诗工吟咏者,苏曼殊、弘一法师称巨擘。他们一个个通文晓艺,善于诗作,将佛禅与诗学相融契合,开辟出一个个空灵忘我、玄妙淡然的美学境界。

始建于西晋的天童禅寺,距今已有一千七百多年历史。

西晋永康元年(300),僧人义兴云游至扬州部会郡县(今宁波鄞州)南山之东谷,因爱其林谧溪幽,松涛漫漫,遂在此结茅修持。相传,当时东谷附近并无人烟,却有一位童子每日前来送给薪水。

不久,精舍建成。童子对僧人义兴说:"我是太白金星,因你

二 格调

笃于道行,感动玉帝,命我化为童子前来护持左右。如今大功告成,特此告辞。"言讫,童子不见。由此,山名太白,寺曰天童。

只是这样的传说,毕竟有些牵强。但其后,天童进化为中国禅宗史上"五山级"的寺院,为佛教临济宗的重要门庭,也成为日本佛教曹洞宗的祖庭,号称"东南佛国"。关于天童寺的历史,有人甚至把它说成是一部浓缩的中国禅宗思想史。

一千七百多年的历史长河里,唐代的法璿、宗弼,宋代的惟白、宏智正觉、浙翁如琰、别山祖智、密云圆悟……天童寺禅风盎然,高僧辈出。

众多高僧中,有一位诗僧,他的体行与诗情相互印证,在出世法与世间法的交融之中,表达着一个僧人炽热的家国情怀。他就是中华佛教总会第一任会长——寄禅敬安。

寄禅敬安生逢乱世,于清末民初的"大变局"中住持天童禅寺。民国元年(1912)初,亲赴南京谒临时大总统孙文,递呈申请中华佛教总会成立案文及《佛教会大纲》。中华佛教总会在上海成立后,他被推为首任会长。

八指头陀,俗名黄读山,法号寄禅,取寄入禅门之意,别号敬安,意即敬则心安,寄禅敬安乃正式法名,而"八指头陀"是他最响亮的称呼。"八指头陀"这个怪异的称呼,众人叫得爽脆豪迈,一半是出于难以言喻的惊奇,另一半则出于莫名的敬意。

奇人有奇行,奇人每有奇遇相随。1877年,时年二十七岁的

宁波人

他，在宁波阿育王寺佛舍利塔前，毅然将左手的两根手指在长明灯上烧断，并剜臂肉燃灯供佛，以一时之痛表一世之虔诚，自此号"八指头陀"。芸芸众生联想那画面，难免心折骨惊，后脊冷汗涔涔。

如今，天童寺旁留有一座嚼梅亭，亭与"八指头陀"有关。1881年，八指头陀的第一部诗集在宁波刊行，名为《嚼梅吟》。他随之被誉为"白梅和尚"，后有《白梅诗》问世。

"佛寿本无量，吾生讵有涯？传心一明月，埋骨万梅花。"天童山冷香塔的开篇，那沉沉的诗囊正是佛心光芒的闪耀。"白梅和尚"生前诗名已流播海隅。天下识得八指头陀的人，云其诗带云霞，不落尘抱。但凡是梅花，他必定"闻言大喜"。追随他的不仅是喜欢他的梅花诗，更多的是喜爱他身上自然的佛性。

他写诗用力之勤，用心之苦，倒是远胜于才思敏捷的诗人。

向晚钟声徐来，纱灯古殿内，有时，为一字安置不妥，他如负重累，焦虑至寝食皆废。他不执一端，不守一藩，甚至将《楞严经》《圆觉经》的经文混合《庄子》《离骚》的警句随意宣唱，乃至身边不少人视他为写诗走火入魔的狂僧。

他登岳阳楼、偶拾佳句的桥段最为精彩。年少时的八指头陀，对诗歌的章法一知半解，心中却有平平仄仄的妙语撞来撞去。二十一岁时，他去巴陵顺访娘舅，与诸公同登岳阳楼。见洞庭水天一碧万顷之豪景，诸公皆分韵赋诗，唯独八指头陀澄神趺坐，下

二 格调

视湖光粼粼,念去去千里烟波,逢此洞庭美景当前,他意动神驰而不费思索,低眉在涛头浪际念念有词:"危楼百尺临江渚,多少游人去不回。今日扁舟谁更上?洞庭波送一僧来。"

洞庭波送一僧来。这"一僧"恰似自己,又非其本人。这一劈空而撰的奇句,着实让在场诸公黯然失色,拍手叫绝,被赞为神来之笔,让二十一岁的八指头陀诗名鹊起。宿儒郭菊荪听闻此句,大为激赏而拍案惊呼"如有神助也",并赶赴岐山仁瑞寺,亲手送给八指头陀一本《唐诗三百首》。好诗佳句自来投缘,据此精进如策马飞舟。

《冷香塔自序铭》道出他的诗性与佛性,仿佛是与生俱来的。童年的八指头陀为苦根一株,十一岁那年,他在私塾檐下避雨,忽闻学堂里有人咏诵古诗"少孤为客早",一下子触碰到他内心深处敏感的情弦,霎时有泪盈眶,黯然神伤,雨滴打在脸上,落进嘴里,满口咸涩。十八岁那年,又是一场突如其来的如磐暴雨,他无意间看到篱间的白桃花被摧残得簌簌零落,随污淖陷渠沟,佛性屡屡激荡他内心的波涛,由此而得悟。有些人,即使不诵经念佛,也心怀慈悲,他最终少年离俗,遁入空门。

情僧与诗僧,并非一天练就,有人不需遁入空门,亦能自度,乃至度人。革命和尚苏曼殊,每遇色界与情关,好作痛语和恨语。回头再看看八指头陀,他心莲不动,一生不涉欲海,行迹飘然,心无艳情,笔无绮语,诗词跌宕,却有云山烟水奇气。

宁波人

八指头陀在参禅究法之余,吟诗明志,被后人誉为"爱国诗僧"。一生以诗会友,结交僧俗贤豪,抒发爱国忧民之心。时值"庚子""甲午"之辱,愤而书"鲸吞蚕食各纷争""国仇未报老僧羞"之句,警醒世人。

只可惜"洞庭波送一僧来"的八指头陀,生在黄钟毁弃、瓦釜雷鸣的晚清乱世。倘若他身处唐宋,也许又是一位卓尔不凡的大方之家。

四明工巧

鲁迅先生的《阿Q正传》写到，阿Q在众多的革命梦中，一心惦记着，如何将赵秀才家的"宁式床"抬到土谷祠。

阿Q为何要打"宁式床"的主意？"宁式床"又是哪里的？仔细的看客读着小说，难免会心生疑窦。

阿Q的"宁式床"情结，浙东人大多能理解。在很长一段时间里，宁波人打造的"宁式床"一直是豪华与金贵的代名词。三进的宁式床像一座精美的房子，一间大房子中又套了一间小屋子，走上八步后方能走通，且梳妆台、点心盒，乃至马桶等生活用具一应俱全，床内、床外犹如一座小型的宫殿。

"宁式床"因造型考究、做工精美、工序繁复，又称"千工床"。心灵手巧的宁波人，喜欢慢工出细活，所以就有了"千工床""万工轿"。又独创朱金漆木雕、骨木镶嵌、金银彩绣、泥金彩漆技艺，更不消说那些迎神赛会、灯会上的雕花木船、鼓亭、台阁……

在中国，早有"艺痴者技必良"之说，诸如《庄子》中解牛游刃有余的庖丁，《核舟记》中记载的奇巧人王叔远，宁波人将这些匠

宁波人

人统称为"工巧"。又因宁波人手里攥着"四明"商标,两者组合之后,这类技艺超群的手工艺者就被唤作"四明工巧"。

十里红妆女儿梦,"千工床"仅是其一,更精彩的是"万工轿"。民间流传的"村姑救宋高宗,浙东女子尽封王"的故事,使宁波女子出嫁可以凤冠霞帔,婚嫁器具上可以雕龙刻凤,涂朱贴金,享受公主出嫁的待遇。一则古老的传说使宁波人的结婚礼俗绚丽而独特,尤其在宁海人十里红妆婚俗中,丝绸与帷帐,珠帘与朱栏,抛却了深闺幽怨和红烛泪干。

"万工轿"可谓举世无双,原因在于独特的朱金漆木雕工艺。这种宁波匠人的传统工艺,注重"三分雕刻,七分漆工",使其富丽堂皇、金光灿烂的工艺效果无可比拟。

"千工床""万工轿"集中了雕刻、堆塑、描金、勾漆、填彩等工艺手段,又包含小木作、雕作、漆作、桶作、竹作、铜作、锡作等民间匠作,无不体现四明工巧们的精湛技艺和独特匠心。步摇玲珑宝髻,裙拖环佩叮咚,对于如此浪漫、上档次的结婚排场,宁波人家的女儿也懂得知足。

民国时期,坊间有一则逸闻,坐上这顶轿子的新娘,是当时被称为"活财神"的上海总商会会长、宁波商人虞洽卿的女儿,嫁的是盛宣怀之后人。盛家嘛,可以说,中国民族工业都可以追溯到盛家。门当户对、明媒正娶,彰显身份的"万工轿",最是恰当不过。

四明工巧在"三金一嵌"上的运用,大到百姓家的眠床、橱柜

二 格调

等内房家具,小到提桶、果盒、彩绣等生活用品,无不传递出宁波人对传统生活美学的追求。公元743年,鉴真和尚东渡日本,从宁波阿育王寺带去的金银绣千手佛像,至今在日本被奉作国宝。泥金工艺和彩漆工艺,直接影响了日本漆艺发展。

很久以前,西方人对中国的印象主要源于三种独具东方色彩的物品:丝绸、茶叶和瓷器。从某种意义上说,瓷器的影响甚至要超出丝绸和茶叶,否则西方人不会将中国称为"China",把"瓷器"当作中国的代名词。

在中国人烧"瓷器活儿"的功夫中,四明工巧烧出了中国最早的一个瓷种——青瓷。宁波人从东汉开始烧制青瓷,历经三国、两晋的发展,到晚唐、五代达到全盛。在中国各大著名窑系中,越窑是持续时间最长、影响范围广泛的窑系。唐宋时期,越窑青瓷从上林湖起航,经东横河入姚江,通过明州港,开启了宁波通向海外的"陶瓷之路"。上林湖越窑遗址,看上去有些破破烂烂的,杨梅成熟的季节,人们用碎瓷片打上几个水漂后,才发现这竟是个露天的"青瓷博物馆"。

四明工巧做服装也得心应手。孙中山的第一套中山装、开国大典上毛主席穿的中山装,皆出自宁波人之手。一百多年前,宁波"红帮裁缝"们靠一把剪刀、一个熨斗、一卷皮尺闯天下,以精湛的工艺,在中国服装史上留下浓墨重彩,宁波也成为中国近代服装的发祥地。

宁波人

如今，中国人身上穿的衣服、屋里用的小家电、办公室用的文具，不少是宁波人做出来的。一般来说，宁波人极少生产以次充好的"地摊货"，不怎么会搬起石头砸自己的脚，今日的四明工巧们，依然不曾忘却对品质的执着与追求。

雪 隐

钱塘自古繁华。到杭州总要望一眼西湖,吃上一块东坡肉,也算没白来省城一遭。

白堤下"楼外楼"是吃东坡肉的不二家。孤山人文荟萃之地,"楼外楼"一直独领风骚,在天堂食府啖肉之余,可一并观瞻吴湖帆、江寒汀、唐云等书画大家在楼中留下的墨宝。有这般景致的酒楼食肆,国内实在不多。

有一回,出了"楼外楼",路过艮山门时,误打误撞进了"雪隐"。在建国北路和环城北路交叉的凤凰亭下,平生第一次踏进那座最美的公厕——"雪隐"。

凤凰亭下的太湖石上刻有绿色的"雪隐"二字。最初,我以为"雪隐"是杭城 G20 后的一处新景观。迈入厅堂,檀香清幽,顶挂水晶玻璃大吊灯,厅内摆椅子和茶几,关于"雪隐"的最初印象,无疑是茶室一斗。

抬头但见,烙书条幅《得大自在》曰:"古今中外不二门,面壁求解脱;东西南北同一道,临池得轻松。"没料到,这个"雪隐"恰

宁波人

恰是公厕。看着水龙头旁洗手的路人,再瞥见墙上铜牌刻着"四星级生态旅游厕所",再不生疑。

室内墙上挂一块木牌,烙出"雪隐"典故:"雪隐,看到雪隐这两个字,没有谁会将它和厕所联系起来……传说雪窦山的明觉禅师曾在杭州灵隐寺打扫厕所,所以,出家人把厕所叫成了雪隐。"

雪隐,远观云遮雾罩,若隐若现;近看晶莹剔透,空明澄澈。雪影留踪,禅意盎然。然而,它的确是个厕所,不过,是佛家的厕所。

好一个雪影留踪、禅意盎然!好一个佛家厕所!

木牌上的撰词,未具落款人,却牵扯出明觉禅师、雪窦山、灵隐寺。这些深藏近千年的往事,令人一心想刨根问底,探出个究竟。

真实情况是,这个厕所的确与宁波雪窦山的明觉禅师有段渊源。据《宋代高僧云门宗大师重显考略》记载,雪窦山明觉禅师(980—1052),又名雪窦重显,是北宋著名云门宗高僧。重显幼受家学,年少离俗入道,后隐于杭州灵隐寺三年,转徙明州雪窦山资圣寺,海众云集,大扬宗风,有云门宗中兴之祖之称,谥号"明觉大师"。遗有《明觉禅师语录》六卷、《碧岩集颂古》(即《雪窦百则颂古》)及诗集《瀑泉集》。

《雪窦塔铭》中,也记载了一则明觉禅师悟道的生动故事。明觉年轻时,拜光祚禅师修学。某日,他向光祚提问:"古人不起一念,云何有过?"光祚始终不开示,前后两次用拂尘击他,明觉却由

二 格调

此得悟。以槛外人的眼界,他两次被拂尘击打得悟,不知起何念,像是一段参不透的公案。

明觉得悟后,辗转池州景德寺出任首座。在池州,他遇到了幼年好友曾会,曾会恰在池州任知州。一个是景德寺首座,一个是池州地方官,天涯一旦成知己,好友何处不相逢。

北宋时期,明州一带已成为名副其实的"东南佛国"。唐末五代,明州的奉化出了个怪和尚。他出语无定,常以锡杖荷布袋,手提罗汉珠,游化四方,见到人便向其乞讨,得来的东西全藏于布袋之内,众人唤他"布袋和尚"。

布袋和尚整日袒胸露腹、笑口常开,与人为善、乐观包容。这个法名"契此"的和尚,常到雪窦山弘法。布袋和尚圆寂前,端坐在磐石上,颂偈曰:"弥勒真弥勒,分身千百亿;时时示时人,时人自不识。"偈语一传开,众人恍然大悟,原来布袋和尚便是弥勒佛的化身。随后,雪窦山也演化成弥勒道场。

大凡名山,总有名寺宝刹相随。长汀布袋僧,弘慈德以扬天下,世间传弥勒之应化;剡源释普济,辑五灯而合一元,佛界谓禅史之高标。雪窦,为天下禅宗十刹之一,既是佛教名刹,自然高僧辈出,香火兴旺。当年,苏东坡读《雪窦百则颂古》后,向往之情油然而生:"此生初饮庐山水,他日徒参雪窦禅。"直至晚年,他还喟叹:"不到雪窦为平生大恨。"弥勒与奉化雪窦山源远流长,可谓玄机耐寻。

宁波人

彼时，浙江各地有竞相迎请著名禅师担当寺院住持的风尚。明觉禅师，一心向往雪窦山弥勒道场，欲游历浙江境内的杭州、天台、雁荡等地寺院。他将自己的设想告知好友后，曾会建议他先去杭州灵隐寺，并亲笔为他修书，写给灵隐寺住持一封推荐信。

令曾会意想不到的是，明觉离开池州景德寺踏进杭州灵隐后，并没有向住持出示曾会的推荐信，而是隐没于僧众中修持三年。明觉在杭州灵隐寺除了日常参禅，主要的工作任务为"司厕"，说白了，就是做寺院上下的环卫工作，负责扫地、冲洗厕所。

金庸先生在《天龙八部》里设计过"扫地僧"的角色，而明觉是个整天与屎尿打交道的"司厕僧"。抑或他读过《庄子》，深谙"道在矢溺"，所以在明觉眼中，从住持的高位隐没于灵隐修行，每日里兢兢业业打扫、冲洗屎尿也算修禅的一种。

三年后，曾会出公差路过杭州，特地到灵隐寻访旧友明觉，他在寺院找了大半天，最后在厕所中觅到儿时伙伴。倘若不是曾会奉使浙西，或许明觉禅师会在灵隐寺一直扫厕所，继续隐下去。

再后来，众僧渐渐领悟：厕所与佛堂仅位置不同，实无他别。勤则明，惰则污，勤惰始为源，人心方为本，明污只在一念间。

北宋仁宗天圣元年（1023），曾会出知明州，他亲自从杭州灵隐迎请明觉赴任雪窦山资圣寺住持。多年后，明觉"人心方为本，明污只在一念间"的故事，在杭州、明州两地僧众间传开，僧众对明觉禅师自持精进、甘于寂寞的风格表示敬重。

二 格调

雪窦山，灵隐寺，合为"雪隐"。明觉禅师的故事广为流传后，明州一带的出家人，遂取"雪隐"二字为厕所代称。缘起是明觉禅师曾经在灵隐寺司厕职，"雪"指雪窦山的明觉禅师，"隐"指他隐藏在杭州灵隐寺的经历。这个精美的典故，由宁波传到日本。日本人念其雪影留踪，禅意盎然，亦以"雪隐"二字指代厕所，一直沿用至今。

中国人历来把厕所视为不洁之地，将其置于不起眼的角落。北方的"圈""茅坑"是对厕所最直截了当的称呼。相比之下，宁波人的"雪隐"，大概是古今中外，所有关于厕所的称呼中最唯美的一个，最空灵、富于想象力的一个，也是最淡雅、清新的一个。

甬上古书店风景

北宋庆历七年（1047），年轻的王安石，踌躇满志地踏上宁波这块土地。不久，他便在县东半里旧有的孔庙内创办了鄞县县学。遥想九百多年前的月湖东岸，春光融融，杨柳依依，但见晴空万里之下，青砖黛瓦的县学之内，饱读诗书的儒生，琅琅书声，脑海犹萦。

之后，"庆历五先生""淳熙四先生"或教授乡里，或设坛讲学，书院教育和学术风气盛极一时。北宋末年，中国的经济文化重心南移。在宋室南渡移民潮中，宁波的藏书文化在中原望族的影响下渐渐兴起。

"田家有子皆习书，仕子无人不织麻。"正是有了"人家不必问贫富，但有读书声便佳"的精神追求，甬上才陆续出现了像丰坊、范钦、卢址、徐时栋、冯孟颛等诸多藏书大家。

藏书终究离不开书店。五代之书肆，北宋之书林、书堂，南宋之书棚，明清之书铺，泛称书坊。从清代到民国时期，举凡宁波城内较具规模的书店，如汲绠斋书局、新学会社、竞新书社、文明学

二 格调

社、明星书局,大多集中在长约百米的日新街,此街为甬上名副其实的文化一条街,犹如北京之琉璃厂、上海之福州路。

散发出醍醐味儿的旧书店,自然有一番惹人流连的别样风景。

日新街的命名,取古书中"苟日新,日日新,又日新"之意,很是儒雅且富书卷气。因毗邻江厦街,地理条件优越,南北往来人众,逐渐催生书店文化,入学儒生、候考童生、求知好学者,纷纷前去日新街购书、看书。甚至有宁波道台、知府等官宦,常微服青衣小帽,随带侍从到日新街选购图书。不过百米的日新街,对促进宁波教育和传播藏书文化起过一定作用。

旧时的书店,往往兼营刻书业务,拿如今的话来说,书店兼有出版社性质。从东渡门折入,首家为汲绠斋书局。汲绠斋创立于清道光初年,由鄞南鲍家、慈溪严家几个文化人合资经营。书局坐东朝西,双开间楼房店面,伴有前后两厅。前厅为经营门售业务之用,后厅为古色古香的客堂,庄重整洁,里面陈设着茶几、背椅、圆桌、条幅、对联以接待官绅、学者或用来招待选购书籍的大客户。为优待远道而来的客户,书局甚至免费供应餐饮、住宿。

汲绠斋曾与上海商务印书馆、中华书局建立特约经销关系,《四部丛刊》《四部备要》《古今图书集成》等一类书籍在该店可预约或代购。清末民初,铅印兴起,雕版遭淘汰,汲绠斋渐渐停止出版业务,仅经销一些由商务印书馆、中华书局、开明书店、世界书局等出版的图书,但还保持着经售古籍的优势。

宁波人

汲绠斋书局往南多行几步，就是新学会社。新学会社系清末奉化留日学生孙锵、江起鲲集资创建，后由庄崧甫接办。庄崧甫的来头更大，蒋介石曾与他有过短暂的师生之谊。新学会社，顾名思义是主张引入西方"新学"，以适应维新的需要。新学会社后来在济南、天津、北京、广州各处都设了分店。新学会社经营的书籍有严复翻译的赫胥黎的《天演论》，林纾翻译的《黑奴吁天录》《巴黎茶花女遗事》等外国名著，以及格致（基础科学）、数学等方面的教材，后来渐渐侧重于桑园、农艺、畜牧方面的农技书籍。二十世纪初，新学会社还出版过彩印的《二十世纪中外大地图》，该版地图风靡一时，极受新青年欢迎。

文明书局之旁，为竞新书社，主要经销学校课本、校簿、仪器、文具。竞新书社斜对面有家明星书局，创设于五四运动之后，经销《向导》《新青年》《中国青年》等部分新潮书刊，满足进步知识分子的要求，在甬上文化界有一定影响。

明星书局出售的《新月》杂志，使人想到有"书业孟尝君"之誉的邵洵美。他出身名门世家，祖父邵友濂和外公盛宣怀都声名显赫，家境富裕，为人慷慨。他本身又是诗人、作家，将众多家财投入出版业，先后创办了金屋书店、上海时代图书公司，接手胡适、徐志摩、陈源、梁实秋等人创办的长期亏损的新月书店和《新月》杂志。这位宁波人曾出巨资从德国购买了一套影写版印刷机，该印刷机为当时中国最先进的印刷设备。

二 格调

日新街上的这些书坊各具经营特色,共同之处在于开架陈列售书,书刊任读者自由取阅,不论买与不买,店员都毫无怨言。这种风气的形成,与当时著名的出版人张静庐大有渊源。

宁波人张静庐开风气之先,创办了中国第一家专门发售出版杂志的书店,且任无钱买书的读者自由翻阅,体现出一种"将心比心""推己及人"的仁者气象。

在张静庐创办杂志公司之前,所有的书店都将图书杂志放在玻璃柜中,读者不可任意翻看。张静庐少年时,深受不能自由浏览图书之苦,深切地感觉到没有钱买书而要想"揩油"看书的困难,因而在创设杂志公司以后,一改行业旧规,率先实行开架售书制度。不久后,宁波所有的书局都纷纷仿效其杂志公司,全部改为开架售书。

1956年,日新街的书店实行公私合营,日新街书店的从业人员从此走向新岗位。

与日新街相近的,有一条"又新街"。街上有两家书店:一家是以经营古籍为主的大酉山房。店主林乔良,精于古籍版本学,是一个书贾兼藏书家。他的藏书室叫"藜照庐"。另一家名为三宝经房,经销佛经、宝卷之类,兼营僧衣法器。

董桥亦云:"书店再小也是书店,是网络时代的一座风雨长亭,凝望疲敝的人文古道,难舍劫后的万卷斜阳。"这些甬上古书店如同一幅幅风景,有婉约典雅的,有气势磅礴的,也有古意盎然

宁波人

的,如雁渡寒潭,热热闹闹地来了,又静悄悄地走了。远去的古书店在精神故园中照亮了多少人的未来?它们虽在空间层面消失,承载的时代印痕,或许在维度上已奔向远方……

明朝四大声腔之一的"余姚腔"和"甬昆"已经消亡,幸有四明南词、宁波滩簧、走书、评话、唱新闻、小热昏、小锣书、雀冬冬等曲艺存世。

三

市井

走遍天下，不忘江厦

每座城市都有属于自己的骄傲与核心地标，三江口与江厦街无疑是繁华宁波城的象征标记，一如上海的南京路和外滩，最能代表城市的核心景观与底色。

与百年江厦街同样古老、同样令人自豪的是，宁波人口口相传的一句老话："走遍天下，不及宁波江厦。"

"走遍天下，不及宁波江厦"将市井中的一条江厦街投放到"天下"去称雄，确实张扬，似一种谵谈，极像是宁波人的一种自我标榜。

外地人乍一听，即便不开口反驳，心里难免嘀咕："区区一条五百余米的街，何以能够称雄天下？你们宁波人口气真不小哇。"

无独有偶，"走遍天下，不及宁波江厦"这句宁波俚语在第二次鸦片战争后，被英国传教士慕雅德传到西方。

更有趣的是，一百多年前的西方人，早先认识了宁波这座中国东海岸的城市，却不知晓浙江省身处何方。宁波江厦，这个集金融、商贸、物流、航运和码头于一体的模板，当年在全中国罕见，

宁波人

着实给宁波人争足脸面。

"走遍天下，不及宁波江厦。"这句老话容量极大，几乎将宁波人近现代以来一切业绩和辉煌凝聚其中，它点出宁波江厦是造就"无宁不成市"的宁波商帮的摇篮。

翻开历史长卷，江厦曾是宁波城最繁华、最富庶之地，承载着宁波滨江码头黄金年代的历史印记，名闻大江南北。江厦的百年繁荣，是宁波作为千年商埠、东方大港的象征和缩影。

三江口，甬江、姚江和奉化江三条大江于此交汇，奔来眼底，气象万千。白天，江面桅樯林立，风标微摆，一到夜晚，灯火点点，灿若繁星。

五口通商后，正是在三江口，西方的事物率先进入中国，这里出现了中国最早的外滩、最早的女子中学、早期的使领馆群和西式医院。正是在三江口，开出了满大街的钱庄，形成了中国早期金融业集聚地。也是在三江口，一座西式的钢骨灵桥横跨江面，当仁不让地成为宁波的城市地标之一。

从古至今，宁波人口中所称的"江厦"具有多重含义。历史上的江厦泛指奉化江边自灵桥至三江口这一狭长的滨江地带，位置与现在的江厦街基本一致，不过只有称呼而无标示。

自唐宋至鸦片战争前，市井中的江厦一直是宁波对外交通贸易的海运码头所在地。1929年道路改造前，此地集中着半边街、糖行街、钱行街等几条特色商业小街，街面虽只有五六米宽，但两

三 市井

旁商行密集,车水马龙,热闹非凡。

相比于日落而息的老城厢他处,江厦颇有"天街平贴净无尘,灯火春摇不夜城"的景致。自新江桥堍到大道头一段,为糖行街,集中着南北货食品业和钱庄、银行。从大道头到水弄口为钱行街,又称双街,大多数钱庄都开设在这里。从水弄口到灵桥为半边街,此处皆是鲜咸鱼行。每逢鱼汛,江边桅樯林立,鱼商客户纷至沓来,一片嘈杂。

孩童们在街头唱跳着《宁波名店歌》:"江厦行场净算大,有名字号都数过:大裕丰,卖洋货,龚四海惯卖小人白相果。恒茂油行客商多,保和糖行生意大。钱丰米行顶先做,方悦来,拆兑大,嘉泰簿子定做货,馒头要算方怡和。"

关于江厦的地名来源,坊间有两种说法。一说江厦得名于早已不存的古代江下寺,另一说为江厦地处奉化江下游,浙东民间惯以"上江""下江"称呼江的上游与下游,以"下"通"厦"字。

事实上,江厦这一名词真正出现在地图上的时间却很晚,最早可见的是清末的《宁波府城厢水陆舆图》。图上标示的是从灵桥门至老浮桥之间东西向又短又小的区段,含义非常模糊。

民国《鄞县通志·鄞县总图》上,在南北向的半边街至糖行街的直线上才首次有了江厦街的明确标示。彼时的"江厦街",只是局部的沥青路,真正贯通的江厦街直到1951年才出现。1972年和1987年,江厦街两次拓宽,才达当今规模。

宁波人

民国时期的江厦街,当仁不让地成为宁波金融业大本营。抗战前,宁波钱庄业共有大同行三十三家,小同行二十八家,现兑庄九十一家,大都集中在江厦地区。宁波钱庄业的最大特点,就是采取"过账"制度,各行各业相互交往,只看到"过账",却看不到现金。这种制度的好处是用一元钱资本,可以做到三五元钱的生意,生意做得越大,风险也越大。当时,宁波各钱庄仅投放到上海的资金,就有两三千万两白银,其势力极盛时曾凌驾于沪、汉各埠金融业之上。

所以,当年有个夸张说法:倘若宁波江厦街咳嗽一下,大半个中国要感冒。

江厦是商户的,也是小民的。人们津津乐道着"江厦大先生,走路慢缊缊",却很少有人会想到小民的步子是怎样的。他们畏畏缩缩地蹲在历史的角落,在书缝或报端,被一带而过。

这里的街道上,自然也有走街串巷的手艺人、挑着汤圆或馄饨的小贩,一如旧中国的其他城市。在江厦,每个人度过了劬劳一生,他们唯一的幸运是,在这块土地眼里,挑工和经理,工匠和权要,佣人和主人,都是一样的。当他们偶尔停下劳作,抬起头来,会感受到同样的江风和日光。

陈锦在《堕堞吟》里极写清军攻入宁波城后的惨状,说"烟尘陡乱城南隅","江厦江东一炬空"。他不知道,三百年后,江厦将在更具摧毁性的炮火中毁于一旦。

三 市井

　　1939年4月，七架日机从海边飞来宁波，散发汪精卫的传单，随后又向灵桥门半边街一带掷下十八枚炸弹。一时火光接天，民众在警报声中仓皇奔走，最终覆船十余艘，焚毁屋舍千余间，死伤两百多人。灵桥也中弹一枚，幸好桥身坚固，损坏不大。天后宫后面，德商的冷藏公司、新宝华绸庄、四明银行等店铺，几乎全成瓦砾。当时，宁波纯为不设防城市，罹难者唯平民而已。接下来的数月中，日机又数次来袭，造成死伤五百余人。这几次投弹后，热闹江厦，几成死市。

　　殊不知，江厦一再被多变的时局裹挟，更要命的是1949年9月起的大轰炸。血是容易淡褪的。如今走在江厦街头，除了那些垂垂老矣的亲历者，大概很少有人会想到七十多年前的死亡和倾颓。只有等他们都逝去，故事才算完。然而也不，那三条江是记得这一切的，默默者存，它们只是不说罢了。

　　新中国成立后，宁波成立了失业工人筑路队，政府用"以工代赈"的方式，首次对江厦街进行了大规模拓修。1972年，江厦街又进行了大规模拓建。1984年，宁波工业品展销大楼在原天妃宫遗址上建成，这幢十层的高楼，当年为新江厦的一景。1987年，自灵桥至江厦桥沿江房屋被全部拆除，建成了美丽的江厦公园。江厦街被再次拓宽改建成四十米宽的现代化道路，成为当年宁波市内最美丽的景观街道之一。1988年，二十一层的华联商厦在江厦崛起……

宁波人

漫步今日江厦,瞥见路两旁合抱的香樟树,总有一种绿意包裹的安全感,呼吸可以放缓,有风的日子,骑车穿行其间,别有一番熟稔的亲切。

而今,这句流传了几个世纪的老话,又被赋予时代的自信与大气。这里的自信,就是宁波人敢于放眼天下,继续在世界城市坐标系上寻找自己的位置,并自信能占有一席之地。这里的大气,就是宁波人善于更新观念,能主动走出扬己贬人的旧视角,代之以开放包容的国际观,热情洋溢地向海内外游客发出邀请。

走遍天下,不忘宁波江厦!

安家在繁喧的鼓楼沿之地,曾经"子城"的"心脏"一带,渐渐会被周遭的环境、氛围、气息深深吸引,不免有些小确幸。

烟火城隍庙

一座古城中,城隍庙所在地往往成为商贾荟萃之地,进而带动周遭成为市井文化气息最浓厚的区域,演化为深入城市肌理的某个符号。

宁波人的城隍庙,亦复如是。

自后梁贞明二年(916),太守沈承业初建"城隍祠"。千余年来,这座庙宇几经废替,历劫不亡。它以一种近似血缘的纽带与城同气连枝,宁波本土的民俗、世事、掌故、信仰、祭祀、戏曲、建筑、商业等诸多元素于此荟萃。

翻开宁波建城史页,再无第二座庙宇对繁荣城厢市井,有着如此巨大而深远的影响。

宁波府城隍庙位于县学街东端,西接月湖胜景,南邻唐代古迹天封塔,算得上国内现存规模最大、保存最完好的"府级"城隍庙,等第要比上海城隍庙高。

宁波城的众多文化地标中,城隍庙无疑是最有生命力、最接地气的一座,一庙伴一城,共同演绎宁波城的漫长发展史。

宁波人

每座城市历史背景不一,各地供奉的城隍神不同。杭州人供周新,绍兴人奉庞玉,台州人拜屈坦为城隍神。宁波人供奉的城隍神,却是"功臣"型的纪信。

纪信,刘邦身边的一位"二流"将军,他一生并无张良、韩信出彩,楚汉战争中为掩护刘邦而替君赴死。刘邦成为大汉天子后,念想纪信的功劳,遂追封他为"成纪城隍",永受人间香火。

于是乎,宁波人崇信纪信大人。自宋代起,宁波人对纪信的崇拜愈加普及,逢清明、七月半、十月朔,皆在庙内举行官方祭祀大典。纪信地位大大提高,渐渐取代社稷神,成为阴间地方官而广受人间香火。

明人黄润玉撰《宁波府城隍庙碑记》载:"神灵丕著,祷即应,感即通。岁或雨旸愆期,民必戚于神,而神休于民者多矣……"因纪信大人时常显灵,清代《宁波府城隍庙重修碑记》也称赞曰:"宁郡城隍尊神,聪明正直,夙著灵异……""夙著灵异"是百姓对纪信直截了当的评价。

城隍既有"钦命",也有宁波人"民选"的。元代,宁波地方官曾报元成宗,称民众拥南朝宋开国皇帝刘裕为城隍神,实则假托刘裕权威,来对抗外族统治。明太祖朱元璋仍恢复纪信为城隍神。清时,民间还一度将民族英雄钱肃乐供为城隍神。

明清两代,宁波人祭祀城隍可谓虔诚。每年春秋仲月上戊日,迎城隍合祭于山川坛;清明、中元、十月朔,迎城隍合祭于厉

三 市井

坛。宁波知府及郭下知县,走马上任或离任之日,必祭于神前。此外,每遇旸旱、蝗虫等灾害,地方长官率僚属、耆民祷告于神前,且祭祀费用一律列入财政支出。城隍庙俨然是全城的公庙,所以全城人都是它的"庙脚"。

明代以后逐渐出现了集城隍信仰、商品交流、民间艺能表演于一体的城隍庙会,而它最终反客为主,成为宁波城中最主要的、最有活力的集贸活动:"城隍庙内去烧香,百戏纷陈在两廊。礼拜回头多买物,此来彼往掷钱忙。"竹枝词描绘的热闹情景,就是当时的真实写照。

甬城民间有句旧俚,谓之"抬城隍",有给人戴高帽,怂恿人做某事之意味。这句宁波老话的出典,与声势浩大的城隍庙会有直接关联。

旧时,氏族之间共奉一神祇作为保护神,建立祀庙,费用由各族人口公摊,聚落中的居民就成为庙籍人口,俗称"庙下"或"庙脚"。人死后,亲友可从庙籍中为他领来"关牒",取得通往阴间的通行证,从而使灵魂得以有归宿。

"抬城隍"是甬城百姓的民间叫法,官方称为"城隍出巡"。据明《城隍神庙碑记》所述:明洪武十四年(1381),朱元璋下诏废泥塑像,统一设置木主,供奉纪信,将城隍的祭祀列入国家祀典,下令各地设郡厉坛,将每年的清明、中元、十月朔日定为"法定"祭期,以超度亡魂。

宁波人

庙内的公祭仪式告一段落后,木雕的城隍菩萨就被请出大殿,端坐于华丽的八抬大轿之中,进行"城隍出巡",场面壮观,热闹非凡。城隍巡行甬城之前,首要工作是净街,有专门人员手持木桶,沿街泼水,盖取吉利之意。

净街之后,开道队伍先行,有专人司职鸣锣,开道锣后有四名手持清道旗的旗手相随。四名旗手挥舞手中的清道旗,意在让行人避让。清道旗后尾随几个头戴红椒帽,身穿黑衣的皂隶,他们手持红油棍,替城隍老爷开道。这开道队伍中,最引人注目的还是"千斤担"和"黑白无常"。

"千斤担"由城中的"大块头"人士扮演。这名大力士肩挑一副沉重的担子,手持一把锡酒壶,东倒西歪的,作醉汉状。路旁的人群看他这副架势,都远远地躲着他。

"黑无常"呢,这是阴曹地府的角色。装扮者身穿一身肥大的连体黑袍子,斗笠状的黑帽子罩住整个头,脸上抹黑,眼圈涂成血色,形象极为吓人,手里拖着长长的锁链,横冲直撞。

"白无常"呢,面目狰狞,比"黑无常"更加恐怖。因为他高瘦,由壮汉扛着傀儡装扮而成,口吐长舌,脖子周围挂一圈和尚饼,白衣长袖随风飘飘。小孩子远远看到他们,都蒙上眼睛,或躲藏于大人身后。

在城隍巡游队伍中,若干人装扮成阴曹地府中的角色,除了开道的黑白无常,有满脸胡须、手执铁笔的判官,有牛头马面的冥

三 市井

司鬼卒，还有披枷戴锁的"罪人"。相传，装扮成"罪人"者，系身有疾恙，通过扮演来"赎罪"，祈祷消灾免厄。"白无常"身后，还跟着一群"小白无常"，实则是一群小孩子。某些老宁波人笃信，如果孩童从小体弱多病，难以养大，可拜城隍庙里的"白无常"为"阿爸"，"白无常"会庇护孩童成长。"无常阿爸"后面拖着一群"小白无常"，也是一道风景，令人忍俊不禁。

旗锣开道，鼓乐随后。开道过后，才是威武的仪仗队伍。迎面而来的是八面"回避""肃静"执事牌（銮驾），仪仗中有金瓜、钺斧、朝天蹬、令箭、鬼头刀等物件。旗队中除却巨大的四方令旗，还包含民间会社的会旗，大大小小，迎风飘扬。旗队之后是两对五色缎相间制成的绛引幡和日月掌扇。其后是一把直径一米多长的黄罗伞，伞布描龙绣凤，垂檐达三层，伞后就是城隍爷的八抬大轿，轿后是骑驾马队，前后左右护驾卫士十多人，"兵""勇"沿路喝道，气势威武。

抬城隍，往往轰动整个宁波城。那一天，全城人穿新衣或着干净衣裳，各处净街，采办糕饼、时令水果，准备香茗，沿街人山人海，争相观看城隍爷，甚至上树坐瓦挤轧不下，吆喝助阵之声浪四起。人们抬着城隍爷从县学街出发，过鼓楼、东渡门、灵桥门、药行街绕城一周。沿途百姓焚香接迎，大户门前设香案，桌上红烛高香，供品缤纷，献主跪拜再而三，祈求阖家平安。商市街巷遍搭布幔，悬灯结彩，上供"三牲"，互比高低。城隍抬过之处，燃放爆竹火铳,鼓乐一路敲打吹奏,伴有抬阁、舞龙、跑马灯等表演,热闹非凡。

在宁波百姓眼里,城隍菩萨虽为泥塑木雕,却贵为神祇。他朝服乌纱,正襟危坐,在阴间操生杀予夺之权。因为怕怪罪全家,不敢冒犯,更不敢亵渎,"抬城隍"期间也不敢乱起哄,瞎胡闹。人们认为,抬城隍菩萨可以延年益寿,消灾纳福,即便轮不上,也甘心做城隍菩萨的庙脚,跟着队伍走上一段路,边走边在心中默默忏念。

抬城隍活动,是一场声势浩大的督城出巡,更是一场热闹非凡的群众会演。那木雕城隍、八抬大轿、旗幡、执事牌、"万民伞"、香案、鼓亭、纱船、马灯、爆竹、红烛、大香炉等皆为不可或缺的銮驾标配。"抬城隍"结束后,各商市行会雇戏班,安排酬神大戏三天三夜,城隍爷受五牲福施,日夜香火不熄。为了信仰,也为了百姓自娱。

清光绪八年(1882),城隍庙浴火重建后,其布局一直遗留至今,因其结构精严,富丽绝伦,在浙江省当推第一。彼时,正殿香火昼夜不绝。逢敬神之日,庙内庙外、街头巷尾更是车水马龙、人流如潮。两廊设摊售技者,有测字、看相、批命纸、唱文书、说武书、变戏法等。庙门内外饮食摊林立,热食、冷食、荤食、素食、水果、糖果应有尽有。远近游客,四乡八邻的百姓视城隍庙为乐园,拜过城隍老爷问签了愿后,方不枉来宁波城里走一趟。

三　市井

　　身处繁华之地的城隍庙，西边有古董字画、文房四宝，东边有香火蜡烛、锡箔经忏，前戏台是水磨昆腔的《牡丹亭》和《长生殿》，后戏台是草根滩簧的《扒灰佬》和《双投河》，所谓"狗皮膏药刮痧气，盲姐卖唱讲肚仙；沙炒倭豆地力糕，大汤面结馄饨担；兰花香干茶叶蛋，大饼油条粢饭糕"，描扇面，裱字画，刻图章，做嵌镶，卖珠宝玉器、胭脂水粉的一聚拢，活脱脱是一轴热热闹闹的市井图。

　　1911年，辛亥革命推翻清朝统治，结束了延续两千余年的君主专制统治。西学东渐，"德""赛"两位先生来中国，破除封建迷信的风潮，连同毁庙兴学的冲突在宁波城屡屡交锋，城隍尊神的命运自此跌宕。1928年，延续千余年的郡庙祀制被彻底废除，神像被拆毁，庙屋改作民众娱乐场所，延续几个世纪的城隍公祭等活动从此中断。

　　神像被拆毁后，城隍庙犹如北京之"天桥"，为曲艺荟萃之地，本土曲艺在老庙内轮番登台。逢传统庙会，不论刮风下雨，四明南词《双珠凤》、评话《水浒》、走书《白鹤图》、唱新闻《三县并审》，卖梨膏糖的"小热昏"，满口宁波方言的传统曲艺剧目充溢其中。

　　沿着风火墙往东走，卜卦、看相、拆字、看风水、讲肚仙等江湖杂术比比皆是，但凡庙周有空隙，各路"活神仙"纷纷扎堆。只见他们，一个个长衫马褂，头顶瓜皮小帽，戴金丝框墨镜，巧舌如簧，口若悬河，"铁口"一开，侃得"白鲞会游，死人会走"。

　　新中国成立后，城隍庙再无"城隍出巡"等活动。1952年底，

宁波人

一块"宁波甬剧团"的木头牌挂于庙门,徐凤仙、孙荣芳、徐秋霞、汪莉珍,老戏迷熟悉的演员聚此排练。甬剧《小二黑结婚》的主演金玉兰和黄再生一度成为年轻人追捧的偶像。1953年,宁波甬剧团在庙内上演《田螺姑娘》,买票的队伍从城隍庙排到药行街,蜿蜒百余米。宁波评话"活武松"张少策,走书名家许斌章、朱桂英皆在庙内表演,拥有众多粉丝,好评如潮。

二十世纪五十年代中后期,宁波工商界的社会主义改造完成后,餐饮史上的首次盛会落脚城隍庙。大殿里摆起一排排炉灶,甬城各大饭店首次在此集会,联合举办盛况空前的"首届宁波市名点名菜展销会",史无前例地评出宁波"十大名菜"和"十大传统小吃"。城隍庙摇身一变成为宁波美食大本营,"美食情怀"影响着一代又一代宁波人。

但凡在老城厢长大的宁波人,童年记忆里又怎会少了"城隍庙小吃"的印记?多年来,宁波城隍庙作为本埠小吃的大本营,永远有熙熙攘攘的人群和令人目不暇接的各色小吃。那一幅热气腾腾的画面中,一碗猪油汤团、牛肉细粉汤,乃至一只炸鹌鹑或一串油炸臭豆腐都成为一代代宁波人的舌尖记忆。

1964年,宁波掀起破除迷信运动,一夜之间,曾经殿宇壮丽的城隍庙,成了一座无神的空庙。随后的十年"文革",戏台和书场再无往日的人头攒动和欢声笑语,百花齐放的曲艺随之凋零,八方小吃不见踪影。那座商贾云集、百业兴盛的民俗大舞台从市

三 市井

民的生活淡出，终日紧闭的大门风尘厚结，铅华落尽，尽显苍凉。

直到二十世纪八十年代初，城隍庙建筑群被列为市级重点文物保护单位。经过镇明区劳动服务公司的艰苦创业，它变成当时省内最大的综合性商场。城隍庙一带逐渐成为一个以城隍文化为主线的旅游、休闲、消费的大型商业中心，也成为外地游客必到的"打卡"之地。

千年城隍庙穿越过历史风烟。那浑厚沧桑的模样，是千年砥砺后的从容不迫；那氤氲的人文气息，是千年沉淀后的芳华无限。

幸好，宁波城里有这样一座惹人流连的城隍庙。惦念时走上一遭，继续感受老庙闪耀着的人文之光。

一半勾留是月湖

东海之滨，三江汇聚，宁波是一座与水结缘的城市，依水而生。放眼四明大地，甬江、姚江、奉化江、鄞江、白溪、剡溪，江流溪绕，月湖、四明湖、东钱湖、上林湖、亭下湖、杜湖、慈湖，湖光潋滟。发达的水系和丰沛的水量，无声无息孕育了辉煌灿烂的宁波八千年文明，滋润着宁波城的兴盛与繁荣。

唐代之前，宁波府偏居于内陆。它山堰建成后，御咸蓄淡，州治才迁入三江口，方有宁波人常挂在嘴边的"三江六塘河，一湖居城中"一说。

"三江"是奉化江、姚江和甬江，"六塘河"蜿蜒于城中，"一湖"说的是月湖。

多年以前，宁波是一座"比威尼斯还威尼斯"的水城。如果在空中俯瞰宁波城全貌，那座梨形的罗城，就像浸泡在水中的一个岛屿。日湖和月湖，像两条臂膀把宁波城紧紧抱在怀中。

明末张岱《日月湖》记载："宁波府城内，近南门，有日月湖。日湖圆，略小，故日之；月湖长，方广，故月之。二湖连络如环，中

三 市井

亘一堤,小桥纽之。"老日湖由于淤塞已不复存在。

市区中拥有一泓湖水,对一座城来说是极幸运的。杭州人有风情万种的西湖,济南人有端庄大气的大明湖,小家碧玉的月湖,对宁波人而言,也很不错:

> 湖水之静深,足以洗道心;
> 湖水之澄洁,足以励清节;
> 湖水之霏微,足以悟天机。
> ……

—— 清·全祖望《湖语》

"道心""清节""天机",有了这些文绉绉的词儿,先贤全祖望所作的《湖语》,像是讲给读书人听的。洗、励、悟……多少年来,月湖孕育了浙东士子的人文精神。

月湖,对市井百姓来说,寻常没辰光去"洗道心",也没啥心思去"悟天机"。它不像是一个景点,更像是宁波人自家的院子,空闲的时候,随意来这里走一走,坐上一坐。

若是得了空闲,市井小民往往不加刻意,漫无目的地散散步,散散心。走着走着,就会"鬼使神差"般地踱到月湖。

看到熟悉的一草一木,反倒问起自己:"咋回事体,我怎么又走到月湖来了?"正寻思着,十多年没碰面的老朋友,在湖畔不期而遇,一边喜出望外,一边寒暄打招呼。

开凿于大唐贞观年间的月湖,以其澄澈的湖水便利百姓生活,滋养苍生。她镶嵌于市井,绿树环岸,亭阁隐然,形若弯弯半月,湖上十洲胜景和三堤七桥交相辉映。

不论是沿着湖边走,或循着溪径行,一不留神,每一步都可能踩到历史的点子上。除了菊花洲、月岛、竹屿、芙蓉洲、雪汀、烟屿、芳草洲、柳汀、花屿、松岛等十洲胜景,还散落着:

贺秘监祠:俗称湖亭庙,南宋绍兴十四年(1144),郡守莫将在贺知章读书的故址上初建,以祀贺知章与李白。

高丽使馆:处月湖菊花洲,北宋政和七年(1117),为接待高丽来宋贡使,郡守楼异建馆。

湖心寺旧址:又称月湖庵,原名水陆冥道院,始建于北宋治平元年(1064)。

水则亭"平"字碑:南宋开庆元年(1259),由郡守吴潜修建,用于测量水位。

花果园庙:南宋宰相史浩的花果园,庙神为土地神,现存建筑为清乾隆四十六年(1781)所建。

古清真寺:处月湖西岸后营巷,原"雪汀"之上,在甬伊斯兰教徒活动场所。

瀛洲接武牌坊:明万历三十九年(1611),由巡抚甘土阶

三 市井

所立。

关帝庙：明崇祯三年（1630），陆世科建庙，祀关帝，百姓俗称"湖西陆殿"。

大方岳第：宅主张渊，明嘉靖二十六年（1547）进士，官至贵州布政使。

烟屿楼：处月湖西岸，清代藏书家徐时栋之住宅兼藏书楼。

佛教居士林：清乾隆四十七年（1782）初建，1934年为佛教居士所用。

银台第：宅主童槐，清嘉庆十年（1805）进士，官至江西、山东按察使。

超然阁：原阁系柳汀义学的魁星阁，建于清道光十一年（1831）。

范宅：城内现存规模最大的明代建筑群，称"察院前范家"，以区别于"天一阁范氏"。

袁宅：早先主人为袁燮，其开创南宋四明学派，被尊称为"淳熙四先生"之一。画家吴冠中《双燕》原型取自月湖花屿袁宅，现改建成宁波茶文化博物院。

林宅：处原月湖东南岸的竹屿，清同治年同榜举人林钟华、林钟峤所建。

宁波人

明眸善睐的月湖,更像是一座文化的湖。

风雅月湖,少不了文人骚客,更少不了湖周那些纵横交错的街巷,名字也起得好听:喏,三圣巷、宝奎巷、欢喜巷、戒珠巷、梅园巷、桂井巷、惠政巷、拗花巷、九曲巷、大书院巷、柳汀街、偃月街、天一街……这些好听的名字,似乎透露着一段段风流,只消听得街巷的名字,就能感知跳动的历史脉搏。

走在月湖周遭,信步就会邂逅名人故居。王应麟故居王尚书第、宝奎巷史氏故里、徐时栋故居烟屿楼、童槐府邸银台第……无不渗透浓郁的人文气息,行走其间,甬城的前世今生在此处交会,宛若同先贤进行一场穿越时空的对话。

月湖依旧,楼阁如故,迎来送往的纷繁过客却留下了不可磨灭的印迹。做过三年鄞县县令的北宋名臣王安石设县学于旧有孔庙内,邀请"庆历五先生"之一的楼郁讲学,培养出俞元、袁毂、丰稷、楼异、楼钥等风流人物。南宋著名学者杨简、明末清初史学家万斯同等,亦曾在月湖书写下属于他们的横竖撇捺。

宁波人口气不小,还真敢把月湖说成"浙东邹鲁,教育之所"。

相比月湖的诗社、月湖的学术、月湖的书院、月湖的望族,市井百姓更喜欢月湖的八卦。

乌台诗案中给苏轼下绊子的御史——舒亶,也曾迁居月湖畔。北宋朝性格执拗的人不少,从宋神宗到王安石、司马光、苏轼、舒亶,有一个算一个。乌台诗案里给苏轼定罪,并非完全出自

三 市井

党派倾轧。碰到舒亶与尚书省产生的矛盾，宋神宗掌握着跷跷板的平衡，随后罢免舒亶。

可怜的舒亶黯然回乡，迁居月湖畔，名其居曰"懒堂"——这个二十四岁就高中进士的才子，当年用一个"懒"字，藏起他心里多少的幽怨与不甘。

另一个八卦，是倩女幽魂式的传奇。"若到更深休恋恋，湖心怕遇牡丹灯"，月湖的湖心寺上演过一出《牡丹灯记》的故事。这个讲述牡丹姑娘和月湖乔生人鬼情未了的故事，曾在明朝洪武年间传到朝鲜，后又传到日本，尤其是江户时代，流传甚广，在日本的影响不亚于梁祝传说。

早些年，市面上有本《宁波文艺世家修炼手册》，讲得有些夸张：祖上与老蒋是远房，爷爷与沙孟海称兄道弟，外婆是苏青的闺密，少年时与安妮宝贝在月湖擦肩而过……拉杂一大堆。话说回来，不少宁波人的青春期都在月湖度过，竹洲百年树人，宁波二中文教兴盛，人才辈出，一半勾留在月湖，青春回忆也在月湖。

画家吴冠中一辈子断断续续总在画江南。在众多江南题材的作品中，他自认为最突出、最具代表性的是《双燕》。齐高的山墙，弧形的乌檐，江南的粉墙黛瓦畔，一双春燕飞来。没错，这正是位于宁波月湖花屿的袁宅，画的正是月湖的春光乍泄。

在三堤七桥、十洲胜景下，于粉墙黛瓦、曲径长廊中，宁波人

宁波人

纵有再烦心的恼事,坐在月湖畔,心里也踏实。捧一杯清茶,消磨一个午后,心里再不痛快,肯定也啥事没有了。那些心头牵挂的不安,以及心底无边无际的空荡,仿佛就此烟消云散。

有这么一个"街心净土,城内桃源"的月湖,不枉为宁波人的福气。

家住鼓楼沿

一个人与他人的相处,需要机缘;一个人与一个地方的相处,亦复如是。

久居海曙鼓楼沿,如同熟悉自己的掌纹一般,熟知周围的大街小巷。

公元738年初秋,唐玄宗下诏设明州,州治在鄮县鄞江桥的小溪。唐穆宗长庆元年(821),浙东观察使薛戎以州治北临鄞江,地势卑湿,奏准朝廷移州治至三江口。明州刺史韩察,即筑一座周长四百二十丈的"子城",南端建谯楼(今鼓楼),北端造州衙,后成为历朝州、府、路、卫、道的官署,而鼓楼正是当年子城的南城门,迄今一千两百年。

安家在繁喧的鼓楼沿之地,曾经"子城"的"心脏"一带,渐渐会被周遭的环境、氛围、气息深深吸引,不免有些小确幸。

自鼓楼而过,即中山公园。公园路以西有呼童、孝闻二街;以北有中山公园、横河街、永丰路;以东过府桥街,即北大路、屠园巷、苍水街;以南毗邻镇明路月湖,又有文昌、永寿、白衣等街巷纵

宁波人

横交错。单是这些出神入化的街名,就令人神往。

鼓楼这一带,不乏青砖黛瓦、粉墙古宅隐藏在绿树浓荫之下。留存有"伏跗室"、"回风堂"、"叶宅"、"屠尚书第"、张苍水故居等名人旧居,散发樟脑丸味的前朝遗风,疏朗街衢伴着淡雅的人文气息,随着巷口煤球炉的缕缕青烟升腾而出。

如同孙悟空跳不出如来佛祖的手掌心,买房、成家都未能跳出鼓楼这个圈子。每当有人劝我住东部新城的时候,不思上进的我,依旧选择住在这片平凡热闹的土地。

人嘛,会享受青山绿水,偶尔也向往碧海金沙、清风明月,但那是在陶冶情操、涤荡心灵。绮想和耽溺容易,当回归现实的时候,我依旧落脚这方土地,怪只怪鼓楼沿生活便利,太接地气。

安家在鼓楼沿,步行十分钟内,就分布着:中心菜市场、海曙中心小学、鼓楼步行街、幼儿园、三江购物、大小银行、图书馆、照相馆、联合诊所、理发店、大饼油条点心店、戏台子、修鞋摊……应有尽有,几乎囊括了生活所需的一切场所,甚至连生活不常需要的法院、派出所、消防队也近在咫尺。

周末,步行几分钟去菜场买菜,是我喜欢的消遣,除却随意挑选食物,还能混迹于满头银发、手提菜篮的老头老太中,听那家长里短的市井声。一路上,与混得脸熟的、卖煎饼果子的、牛奶摊的、收废品的打个招呼,无不令人感到踏实,与周遭并无隔阂。走到这里,就能感受平凡的幸福,如同池莉笔端写不完的汉正街。

三 市井

鼓楼沿一带食肆林立,如果荷包充实,想大快朵颐,就该来这里。公园路上的老字号"东福园",冰糖甲鱼乃镇店的火工菜,为几十年的老味道。若想换换口味儿,过桥米线、石锅拌饭、奉化牛肉面都在向你暗送秋波,"高记"桂花栗、"林记"麻油鸭也向你频频招手。

倘若路过府桥街牌坊,看到蜿蜒二三十米的队伍,风雨无阻,雷打不动,这必是买"矮子饼"和"王阿姨"油赞子的三代老中青。如今,它们并不容易到手,越来越成为"看得见未必能吃到"的食物,最能考验吃客的毅力。

外地人不知道油赞子为何物,实则是两种颜色的油炸小麻花,大小形似古代妇女插在发髻上的簪子,黄色的发甜,绿色的因添加海苔而发咸。卖油赞子的店面还有对联作"纤手搓成玉数寻,碧油煎出嫩绿黄"。把平常不过的麻花,形容得那么诗情画意,可见宁波人对它情有独钟。

之前,我不清楚4月23日是个啥日子。有一回,嘴巴馋了,想去买点油赞子,刚过鼓楼城墙,全城青年几乎把鼓楼挤得水泄不通,凑近一看,才知道是天一青年读书会在办"萤火虫换书大会",瞬间"涨姿势"。文艺青年告诉我:4月23日是"世界读书日",那口气和神情,言下之意:大叔,你OUT了。

主办方旨在引导年轻一代持续开展"深入阅读"。参加换书大会的书友,大多数为所谓崇尚自由、热爱生活的宁波文艺青年。

宁波人

不少书友在书本里夹着小卡片,上面写着自己的人生理想或者自我介绍,再附上联系方式,明白人也能猜到,这不就是以书结缘吗?真够浪漫的。

如果你是风雅之人,且好阅读,热衷逛书店和书摊,也该来鼓楼走一走。林林总总的书籍,上到中外文史哲,下到幼儿启蒙读物,一一涵盖。旧书摊一般在周末出现,运气好的话,能淘到一些老版本的珍品。这里还是字画装裱、笔墨纸砚的集中地。

如今在路上,时常撞见放学的中学生,他们独来独往,塞着耳机低头匆匆而行,用手机与外界相连,产生了一种近在咫尺却与世无言的寂静。

想起白衣时代,放学后必是三五成群、勾肩搭背,嬉笑打闹一番后才各回各家、各找各妈。周末,不必早起去补习班,一个懒觉睡到九分饱,才被楼下呼朋唤友的车铃声吵醒。于是,三五好友骑上脚踏车,一路呼啸去鼓楼,闲逛公园路的音像店,挑几盘陈百强、张国荣、"四大天王"的磁带后,推推搡搡地迈出店门,只是磁带现已不多见。

倘若想淘一些时尚别致的"小玩意儿",譬如耳机、马克杯,鼓楼步行街的夜市不能错过,偶尔会给你惊喜。逢元宵、端午、中秋等传统节日,鼓楼步行街上的戏台还要做戏文,台上是抑扬顿挫的越调,台下是驻足的观众,全场洋溢节日之欢愉。

如果有一天,你恰巧在鼓楼沿的人海里,看到有个身穿格子

三 市井

衬衣、牛仔裤,戴黑框眼镜,身背双肩包,背影可以冒充大学生,实则年龄奔四十的大叔,神情散淡,偶尔旁若无人地剥着莲蓬、荸荠,或是驻足戏台,身后拖着一个八九岁、掉了门牙的小男孩,不必怀疑:那个男人多半是我。

老树槎枒,鼓楼隐约,雨丝风片,暮霭晚烟……那浮沉的城厢景致,氤氲的人间烟火,纵深的街衢旧巷,都让人有描述它们的冲动。

夜航船·桃花渡

从宁波西门口再往西走去，有一条河。河面均宽不过四十米，称呼却是换了又换：今称后塘河，旧称西塘河，最早又被称为官塘河。

听上去，似乎还是早先的官塘河，名字最为响亮。旧时，沿着官塘河，挽舟过望春桥、新桥、上升永济桥、高桥、大西坝、小西坝，驶入姚江，再从浙东运河辗转京杭大运河，数月后便可到达京畿。

过去，这是一条宁波通往京城的"国道"，官员、书生、僧侣于此"国道"上来来往往，好不闹腾。每月，逢二、五、九集市，还有三月高桥会，八月赛龙舟……十里繁喧。

别看如今河上那些野渡空寂寂的，一副落寞颓废之态，想当年，年轻的王安石乘船赴鄞县任职靠过，曾巩、范成大赴明州任职停过，张可久、吴文英的辞藻里有它们的身影，黄宗羲摇橹赴甬城书院讲学时也从这些渡口经过。

1488年，朝鲜官员崔溥，海上遇险漂泊至浙东，上岸后，沿

三 市井

浙东运河北上抵北京返归朝鲜。他所著的《漂海录》中,记载了一段乘船出西门到官塘河,由大西坝至小西坝,循姚江逆上,至曹娥江的难忘经历。河上的那些野渡,或多或少留下了文化的印记。

航船时代,经受过惊涛骇浪的外海航船,夜晚航行于茫茫东海之上,耳听惊涛,眼观明月,身伴鱼龙,又是一种何等的气概!最让文人们可心的,大概还是内河航船。"夜半钟声到客船",身在船中,侧首遥望一轮皎洁明月,满载羁旅之愁的诗词难免跃上心头。

江阔云低,断雁叫西风。当长篙划开柔软的丝缎,一身青衫一壶茶,一卷诗书一知己,身处一叶轻舟,心有所感时,随吟两三句,或仰天长啸,真真是高情雅致。落雨时,雨点击打船篷叮咚作响,春水碧于天,画船听雨眠。灼一碗青虾,温一壶老酒,暮雨潇潇,就了昏黄灯盏,文朋诗友共饮三杯,真真是快意人生。若沉醉不知归路,纵一苇之所如,漂至苇荡深处,枕月而眠,直至东方既白。身在这夜航船中,岂不美哉,幸哉?!

央视八七版《红楼梦》中,林黛玉刚出场就在舟中,半卷竹帘,凝视一江春水脉脉东流,又望望岸上熟稔的江南风情,目送南归的一队雁阵,泪水一滴一滴,从晶亮的眸子里无声地滑落……

林黛玉悲情难遣,无福消受两岸旖旎风光。夜间坐船的人,同她一样,见不到白日里的大好风光,只能通过与同船乘客、船家

宁波人

闲聊问答来消磨时间。于是,天南地北的谈资,着实要比白日里来得丰富、热闹。

可以想象,官塘河上的夜航船里,不乏访学赶考的举子、走南闯北的商贾,或徐霞客那般的人物。自然而然,夜航船成了各色人物卖弄历史掌故与风情的学堂,以至像明人张岱,有心编出了一本叫《夜航船》的文化读本。在夜航船的桨声欸乃中,在天南地北的闲谈中,又潜藏了多少人的书卷气啊。

市井小民自然不同于书生,要忙着"做生活"、过日子。他们出门赶集、走亲访友,也都是要搭乘夜航船的。一上船,先是听瞎眼老头唱新闻、哼一出滩簧,凑些小钱听他掏老古,之后是茴香豆、三北豆酥糖、五香茶叶蛋、橄榄青果,一路飘香。

十年修得同船渡,坐船也是缘分,彼此没有陌生距离感,好似旧相识恰巧相遇,可将连篇东南西北故事侃侃而谈。偶尔,遇到热闹的娶亲船,过一座桥放一串鞭炮,睡梦中的船客也纷纷被惊醒。

过往的诸多桥段,曾被在"省立四中"(今宁波中学)任教的朱自清先生,写进了《航船中的文明》一文。他还饶有兴致地调侃,第一次选择乘宁波的夜航船,是为了"领略先代生活的异样的趣味",而故意舍弃火力十足的"汽油船"。

沿官塘河过西门口,一路向东,可抵达桃花渡。

桃花渡,名字太美,美得令人不会遗忘。今天的桃花渡遗址

三 市井

位于新江桥西侧、宁波影都附近。这个古老的渡口,曾是古代宁波"罗城"东渡门外通往江北的舟渡。

1861年,英国圣公会传教士慕雅德和新婚妻子来中国传教,第一站便是宁波。多年后,他的回忆录里记载,首次踏上这个"水波宁静的城市"(The City of the Peaceful Wave),桃花渡就是他跳下小火轮的落脚之地,对当年那一片桃花红惊鸿一瞥,再也没能忘却。

二十多年间,慕雅德学会了说一口流利的宁波话,在宁波办学、传教,子女亦出生于此,言称度过了他一生中最好的时光。他在《在华五十年》一书中记录了自己在宁波的经历。

慕雅德,这个一百五十年前的外国老宁波,不仅走遍城厢各处,还熟悉宁波城的众多传说。

他在《在华五十年》一书中如数家珍:古代,在新江桥附近曾经有个渡口,叫桃花渡。河流里有蛟,村民每年必须供一个男孩和一个女孩,否则便会河水肆虐。公元618年的某一日,官员黄晟路过桃花渡,遇到一对夫妇带着两个孩子在河边痛哭。得知原委后,出于怜悯和义愤,黄晟骑马来到蛟现之地,携菖蒲剑一跃而下。河水被染成了桃花红,一蛟一人再也没有浮出水面。与此同时,因为蛟的死亡,城里涌出一口池塘。为了纪念父母官黄晟建城修桥、舍命斩蛟的义举,当地人在桃花渡口南岸造了一座庙,名为"佽飞庙",每年五六月还会在门上悬挂菖蒲。

宁波人

慕雅德曾为这个前代的英雄叹息过。他渐渐知晓,当年从小火轮跳下,落足宁波的第一方土地,竟是黄晟斩蛟之处。年复一年的春汛如约而至,被春风吹落的桃花,将整个渡口衬上了一层桃红色。后来,他就记住了这古渡的名字——桃花渡。

最早提及桃花渡的,是宋人晁说之写下的《思四明所居与桃红渡相对》一诗。这首诗是北宋大观年间,晁说之被贬明州,任造船场监察官时留下的。

晁说之(1059—1129),字以道、伯以,因慕司马光(号迂叟)之为人,自号"景迂生",是北宋经学家、文学家。北宋大观四年(1110),他因抵制王安石新政,元符上书后被朝廷贬至明州任战船街造船场监察官。

确切地说,晁说之笔下的桃花渡,应该是位于战船街口的道头,此道头也是船舶驶向大江大海的起锚地。

明清时期,政府虽然实行海禁,但宁波仍然是对外开放的口岸之一。尤其是明代规定宁波是通向日本的唯一口岸,这使宁波与郑和结下不解之缘。郑和下西洋,举世皆知,极有可能是从宁波桃花渡出发的。

先有桃花渡,再有桃渡路。《鄞县通志》载:"(桃渡路)旧名竹巷弄、傅家道头,以古桃花渡而得名。"沿甬江上溯到姚江东侧的江边,为桃渡路。民国时,狭长的桃渡路上,舞厅、戏馆、酒楼、茶馆林立。每当入夜,笙歌鼓乐之声盈耳,巨贾、官僚、地主和外

三 市井

国人等出入其间,灯红酒绿,纸醉金迷。早在太平军进攻浙东时,宁波附近各县的地主富商纷纷携眷逃到江北岸,在外国人羽翼的"庇护"下继续过着他们花天酒地的生活,桃渡路一度成为他们的安乐窝。

然而,更大的喧哗还在后面。慕雅德在《太平天国中的宁波:1861—1863》里以当事人的身份,记录了那一段不太平的年岁。文章前页用了一张1891年的英文手绘宁波府城图(后刊于1906年英文《东亚》杂志),他在标志性的地段标了英文字母,又在上方写了注脚,当年纷繁紧张的局势便呈现在了平面上——B新江桥和G老江桥之间,左侧是E东门,右侧是宽阔的江面,上面只写着一个C:时刻准备进攻的英法舰队。在B新江桥的位置上,慕雅德特意画了一株桃树,注明桃花渡。

圣公会的传教点在东门旁,1861年太平军占领宁波老城厢后,首领"小镜子"(潘小镜)和各国领事达成协议,不侵扰西人的居住地。他记下了太平军将领范照从南京封王归来,一百多艘画船一字排开,所有的兵士都聚集在东门口迎接。没过多久,法国军舰宝星号停泊在东门附近,向太平军开了第一炮。之后,又记下了那个温煦春日,农人边犁地边喊着快乐的号子,江水波光潋滟,宁静得仿佛一切都从未发生。

卷帙浩繁的英文书籍里,也有更多桃花渡一带的记忆。长老会在1921年的会议上报告,东门附近有一个针对男子的宣教点,

宁波人

可容纳一百人,每晚都有布道,门一开就会被坐满……

《聊斋志异》中有一则"西僧",说西域传言中国遍地黄金,观音、文殊犹存,至则成佛。一行西僧前来朝圣,途中经历万般艰险,出发时有十二人,到中国只剩两个了。蒲松龄看透其中吊诡,"听其所言状,亦犹世人之慕西土也。倘有西游人,与东渡者中途相值,各述所有,当必相视失笑,两免跋涉矣。"现在走在江厦街头听英文歌或看英文书的人,大概不知道,当年夜航船停留的桃花渡,与那一片片桃花红,已在百年前流到了西方。

坊间七月半

越剧《何文秀》中,有一出《桑园访妻》。何妻误以为夫君离开阳世,在农历七月半这一天,为他做羹饭祭奠。这一幕恰被藏于窗外的何文秀偷偷看在眼里:

> 三支清香炉中插,荤素菜肴桌上放:第一碗白鲞红炖天堂肉,第二碗油煎鱼儿扑鼻香,第三碗香蕈蘑菇炖豆腐,第四碗白菜香干炒千张,第五碗酱烧胡桃浓又浓,第六碗酱油花椒醉花生。

六碗荤素菜肴,随尹派小生的绵糯唱腔一一道出,朗朗上口,平易可亲。甬城七月半做羹饭,市井百姓家中何尝不是这般场景。

佛家有本《佛说盂兰盆经》,称农历七月十五为"盂兰盆节",目犍连救母放焰口的故事在宁波民间广为流传,逐渐演化为"盂兰盆法会"。

宁波人

道家将农历正月十五、七月十五、十月十五定为上、中、下三元,分别为天、地、水三官之诞辰,演化为天官赐福、地官赦罪、水官解厄的三元节。巧的是,农历七月半,道家"中元节"与佛家"盂兰盆节"都在这一天碰头。

如此一来,"七月半"成了佛、道两家的共同节日。甬城百姓,却也不涉这番来历,他们既听"目连戏",也看城隍巡游,还举家做羹饭祭祀先人亡灵,已是百年来既定的习俗。

传说佛祖弟子目犍连,其母生前爱财如命,时常口出恶言,坠入地狱后变成饿鬼,腹大似鼓,喉窄如针眼,屡受饥饿之苦。她托梦给目犍连,诉说喉管变细,不能进食,整日挨饿。目犍连醒后无法可施,遂向佛祖求助。佛祖开示:七月十五当日,用百果供养十方僧众诵经,可放大其母的咽喉,以解饥饿之苦。这就是七月半"放焰口"的由来。

后来,世人仿效佛教徒用"放焰口"的法事来供养先亡宗亲,甬城百姓也纷纷做"七月半羹饭",使祖宗不受饥饿之苦,通常将其作为一年之中的大事,也当作大节来过。

临近七月半,宁波市面上的菜价要比往常贵一些,烤麸与黄豆芽的价钱几近翻倍。宁波人供奉祖先的羹饭,装菜不用盘子,换作大瓷碗,通常有九碗或十一碗之多,成单而不成双。

桌上三道必备菜:一是烤麸,寓意生活富足;二是黄豆芽,形似用黄金打造的"如意",祈盼黄金万两进家门;三是莲藕,宁波人

三 市井

谢年请菩萨、祭祖做羹饭,桌上必定供奉一碗藕,藕断丝相连,九孔通达,寓意血脉总与祖先相承。

供奉藕的寓意还在于"路路通"。这个寓意实在讨人喜欢,财运、福报一起来。喜获早稻后,灰汁团又成为时令点心。主人家买、汰、烧一气呵成,撑起八仙桌,摆起香炉烛台,各色"羹饭"供上,井然有序。

"羹饭"供桌,当家主人焚香点烛,口中念念有词地恭请祖宗大人入座,带领全家老小磕头。锡壶盛老酒,添过三巡,最后盛上白米饭,待各位宗亲酒足饭饱后,端出锡箔焚烧,多的一堆烧给祖宗大人,少的一堆烧门外,作抚恤孤魂、结缘之用。

香烛渐短,羹饭渐凉,忙了半天的自家人,纷纷招呼老少入座,相互夹菜吃饭,其乐融融。

旧时,"七月半"这一天,宁波府的城隍老爷也很忙,因他兼管阴间的亡魂,管理冥界事务当义不容辞。这一天,城隍老爷要巡遍甬城大街小巷去"访鬼",接受各类冤魂屈鬼的"申诉",查处以往冤假错案,以免冤魂屈鬼作祟闹事,危害人间。

明清时期,逢"七月半",在城隍庙还有搭棚煮粥施舍、济困扶贫等活动。城隍老爷"祭灵"仪式完毕后,又被前呼后拥地沿县学街一带巡游,队伍庞大,浩浩荡荡,绵延数里,声势壮观。所到之处,鸣锣开道,民众夹道跪拜。

城隍巡城结束后,各商市行会雇戏班,安排酬神大戏三天三

宁波人

夜。城外村民自发演目连戏,表演者衣着简陋,用地道宁波土话,所演故事多为民间恶事,讽刺恶人恶行。这一幕幕人间喜剧,以其滑稽趣味生动了民众的天然舞台。

"七月半",凤仙花开遍。甬城老墙门的房前屋后、水井边和弄堂口都有栽种,宁波人给它起了一个很喜气的名字——满堂红。"七月半"前后,妇人用这种天然的染料来包"红指壳",睡前用纱布缠裹指甲,如此反复两三天后,其色愈深,洗涤之后不褪色,十指尽染满堂红,故招人喜欢。

> 轻舟荡漾玉波澄,中元盂兰放湖灯。
> 梵呗伴得笙管韵,古寺东山月又升。

是夜,也有人去城隍庙西南的月湖"放河灯",笃信"放河灯"能赎罪超度。那一夜,河灯随风漂浮于月湖湖面,百盏银光,颇为壮观。也有人纵舟,酣睡于十里荷花之中,香气怡人,清梦甚惬。

直到农历七月三十日,入夜,全城遍插地香,房前屋后,墙脚阶下,篱边、路边、园边、水缸边,插得星光灿烂、香气弥漫。善男信女持香向地藏王菩萨祷告,保佑一方平安、合家康泰。

荤荤素素的各色羹饭、深红浅红的纤纤十指、茶客酒客的闲言碎语、目连戏的人间喜剧,连同漂浮在月湖上的河灯……濡染着一代又一代人,人间百态年复一年持续上演。

露天吃夜饭

只要不刮风下雨，不是寒冬腊月，宁波人总喜欢把餐桌从屋子里搬出来，生怕隔壁人家不晓得自家烧的菜肴，大大方方地展示出一番与众不同的情趣。

细究起来，这个市井中奇特的居家现象，也透露出宁波人的三分生活美学。

"二月二剃龙头，一年都有精神头。"农历"二月二"，北方人流行理发，宁波人可不兴这个。

旧时，若碰上"二月二"这一天风和日丽，宁波人会将饭桌摆在露天，家家户户一字排开吃"露天饭"，文雅一些的谓之吃"天野羹"。农历二月二"天野羹"餐后，当家主人会抓起半把剩饭，抛在自家房屋顶的瓦片上，洋洋洒洒，如此重复几次，意在向老天爷讨得一个"露天旺"的好彩头。

俗话说："民以食为天。"宁波人吃的"天野羹"经过一番演化，最终形成"天不打吃饭之人"的民间信仰。从前，落雷雨之时，老辈人谆谆叮嘱晚辈，只管慢慢吃、莫慌张，即便命中要遭天谴报

宁波人

应,老天爷见露天吃饭的人,也迟迟下不了手,等挨过了时辰,自然逃过一劫。

阳春三月,下过几场绵密的小雨,桃花笑春风,天地之间由阴转阳,一夜之间春和景明,万物皆润。寻常人家摆过"清明羹饭"祭过祖,天气逐渐回暖便可在弄堂口、家门前将餐桌铺张开来,不管人来人往,也不管灰尘和尾气。

于是乎,老酒烫热,主人家端上咸齑笋丝马鲛鱼、黄泥拱毛笋烤肉、马兰头拌香干、韭黄鳝丝豆瓣糊刺等当季菜肴。热老酒搭配泡开的毛蚶,一贯为妙不可言的绝配,主人家剥开一只毛蚶,揾一揾酱油,慢悠悠送入嘴里,贝类的鲜甜与浓郁的酒香搅动出一股无与伦比的美味,立即传遍全身。这不愠不火、不急不慢的表演,令过路的"老酒饱"们驻足垂涎,恨不得要放下正经事情,坐下来划几回拳,"百事勿管"而薄醉红尘。

夏日的热三伏一到,"露天吃饭"掀起高潮,画面最闹猛,好戏日日上演不重复。在大规模、大面积的旧城改造前,宁波老城内分布着大大小小的老街巷、老墙门和老弄堂。太阳落山,澡盆里的孩子玩水嬉闹,大人的呵斥声混搭灶跟间飘出的菜香,绵绵不绝。老墙门内的住户,依次将饭桌摆在弄堂口、明堂里或屋檐下。远远望去,各色餐桌一溜排列,井然有序,一派市井风情。

红猛日头西下,男人用铅桶装水,先把弄堂前的空地泼透,驱散暴晒一天后的热气。蒸笼似的灶间里,烧饭的阿姆已是黄汗直

三 市井

淋,但无论多热,"下饭"却不能敷衍:葱油海瓜子、白灼淡菜是专门给自家男人下酒的,斩来一块烧鹅,"腰面"上的嫩肉早已剔出,专留给孩童吃,清炒个番茄梅豆,捞几块灰扑扑的臭冬瓜,浇淋麻油做"压饭榔头",最后冲一碗碧绿的"万年青"过饭。

市井中的家常小馔像变戏法似的,陆续被搬到桌面上,孩童们也不闲着,跑进跑出的,帮着倒酱油米醋、分筷子调羹,男人则早已舀出杨梅烧酒,自斟自饮。

露天吃夜饭,街坊邻居也来凑热闹,昏黄的路灯刚点亮,预示"吉时"已到,一排露天餐桌集体开动,互相调侃,各色本地"下饭"、时令小菜,争奇斗艳。男人一律打着赤膊,脊背上隐约有拔火罐、刮痧的痕迹;女人穿着自己缝的睡衣,花花绿绿争艳;洗过澡的孩子,脖子和后背都是一层白色痱子粉……

杨梅酒的香气,一直从巷头飘到巷尾。几个"老酒饱"咬着蟹脚钳,掰开一撮淡菜,喝得优哉游哉。谁家要是烧了碗出奇的新式"下饭",自然会分给邻居一筷子。平日里因鸡毛蒜皮积下嫌隙,邻里间有几日互不言语的,或因那一筷,隔阂也就一扫而光,又扯起大胖喉咙,彼此唠起家长里短。调皮的孩童,来回穿梭,有时索性跑到邻家的桌边就餐……

露天吃夜饭,图的是凉快和惬意。在没有空调的日子里,宁波本土制造的"富丽"牌鸿运扇,却不如"弄堂直头风"迎面吹来凉快。凉风习习,流萤飞舞,明明灭灭,夏日里的露天饭桌,起码

宁波人

摆到七八点钟。通常是男人吃饱喝足，孩童们嚷着要看《射雕英雄传》，才搬出电视机，边看边纳凉，边感喟人生。

时至今日，三十多摄氏度的桑拿天，太阳下山后，即便饭店的空调包厢温度打得再低、再凉爽，"雪花勇闯天涯"的灯箱牌下，戴金链的小阿哥们依旧喜欢露天坐户外。大排档生意在宁波一向火爆，也就见怪不怪了。

露天吃夜饭的宁波人，初春望着鲜花，盛夏守着树荫，三秋嗅着桂子，寒冬围着火炉，既当演员，也是观众。

三乂红尘中纵然有百般不顺、千般不遂，醉眼迷离间，世界仍如此温柔：一两个好友共酌，三四样小菜佐酒，五六分醉意暗涌，在这悲欣交集的恋恋风尘里，永不落幕的，还有你我几个微醺的"老酒饱"……

露天吃夜饭,街坊邻居也来凑热闹,昏黄的路灯刚点亮,预示"吉时"已到,一排露天餐桌集体开动,互相调侃,各色本地"下饭"、时令小菜,争奇斗艳。

黄梅时节家家雨

四明迁客张孝友,凭儿时记忆画了一轴《南乡旧梦图》,描绘了老宁波风情:江南祖屋,临街枕河,枇杷门巷,秋桂金馥,酒肆错栉,临水楼台,花髻云影,画桥暮树,少年芳邻,竹马之侣,还有乌篷船、石桥、鱼米、药材、社戏、马头墙、藏书楼……

所有的江南印记、所有的江南风物、所有的江南味道、所有的江南雅致,倘若你来到宁波,便可会意。

从一轴《南乡旧梦图》中,瞥见"雨肥梅子,午阴嘉树清圆"的黄梅天素描,倒叫人想起宁波的"黄梅季""做霉天"。

江南多雨。小楼一夜听春雨,秋风秋雨愁煞人,冬雨又凄凄冷冷的,人到中年后,反而独爱"黄梅雨"。

年少时,家中书柜里有本破旧的《千家诗》,先后读到赵师秀、戴复古与曾几描写黄梅雨的诗文。赵师秀曰"黄梅时节家家雨",戴复古谓"熟梅天气半阴晴",曾几又云"梅子黄时日日晴"。众说纷纭,读来一头雾水。及至年长些,方略知一二,梅雨因出现日期的迟早、持续长短及雨量大小不同,有早梅、迟梅、空梅和丰梅之

宁波人

分,三人的梅雨诗文多视角呈现,却是不悖。

"自在飞花轻似梦,无边丝雨细如愁"是宋人的愁绪,"少年听雨歌楼上,红烛昏罗帐"是雨季里的情思。梅雨季,是一个压在江南冗长而阴郁的韵脚,宁波人自然也躲不过。雨水连日下,青苔沿着床脚往上长,人们瞅着发愁,眉头打结,却又无可奈何。

雨水一多,空气是湿的,实则一切都是湿的。平素懒得打理的器物,也悄然生出了霉。灶间里舍不得吃的红枣、黑木耳、香菇,乃至橱柜的衣服、垫被,架上的书籍都会发霉。黄梅天,日日潮,夜夜愁,粘连的雨水以密匝匝的网,笼罩着宁波人,似有一种黏腻的、说不出的郁闷。

恰有"不速之客"登门,而梅雨似歇未断,这便是天雨留客的节奏。临近饭点,好在缸里有腌透的雪里蕻咸齑,草窠里还有几只家鸡蛋,炒一碟咸齑贴(音"塔")蛋,煮一碗咸齑土豆汤,蒸点腊肉香肠,去弄堂口熟食店斩半只三黄鸡,再拷点糯米老酒,撺来撺去,还是蛮像样的。

哪怕炒一碗蛋炒饭、冲一碗紫菜虾皮汤或做一碗简单的菜汤面,大家都不虚礼,实实惠惠留下来填饱肚子。待雨过天晴,告辞谢退,主客双方之交情,就此又深了一层。

有趣的是,在梅雨天,宁波人见面打招呼不再是"饭吃过哦",而是清一色地换作带着几分怨气的寒暄:"啧啧,啥时出梅哦,侬晓得哦?"

三
市井

一旦出梅,骄阳高照,已近炎夏时节。市井的家家户户,全家老小出动,开始晒霉,有着过年过节般的热闹:支起晾杆,晒衣服,晾鞋子;摊开竹匾晒黄花菜、红枣、桂圆;小文人们纷纷晾书籍、晒毛笔……人人脸上洋溢着出梅的喜悦,殊不知,还有"红猛日头"的桑拿天等着他们消受。想到这里,又觉得梅雨很让人留恋呢。

一出梅,本地杨梅纷沓上市。闽广荔枝,西凉葡萄,未若吴越杨梅。杨梅的味道要比梅子酸甜可口多了。青梅泡酒也不错,宁波人却对杨梅情有独钟,将杨梅浸于高度白酒中,加冰糖泡成"杨梅烧酒"。绛红色的杨梅酒能解乏、防中暑腹泻,是炎炎夏日里宁波人居家必备之"灵丹妙药"。

黄梅天里,幸有那酸甜可口的枇杷,有茉莉、栀子、夜来香,还有细雨打湿的流光,尤可追怀。

如同"三星白兰地,五月黄梅天"这样奇谲难料的"无情对",黄梅天也并非没有情趣。譬如那黄梅天的雨,时而密集,时而稀疏。雨滴冲刷着天地,打在青瓦上,发出清脆的叮咚声,落在屋顶的采光玻璃上,尖脆的声音仿佛要将玻璃敲碎。雨水顺屋檐而泻,一整夜嘈嘈切切、滴滴答答,犹如一首琵琶曲,幼时常常伴我入眠。

那些悦耳的雨滴屋檐声,不惹烟亭柳风,不沾云桥醉意,如梦似幻,点点滴滴到天明。

宁波人

兴致好的,也可将雨打芭蕉当成交响乐。窝在家里,拿一本书翻看,将湿漉漉的时节,变成可供消遣的雨中听曲。反正雨天不便外出,故人少来,镇日枯坐无聊,拾起平日一字也读不下去的书,正好。

读到周作人的《苦雨》,按照行文猜测,想必是江南梅雨无疑。标题虽是"苦"字为前缀,通篇读来,却是浙东黄梅季独有的趣味。周在文中提及"卧在乌篷船里,静听打篷的雨声",雨点落在船篷顶,落在河面上,夹杂着蛙声和桨声欸乃,竟有说不出的美妙。

自从搬进楼房,城中小巷越来越少,老屋日渐消失,雨滴屋檐声许久听不到。搬入高楼,我们的生活悬浮在远离地面的空中。莫说雨声,就是晒霉的场面,也是多年未见。

思来想去,那些寻常旧巷,静听雨落的弄堂,我们周围还剩几条?

十三人搓麻将

俗世生活瞬息万变,形形色色的琐事、新闻时时上演。伫立宁波街头,人们相互打招呼的声音、买汰烧的洗刷、各色摊贩的叫卖,交织成市井最妥帖的协奏曲。这一幅幅市井众生相,无不充斥着喧腾与热闹。

在公园茶馆、大街小巷、旮旮角角,有一种声音不可缺少,那是来自麻将桌上的声音。玩牌之人非但将"碰""吃""杠"喊得掷地有声,还将牌理、博弈、运气、智慧糅合平衡,凝结成四方桌上的挥斥方遒。

多年以前,这种以搓麻将为场景调侃的各地方言段子,被搬到十里洋场的上海滩,有一出独角戏《十三人搓麻将》,坐庄的主角就是宁波人。

说的是,有个晦气的宁波后生误把"红中"当"发财"打,白送给对家绍兴人一副大"台头",输钱赖账后,独角戏演员用宁波话、浦东话、无锡话、苏州话、苏北话、广东话、山东话等十三种方言把搓麻将的、看热闹的、观战帮腔的、管闲事的、打抱不平的、送夜宵

宁波人

的市侩众生相一口气描述下来，人物栩栩如生，各地方言说得惟妙惟肖，令人捧腹。

说起现代麻将的起源，却与宁波人有关。"阳春白雪"的天一阁里不仅藏书，还藏着一个下里巴人的麻将起源地陈列馆。

宁波老话"三缺一，伤阴鸷"。麻将起源地陈列馆内，立有一座栩栩如生的"三缺一"雕塑。中间穿马褂者是宁波人陈政钥（字鱼门），右为英国驻宁波领事夏福礼，左边是个日本人。陈鱼门为清道光年间贡生，后官居三品，太平天国期间，曾负责筹措浙江全省军饷，得左宗棠赏识。民国《鄞县通志》称："政钥负才广交，为当道所重。郡县有事，若拓荒、修学、协济邻饷之举，皆倚办之。"因精通英语，陈鱼门出入华洋两界，与夏福礼等人有交游，夏福礼也在其笔记里详录陈鱼门如何发明麻将，又如何将之传到上海的故事，是为"三缺一"雕塑之缘起。

宁波人自豪地认为：晚清陈鱼门所创的现代麻将是继中国四大发明之后，最伟大、最接地气的"第五大发明"。同治三年（1864），陈鱼门创制现代麻将，雏形为136张牌。他大胆地将当时流行的马吊纸牌改为竹骨，并简化玩法，以利推广传播。若细究他创造的麻将技法能在宁波诞生的原因，与港城的航海商业文化密不可分。

推敲一番，麻将最早是海上漂泊的渔民、船员打发时间的纸牌游戏，因纸牌易被风吹，陈鱼门遂改纸牌为竹牌，增加牌面分

三 市井

量。再如，宁波渔民靠天吃饭，出海须观测风向，麻将中的"东南西北风"为其变体；扬帆在东海中的渔船、商船碰头，宁波人用麻将术语"碰"表示做生意；做生意总有收入盈亏，宁波人用麻将术语"万"表示计价单位。此外，出海捕鱼网具的绳索化为麻将术语"索"、渔船上装淡水和鱼货的水桶为麻将术语"筒"……这些麻将专用词都映射出宁波海洋文化的点滴。

此外，现代麻将中保留诸多宁波方言。麻将，原写作麻雀，为宁波话"麻雀"的发音。麻将和牌的"和"读作"hú"，也是宁波方言。至于"搓""嵌""杠""相公"等麻将桌上的术语也都是从宁波人口中化来。

凡有井水处，皆有柳词；凡有市井处，必有麻将。现代麻将技法被宁波人发明创新后，在茶楼、客栈、风月场广为普及，麻将不分男女、老少皆宜，上至官僚士大夫，下到市井小民，为不少国人所沉迷热衷。

然而，麻将不单单是中国人的爱好，在一次出访中，"我们的朋友"胡适发现美国大学教授的麻将水平也是"杠杠滴"。说来，还是与晚清书生戈鲲化有关。戈鲲化先是任职英国驻宁波领事馆，他与陈鱼门相交甚深，遂成精通牌术之人，曾作《纵博》《戏掷升官图》诸诗。光绪五年（1879），戈鲲化受聘远赴美国哈佛大学任教，讲授中国传统文化，成为全美第一位中国籍教授。在他的影响下，麻将走出国门，逐渐在美国传播推广开来。

宁波人

宁波人把搓麻将作为了解他人品行的捷径。宁波人习惯将"未转正"的准女婿叫作"毛脚女婿"——这不是因为女婿手脚上毛多，而是因为新女婿刚刚进门，不晓得该怎么帮忙，让未来丈母娘、丈人感觉毛手毛脚的。"毛脚"就是嫩，不成熟。这一个"毛"字，也提醒小伙子，第一次上门，自己的身份一定要摆正，"革命尚未成功，同志仍需努力"。端午节是毛脚女婿集体上门的日子，毛脚女婿挑"端午担"向未来丈人家"进贡"，为的是把未来的丈人、丈母娘"摆平"。

众人吃过端午的"五黄六白"后，丈人家摊开麻将桌，开口邀毛脚女婿打上几圈麻将，毛脚女婿再次如临大考。

在打牌上，有些人见不得输，有些人耐不住赢；有些人性子急躁，瞪眼、催牌；有些人得牌不骄，失牌勿吝，不形于色，不动乎声；有些人浑涵宽大，尔雅温文……这些品性皆在麻将桌上体现得淋漓尽致。几圈搓下来，众亲眷可将毛脚女婿的脾性摸出个八九成。因此，搓麻将不失为一种考量宁波毛脚女婿能否转正的套路。

宁波人发明的现代麻将技法体现出国人的智慧。从文化角度言之，麻将大大小小的规矩，也折射出国人的处世风格与理念，凸显国人注重人际关系，眼观六路、耳听八方的行为特点。譬如，讲究看上家、盯下家、防对家，除根据自己拥有之牌决定基本打法外，还要判断其他三人的牌情。何时可吃，何时可碰，何时可杠，

三 市井

甚至要故意放炮喂和,才决定跟牌、出牌、钓牌,这都可体现技术之高下,学问之深浅。

麻将起源地陈列馆所在建筑名曰"德和堂"。"和"亦要读作"hú"音,但无论是哪种麻将玩法,依旧是"德"字当先。如馆前楹联所云:"人情冷暖风马牛,世事沉浮中发白。"正所谓牌品即人品,这个宁波人的小发明中,演绎着天地乾坤。

四

声色

遍地市声

卞之琳在桥上看风景,波德莱尔在巴黎的街头游荡,陀思妥耶夫斯基心怀悲悯地审视着那些晒太阳的穷人……

作家们从视觉着墨,也是他们在感观方式上描写一座城的方法。

一座城的记忆,不仅源自视觉,也来自听觉。

张爱玲与卞之琳他们稍有不同,她在《公寓生活记趣》中说:"我喜欢听'市声'。比我较有诗意的人在枕上听松涛,听海啸,我是非得听见电车响才睡得着觉的……"与视觉体验相比,声音似乎更能激发感官主体对城市的直接感受与体验。或许正是从这个意义上,热衷于阳台俯瞰的张爱玲,喜欢守在石库门外听市声。

无独有偶,宁波籍作家巴人,常听市声,且说过一个精彩的片段:"宁波东门外大街上商店里传出来的算盘声,各个中等学校里传出来的朗诵桐城派古文的读书声,外加半边街上那鱼行里的鱼贩的叫卖声。这三种声音就构成宁波半商半文城市的特色。"

居住在半商半文的宁波城,早些年的弄堂里、墙门内,市声盈

宁波人

然。年幼时,清晨弄堂里倒马桶的声音,素来是吹醒宁波人的"起床号",破扇子扇煤炉的噼里啪啦声与刷马桶的沙沙声有节奏地群起舞动,开启晨间二重奏。久而久之,上班的,上学的,也都抛弃了拨闹钟定时的习惯。

墙门里的居民,一类是"上班族",另一类是"上学族",余下的多是持家的妇女。待上班的、上学的陆续出门,墙门里就基本上是家庭妇女的世界了。

卖菜、卖鱼鲞、卖虾皮的挑子,在弄堂巡游着,主妇站在挑子前争讲吵闹的样子似调情。早、中、晚三个时段杂乱的锅铲声,又夹着许多怪腔的男女谑笑……一度怀疑,张爱玲《中国的日夜》,是专门为宁波人而写。

东家阿太、前楼嬷嬷,舀水洗衣服,切菜,淘米,一边做生活,一边扯起"石骨铁硬"的大胖喉咙,彼此唠着家长里短:张家老太数落媳妇不孝,李家媳妇嘀咕公婆刻薄。偶有人说漏嘴,墙门里又掀起一场场闹剧,上演一出出"白戏",送拨众人看。

小商小贩也来凑热闹:

"修阳伞嘞,坏个套鞋跑鞋修哦?"这是修伞补鞋的。

"穿棕绷嘞,有坏个棕绷修哦?"如今家家户户都是枕着席梦思入眠,穿棕绷的生意不太好做。

"嚓、嚓、嚓……"一路惊街,一声吆喝"锵刀磨剪刀,锵刀磨剪刀",家庭主妇们纷纷找出钝刀、锈剪刀,循声而去。

四 声色

"收鹅毛、鸭毛嘞……"年节前后,家家户户杀鸡宰鹅,积下的羽毛就多,收毛人走街串巷,挨家挨户收购羽毛。

这些吆喝带有一定的腔调,听起来富于节奏感兼音乐性,为配合音调,有人连说带唱编成顺口溜。像卖梨膏糖的,就是三分卖糖,七分卖唱:"胡呀乌里更也,百草梨膏糖也,老伯伯吃了我梨膏糖,红光满面精神好也;胡呀乌里更也,百草梨膏糖也,老婆婆吃了我梨膏糖,脚轻手健好走四方也;胡呀乌里更也,百草梨膏糖也,老板吃了我梨膏糖,生意兴隆遍三江也……"在小贩长长的拖腔中,高、低、轻、重音交替出现,如波浪起伏,透露情绪变化。虽没学过声乐,但声音高亢浑厚,中气十足,吸一口气,声音拖得老长且富有穿透力,隔着几条街都能听到声响,故而招引顽童们尾随模仿,笑声、呵斥声四起。

巧的是,两种吆喝声交织,也曾闹过真实的笑话。同一条街上,一个卖带鱼的商贩吆喝着:"卖带鱼喽,透骨新鲜带鱼。"这边话音刚落,那边箍桶匠就拖着长长的尾音吆喝开来:"打抽噢,打抽。"宁波话听上去,就是"带鱼臭喽,带鱼臭喽"。卖带鱼的随即光火,两个商贩当街干起架来……

吃过夜饭,总是要打几圈麻将的。昏黄的灯光下,先是急吼吼地倒出一盒麻将牌的声音,接着就是摸牌、碰牌的声音,人的说笑、惊喜、埋怨、随口骂骂不绝……楼下的人兴致不衰,一圈一圈打下去,楼上失眠的朋友,却陪着他们到深更半夜,也不曾合眼。

宁波人

"一溪初入千花明,万壑度尽松风声。"纷扰市声,如时计一般准确,每日的一定时间,在弄堂、墙门内按时响起,风雨不误。

然而,民国宁波籍作家苏青对于楼上的无线电唱着京戏,有人跟着哼,楼下孩子哭声、妇人责骂声,而外面弄堂里,喊卖声、呼唤声、争吵声、皮鞋足声、铁轮车推过的声音,那些各式各样、玻璃隔不住、窗帘遮不住的嘈杂声音,似乎也并无懊恼。

她反而言道:"也没有什么,我只把它们当作田里的群蛙阁阁,帐外的蚊子嗡嗡,事不干己,决不烦躁。有时候高兴起来,还带着几分好奇心侧耳静听,听他们所哼的腔调如何,所写的语句怎样,喊卖什么,呼唤哪个,争吵何事,皮鞋足声是否太重,铁轮车推过时有否碾伤地上的水门汀等等,一切都可以供给我幻想的资料。"

在众声喧哗的弄堂口,在叫卖声声的墙门里,作家们的听觉体验呈现出一个更加鲜活生动,也更为含混驳杂的宁波。这些斑斓驳杂的宁波市声,处在这俚俗繁乱的烟火人间中,恰似一阕独特而动听的变奏曲,让人久听不厌。

多年后,不少人搬入了楼房,那些弄堂里的叫卖声几近消失。嘈杂的汽车声,送外卖电动车的喇叭声,此起彼伏,不绝于耳,音箱里一下子冒出凤凰传奇的高分贝,让你哭笑不得。老墙门阿太的后裔,出落成了大妈,她们结伴跳广场舞、买理财、听保健,红尘做伴,活得潇潇洒洒。

四声色

　　心情糟糕的一天,看她们跳广场舞,不失为一种解郁的疗法。听喇叭卖力地吆喝,看她们卖力地舞动,召唤出逝去的芳华。一群群花红柳绿,毫无忌惮地占领小资小调的广场,几曲过后,重复着昔日的家长里短。

　　不过,谁知道呢,燕子呢喃、稻田蛙鼓、秋虫唧唧已渐远,再过十年八年的,怕是连这座都市的市声也会脱胎换骨。常问自己,如果要离开宁波很长一段时日,最想念宁波的什么?

　　思来想去,大概还是这风情万种的遍地市声。

灵桥牌普通话

中国有一种普通话,唤作"灵桥牌",诞生于浙江宁波。

2015年12月7日下午,中国首位诺贝尔生理学或医学奖得主屠呦呦来到瑞典卡罗林斯卡医学院,一气呵成完成《青蒿素——中医药给世界的一份礼物》的演讲。时年已84岁高龄的屠呦呦,演讲全程声音洪亮,中气十足,在演讲收尾处,她声情并茂道:

> 我想与各位分享一首我国唐代有名的诗篇,王之涣所写的《登鹳雀楼》:白日依山尽,黄河入海流。欲穷千里目,更上一层楼。请各位有机会时更上一层楼,去领略中国文化的魅力,发现蕴含于传统中医药中的宝藏。

仔细一听,屠呦呦将诗人王之涣的"王"读成了"黄"。飘进宁波人耳根里的,果然是正宗"灵桥牌"发音。这再熟悉不过的乡音,令这些年失去自信的宁波人倍感诧异。在异国他乡的卡罗林斯卡医学院礼堂里,屠呦呦一口未改的"灵桥牌"普通话响彻全

四 声色

场,热烈的掌声经久不息。目睹这弥足珍贵的一刻,屏幕前的宁波人着实激动了一回。

灵桥,自古为宁波城的标志。唐长庆三年(823),新任刺史应彪在奉化江上建造东津浮桥,连舟十六艘。传说浮桥竣工时天空出现彩虹,吉祥灵应,于是这座桥被称作"灵现桥",后称为"灵桥"。又过了两年,桥身向南移到现在的位置。这是三江口有史可考的最早的跨江浮桥。

时光流转,宋乾道二年(1166)的春天,南宋文学家、史学家、爱国诗人陆游买舟自山阴(绍兴)来明州访友。在风吹桃花之日,他自曹娥江入运河,循余姚江,一路东渡至明州三江口。江水泱泱,风和日丽,陆放翁先生见有浮桥横江,桅樯林立,风标微摆,半入江风半入云,又见江上百舸争流,商舶往来,物货丰衍。他一路的行舟劳顿,被习习江风荡涤一空,遂沉吟道:"村步有船衔尾泊,江桥无柱架空横。海东估客初登岸,云北山僧远入城。"《明州》中的"江桥",即为灵桥的前身。

自东津浮桥到德国西门子钢架结构,从1936年落成到2016年修葺一新,灵桥灵现千年。作为我国第一座钢梁单孔环行桥,灵桥凝聚了宁波帮人士造福桑梓的拳拳之情;作为标志性建筑成为近代宁波城市的象征,更是宁波人一贯的骄傲。宁波方言"石骨铁硬",宁波人讲普通话自然也有宁波特色,美其名曰"灵桥牌",调侃中透着一分自豪。

宁波人

不少宁波人，天生讲不好普通话。影视剧中，蒋委员长一口标准的"灵桥牌"普通话，偶尔夹杂一句"娘希匹"，曾使宁波人一度感到"莫名欣慰"。当年的"国骂"居然是地道的"灵桥牌"，隔着屏幕欲跟上几句，算过把瘾。

宁波人也闹过"灵桥牌"普通话的红脸。改革开放的春风吹拂到三江口，宁波经济发展走上快车道，外地考察团来学习，欲取回宁波经济迅猛发展的真经，向宁波人寻根究底道："你们宁波经济为何发展得那么快？有何宝贵经验？"

宁波人自豪曰："我们一靠警察，二靠……"闻者大惊失色，暗自思忖：莫不是要靠"不能讲"的手段？宁波人玄乎呀！憋在心里纳闷许久。后经人解释，方知这是为"灵桥牌"普通话所误。原来，这位宁波人说的意思是：一靠政策，二靠机遇，加上个北仑港——靠政策和机遇，倚北仑港禀赋而港通天下。

这个类似段子的故事，使不少外地人记住了"灵桥牌"普通话。依稀记得，自己上大学时，把"彻底"读成了"切底"，被同学笑话了很长时间。

似乎，敏感的宁波人"知耻而后勇"，多年来一直改进"灵桥牌"普通话。从二十世纪八十年代，新一轮"推普"热潮开始，各种推广普通话比赛就像激荡的浪花，改进"灵桥牌"普通话的社会需求，成了一股时代的潮流。一时间，街头小巷、男女老少，"灵桥牌"普通话随处可闻，连上了年纪的宁波老太们也能磕磕绊绊地

四声色

抖出几句来。

但有些宁波人固执地认为：说普通话变得不会吵架了，严重限制表达能力；不理睬某人时会不自然地说普通话；更有人说宁波人冷不丁跟你讲普通话，是为了保持距离，但"灵桥牌"断然不会，"灵桥牌"普通话的优势在于方言与标准国语的良好融合。

步入二十一世纪后，"危机"一词成了热词，哪类事情不"危机"一下，似乎就跟不上潮流，中国某些城市也在喊"方言危机"。

有意思的是，如今大批宁波"90"后、"00"后逐渐养成用普通话来说宁波话的习惯。除夕夜，家里长辈给我儿子压岁钱，儿子会推辞说："勿要客气，一眼眼（一点点）就够嘞。"倘若我偶尔下厨，做的饭菜对了他的胃口，儿子会边咂嘴边赞美说："味道交关好，蛮不错……"

听着这正宗的"灵桥牌"普通话，原以为是"老宁波"的专利，没料到如今的"小宁波"无师自通，竟也到这般熟稔的地步。

"来发"音乐家

民国时期,宁波籍的上海"滑稽戏"表演艺术家姚慕双、周柏春双档,长期在电台播演滑稽戏,几十年滑稽艺术生涯下来,成为滑稽界搭档时间最长并享有盛誉的兄弟大响档。

当年居住在上海的宁波人,多数散布在"上只角",宁波人的居家生活情趣,往往成为滑稽戏的创作素材。姚、周在独角戏代表作《宁波音乐家》《各地堂倌》等中,隔三岔五要来调侃一下宁波人。

二十世纪五十年代,相声大师侯宝林先生也有一段传统相声《学方言》,即使今日搬出来,依旧百听不厌。侯先生是否到过宁波,不得其详,他可能是听了姚、周的独角戏《宁波音乐家》,发现宁波话抑扬顿挫的韵律,认为宁波人说话像在唱歌,果断将宁波"来发"的段子加入传统相声《学方言》中,着实为整篇相声添一妙笔,听后令人捧腹叫绝。

宁波"来发"的故事大致如下:一个裁缝师傅忙着赶制衣服,不巧少拿一卷蓝色棉纱线团,遂使唤一个叫"来发"的小学徒,让

四声色

他把蓝棉纱线递来,恰恰这个"来发"是个懒学徒,磨洋工迟迟不肯去拿蓝棉纱。于是,师徒间产生了一段俏皮的对话:

师傅:来发(24),驮来!(12)

来发:啥驮来?(512)

师傅:线驮来。(712)

来发:啥线驮来?(5712)

师傅:棉线驮来。(3712)

来发:啥棉线驮来?(53712)

师傅:棉纱线驮来。(35712)

来发:啥棉纱线驮来?(535712)

师傅:蓝棉纱线驮来。(235712)

来发:不驮不驮。(4141)

师傅:来发(24),懒惰,懒惰!(2121)

不妨试着念一念括号里的简谱,耐心地来回念上几遍,最好是慢慢拖长音,之后是不是会有如同唱乐谱的感觉?括号里的那些简谱,基本上发的就是宁波话的音律,懒学徒"来发"和师傅的对话,像极了歌唱家的发声训练。

宁波"来发"的故事,地道宁波人倒未必能整合到位,好比杨柳发新枝不沾尘埃。相声大师侯宝林听闻这个段子后,调侃宁波

宁波人

人说话像在唱歌,于是在耳熟能详的《学方言》中就引用"来发米索西哆来"(2-4-3-5-7-1-2)。到了二十世纪八十年代,姜昆、郝爱民新编相声《宁波音乐家》,又调侃了宁波腔一番,助推"来发"成为耳熟能详的宁波"音乐家"。

"来发"未必闻名于全国,但在宁波却是家喻户晓。"来发来发讲啥西,讲出事体侬欢喜;红膏呛蟹咸咪咪,大汤黄鱼摆咸齑;天封塔、鼓楼沿,东西南北通走遍;每日夜到九点半,来发带侬临市面、讲事体……"2005年,宁波电视台推出的《来发讲啥西》方言类新闻爆料栏目,吸粉宁波老中青三代,也成为初来乍到的"新宁波人"学说宁波话的标准模板。

"上到联合国造孽,下到两老头扪跌;大讲太平洋原子弹,小讲针屁眼菜泡饭",主持人"来发"用通俗风趣、诙谐幽默的宁波腔,贯以聊天式的风格讲述老百姓关心的大小事情,节目内容多为民生新闻。收视率可与《1818黄金眼》《小强热线》《钱塘老娘舅》等省台老牌民生类节目掰掰手腕。

如果觉得"来发"太土,开埠时,宁波人又哼出了《宁波洋泾浜小调》,此调曾于上海滩传播很广,一时很洋气、时髦。

来是"康姆"(come)去是"谷"(go),
廿四铜钿"吞的福"(twenty-four),
是叫"也司"(yes)勿叫"诺"(no),

四声色

如此如此"沙咸鱼沙"(so and so),
真崭实货"佛立谷"(very good),
靴叫"蒲脱"(boot)鞋叫"靴"(shoe),
洋行买办"江摆渡"(comprador),
小火轮叫"司汀巴"(steam boat),
"翘梯翘梯"(chow tea)请吃茶,
"雪堂雪堂"(sit down)请侬坐,
烘山芋叫"扑铁秃"(potato),
东洋车子"力克靴"(rickshaw),
打屁股叫"班蒲曲"(bamboo chop),
混账王八"蛋风炉"(damn fool),
"那摩温"(number one)先生是阿大,
"麦克麦克"(much)钞票多,
"毕的生司"(petty cents)当票多,
红头阿三"开波度"(keep door),
自家兄弟"勃拉茶"(brother),
爹要"发茶"(father)娘"卖茶"(mother),
丈人阿伯"发音落"(father-in-law)……

《宁波洋泾浜小调》,最早被收入汪仲贤老先生的《上海俗语图说》一书。

宁波人

"来发"不是音乐家,宁波却是一块出音乐家的地方。这些年,马友友时常回家乡宁波演出。这位大提琴家有些"花头精",他尝试着将东西方文化成功契合,美国前总统奥巴马是他的忠粉。

马友友的同乡俞丽拿,小提琴协奏曲《梁祝》的首演者,四十多年前,这首乐曲正是从她的琴弦下飞出,一路萦萦绕绕,成为家喻户晓、蜚声国际乐坛的经典之作。

中央音乐学院的俞峰院长也是宁波老乡,率团在国内外指挥演出了《茶花女》《图兰朵》《卡门》《尼伯龙根的指环》等大量世界经典歌剧以及《白毛女》《杜十娘》等多部中国原创歌剧,为国内首屈一指的指挥家。假如这三个人回宁波同台办个交响音乐会,借家乡的《马灯调》作为开篇,不比西洋古典音乐逊色。

"来发"虽不是音乐家,宁波人骨子里却有喜欢音乐的基因。打造宁波人自己的交响乐团,是宁波人多年的梦想。宁波交响乐团的首演是"2016新年音乐会"。令人耳目一新的是,首场音乐会开篇序曲是《马灯调》,管弦演奏出气势磅礴的"哎格伦登哟",在场的宁波人都被震撼了一把。时任中国歌剧院院长、宁波交响乐团艺术总指导兼首席指挥俞峰称:"《马灯调》'哎格伦登哟'就是土生土长的宁波声调……"经他这么一说,民间草根瞬间高大上。

从此,每年的宁波新年音乐会,都由欢快明亮的《马灯调》开启,热情的"来发"们把宁波大剧院挤得满满当当。

嘴上一本生意经

俗话讲:"无徽不成镇,无绍不成衙,无宁不成市。"

无徽不成镇,讲的是徽州人。在明朝中叶至清嘉庆年间的三百余年里,徽州商人云集江南市镇,开店设铺,拓街建房,造亭楼、建园林、置会馆、辟码头,他们直接推动市镇建设发展,一度叱咤中国经济舞台。

无绍不成衙,说的是绍兴人。徽州人搭起市镇,如果没有绍兴师爷出场,就成不了衙门。绍兴师爷一壶酒,腹内万卷书,宦海沉浮任漂流。"官印在你身,学问偏我有。"绍兴人笔头功夫了得,往往几个字便可扭转乾坤,获得"刀笔吏"美誉。

无宁不成市,说到了宁波人。1920年,上海的公共租界有华人近六十八万,其中宁波人竟占四十万人之多。宁波人,这个从小闻惯了海风腥味的群体,在传统儒学教化之下,带着精明开阔却不失持正的道德操守,在中国近代经济舞台上脱颖而出。

宁波人生来有做生意的天赋,不消说,市井崇商风气较浓,乃至平常过日子、讲闲话,也有一股"生意经"的味道。老宁波人口

宁波人

中流行一首商业十字歌:"一本万利开典当,二龙抱珠珠宝行,三(山)珍海味南货店,四季发财水果行,五颜六色绸缎庄,六洋顺风鲜活行,七星高照古董店,八字墙门开钱庄,九巧玲珑赏器店,十字街头坐茶坊。"

你瞧瞧,这赚钱的行当和门道,宁波人一笔账心里算得煞煞清爽。

生活中,碰着要打交道的人,宁波人欢喜叫其"买主",其实人家可能并不买东西;难伺候的人呢,就叫其"疙瘩买主""阿爹买主";倘若相貌漂亮,就是"卖相"好,当然人家也不会卖给他。为人忠厚的,叫作"实货";为人滑头轻浮点的,唤作"虚货";人若长得胖一些,叫作"双料货";官做得大一点儿,叫作"大货"。

长辈疼爱小孩,不叫疼爱,更不叫欢喜,而是叫作"值钿"。生养的子孙听话孝顺,叫作"还债";反过来,不争气败家,就唤作"讨债鬼"。很多叫作"大笔头",一点点叫作"小数目",讲条件叫作"讨价还价",精于算计唤作"门槛精"。

管闲事就是"管闲账";理所当然就是"门门账";原本一回事就是"做本账";弄不清爽呢,就是"一笔糊涂账"。这些都是宁波话"生意经"里的经典佳句。

舌尖上的宁波,自然也包含在内。熟食摊里的猪舌头叫"赚头",猪头肉叫"利市头"。因为对东海大黄鱼的感情最深切,宁波方言里用"大黄鱼"指代金条,将三天两头生病的人叫作"生病黄

四声色

鱼",将感情淡漠的人称为"冷气黄鱼"。

宁波话讲起日子来,叫作"日脚",也是一本"生意经"。在宁波人的眼里,日子好像是有脚的,不停地朝前走。若要讲哪个人很会"过日脚",就是称赞他能够精打细算,将日子过得有滋有味。宁波人"过日脚",就是跟紧日子的脚步,主动顺应客观规律和主观条件,发挥螺蛳壳里做出大道场的能耐。

这种"过日脚"里包含的精明与心气,可算作是宁波人生活格调的内核,所以宁波人会派生出"过日脚"的种种情趣:

> 有一种赞美叫"咋噶赞啦",
> 有一种舒服叫"甯派写意",
> 有一种放弃叫"随便其咧",
> 有一种无奈叫"咋结煞啦",
> 有一种勇气叫"索搭界啦",
> 有一种挑衅叫"寻吼势啊",
> 有一种满足叫"譬如勿得",
> 有一种结果叫"河白烂摊"。

天行健,君子以自强不息。与"过日脚"相匹配的"生活"一词,如果出自宁波人之口,既不是 life,也不是 living,既不像一团麻,也不像一杯酒,且读音也与普通话相差甚远,读作"桑滑"。

宁波人

宁波话的工作叫作"生活",找工作称"寻生活",干工作称"做生活"。到田里拔拔草,到厂里看看门,都叫作"做生活"。宁波人的"做生活"讲究规规矩矩,核心就是讲诚信,说到就要做到。

从"过日脚"到"做生活",宁波闲话里没有众多冠冕堂皇的词,多的是柴米油盐、鸡毛蒜皮。在众多原汁原味的宁波闲话里,也藏着一本本生意经。

四明南词·滩簧·走书

唐朝大诗人白居易在《寄明州于驸马使君三绝句》中赋道：

有花有酒有笙歌，其奈难逢亲故何。
近海饶风春足雨，白须太守闷时多。
平阳音乐随都尉，留滞三年在浙东。
吴越声邪无法用，莫教偷入管弦中。
何郎小妓歌喉好，严老呼为一串珠。
海味腥咸损声气，听看犹得断肠无。

这首白居易的诗，诗句间穿插玩笑话，不经意间，透露出唐代明州民间曲艺的流行盛况，以及明州曲艺对京畿长安之影响。

地处富贵温柔之乡的宁波，从来不缺吟风颂月、深谙风雅的才子佳人。东汉时期产生的梁祝传说，发生的背景和地点就在宁波；宋词名家吴文英、元曲圣手张可久，各领风骚；南戏有高则诚《琵琶记》，剧作家有明人沈明臣、屠隆；更有明朝传到日本的《牡

宁波人

丹灯记》,人鬼情未了之情节不亚于梁祝哀史。一直以来,曲艺和剧作长期在四明大地上活跃。

宁波人的骨子里蕴含低调与朴实,地方曲艺亦不温不火不张扬。明朝四大声腔之一的"余姚腔"和"甬昆"已经消亡,幸有四明南词、宁波滩簧、走书、评话、唱新闻、小热昏、小锣书、雀冬冬等曲艺存世。

宁波老话有"南词唱华堂,走书下农庄,评话进茶坊,'小热昏'叫卖梨膏糖"一说。

南词,泛指宋元明时期的南戏、南曲。清以后泛指弹词,如苏州弹词艺人马如飞《南词小引》。宁波人所称的南词,专指"四明南词",又称"四明文书"。

听老一辈人口传,四明南词起源于明末清初。当时有几个具有民族意识的书生,组织诗词歌赋社、丝竹歌咏社,以弹唱为名相聚,类似票友活动,以抒反清复明之情。至清道光年间,日趋专业化,实行公开演唱。

既然是书生创作、弹唱,自然蕴含"文""雅"气质。唱词经几代文人修饬,讲究音律和文学性。清道光年间,宁波出现了四明南词艺人的第一个行会组织——崇德社,伴奏乐器为三弦,辅以扬琴、琵琶,俗称"三大件"。稍晚一些,则集合凤箫、二胡、阮、鼓板等江南丝竹的全堂乐器。

四声色

毕竟西湖妙不同,
间株杨柳隔桃红,
远望青山重叠翠,
近闻南屏敲晚钟,
三潭印月如明镜,
雷峰夕照似长虹。

——*南词开篇《西湖十景》*

在《西湖十景》中,短短几句开篇就将杭州西湖美景勾勒出来。南词不但词句优美,而且音节铿锵,演唱者既要亲自操持乐器,又要把生、旦、净、丑各类角色的声调、性格、表情刻画到位,可见这是一种艺术性较强的曲艺形式。

因为南词的词句并不通俗,说唱多用词曲语言,并非大众化口语,所以其听众群体较窄,它进的是"华堂",飞不进寻常百姓家。除却"文雅",四明南词最突出的艺术价值在于,它的伴奏音乐是汉族音乐中较为罕见的复调音乐。这是音乐审美发展到一定程度的产物。

倘使四明南词为"阳春白雪",宁波滩簧则是"下里巴人",是属于庶民的。滩簧,是甬剧的前身。

所谓"滩",就是唱"路头戏","簧"则是一种曲调。宁波滩簧旧称"串客",相传在清乾隆年间由田头山歌演变而来,最初流行

宁波人

于宁波奉化、鄞县一带。

宁波滩簧开腔首句用"上云",中间大段是"清板",敲锣打鼓唱罢"下云",方是末腔收尾。在曲调方面,它吸收苏滩、乱弹、甬昆的一些调头,欢快而明亮,充满浓郁的草根气息。初始演出者多为农民和手工业者,闲暇之余串游四方,"串客"之名由此而来。

直到民国初期,各类"串客"班仍旧不能公开在宁波城内演出。旧俚有"滩簧小戏演十出,十个寡妇九改节"一说。在封建统治者眼里,"串客"班唱的都是男女调情的"花鼓淫戏",像《双落发》《双投河》《赠六件》《拔兰花》,属诲人淫秽的闹剧,皆在禁演之列。

滩簧艺人迫于无奈,只得转入山乡农村活动,东串西串的。直到二十世纪二十年代左右,才公开在宁波城里演唱,首选之地当属宁波府城隍庙。

《鄞县通志》载:"邑中之戏多演于各庙中。旧时城区各业均有同行,且均有会,多演于郡邑两庙中。"草根的滩簧七十二小戏自然也在其列。

辛亥革命推翻封建君主专制统治后,那些头戴瓜皮帽,身穿大襟布衫的滩簧艺人开始进入宁波城,时常出现在城隍庙的戏台上。因他们的表演接近生活,朴实而粗犷,极受市井小民欢迎。

彼时,宁波各工商业行会有议事活动时,也会请班子在城隍庙唱滩簧。不演则罢,动辄七十二小戏轮番上演,昼夜连台,灯火

四声色

通明,草花小丑戏,生旦唱念的清客戏、梨园戏,三花四旦的,连唱三夜不带重复。其间,戏班老板吹哨子静场、点汽油戏灯等规矩,旗袍美女翻戏牌的新时髦,一样不曾少。

"锣鼓敲三敲,痒煞脚底心",只要城隍庙里锣鼓一响,似乎半个宁波城的人心都被撩拨,尤以农历"七月半"做道场放焰口时最为热闹,众乡下人早早地卷着铺盖,半夜排队占位。当年宁波滩簧引发的热度,非今日所能想象。

滩簧七十二小戏,是甬剧早期代表性作品,二十世纪三四十年代演到了上海滩。京剧"四大名旦"横空出世后,世人跟风,当即公投筱姣娣、孙翠娥、金翠玉、金翠香为滩簧"四大名旦",一时成为茶余饭后之聊资笑谈。

滩簧"四大名旦"之一的金翠香,为一流闺门旦,她嗓音清脆,念白流利,声腔滑颤,惯于"抖"音。曾于宁波城隍庙演唱《双投河》一出,将一位刚成亲就做了寡妇的养媳演得惟妙惟肖,一句一板,声腔贴弦,听者为之倾倒。唱到伤心处,台下妇人掏出手巾跟着她拭泪,又随着丧偶男子的一句粗口道白——"姑娘侬肯嫁拨我,贼嗰儿子去投河"而破涕为笑,由悲转喜,令人忍俊。而今,城隍庙的古戏台空荡无人,滩簧小戏草根香已成昨日风景。

"走书",名副其实,它下农庄,进晒谷场,走的是"农村包围城市"路线。

宁波走书,专门讲述老百姓爱听的故事,融说、唱、表演于一体,深受底层群众喜爱,是文化活跃的时代艺术产物。"走书"最早由农村唱"犁铧"小曲开始,逐渐演变成演唱有故事情节的书目,由坐唱发展到走唱,由农村流动演唱发展到走进城镇茶楼演唱。

旧时,城镇茶楼时有毛全福、陈阿宰、王汉芳、应兰芳等老艺人露面,《白鹤图》《黄金印》《四香缘》《十美图》等传统大书轮番上演。去过"红宝书场""红旗书场"的老听客,不会忘记许斌章和朱桂英的精彩表演。许斌章的《白鹤图》与朱桂英的《双珠球》,唱作俱佳,各有千秋,名噪一时。

《白鹤图》是宁波走书的传统书目,是著名老艺人毛全福、应兰芳的拿手好戏,后由应兰芳传给徒弟许斌章。许斌章演唱时,自伴月琴,边弹边唱,对于"老三门""老三步"颇具造诣。他把《白鹤图》作为说书生涯的开卷之书,一唱就是几十年,许多人去书场,为的就是听这部经典大书。

1958年,许斌章赴北京参加全国首届曲艺会演,演唱新编走书《朱德能造防护罩》,赢得良好反响,还受到周恩来总理的接见。1987年冬天,满头白发的许先生首次出现在宁波电视书场中,演唱现代革命走书《九龙夺宝》,在荧屏上再放光彩。

二十世纪五十年代,路过郡庙"红旗书场",若听到"人间元朝随宋垮,兄妹沦落奔天涯,相逢原来本相识,忠良后嗣本一家"的激昂唱词,不费思量,必定是朱桂英在演唱《双珠球》。

四 声色

朱桂英经过长期演唱，加工整理，逐渐将《双珠球》作为当家书，在说书界站稳了脚跟。她具有创新意识，不满足宁波走书"退三步，进三步"的表演模式，她的表演空间越大，穿透力越强，不用扩音设备，声音也能传到书场的底排。

多年前，人们围在书场内，甬城的那些说书人，携一把折扇，轧四弦胡琴，可以将边疆沙场的刀光剑影、忠将贤臣的运筹帷幄、才子佳人的花好月圆、市井里弄的家长里短，说得有条不紊、耐人寻味。

宁波评话，也属江南说书的一种，坊间百姓称其为"武书"，可与四明南词相呼应。老辰光，这一文一武的"南词"和"武书"，遍及宁波邻县。时至民国，四明南词日渐衰弱，宁波评话拥趸者却不少。张霭林、张一册、张少策祖孙三人讲的《水浒》享有盛誉，水浒的故事经祖孙三代改进，情节愈加跌宕起伏，备受听书人喜爱。

二十世纪四十年代中后期，二十出头的张少策，身着崭新的灰布长衫，携一把细骨折扇和一块家传的醒木，开始说书生涯。年少有才、意气风发的"张家后生"以仿神情、起角色的功夫见长，无论是架势、噱头、咬字，还是"卖关子"的收尾，皆恰到好处，《水浒》中的《武十回》《宋十回》是他的拿手好戏，堪称巅峰之作。

初出茅庐的张家后生，不怯场。手中的那把折扇，可做林教头的花枪；那块绢头，拟做笔纸当书信；那块醒木拍得干净利落。

宁波人

但见一人分饰十余个角色,将《水浒》人物的形态、个性、口吻演绎得神态毕现、惟妙惟肖。《武松卖拳》《武松告状》最受欢迎,张家后生一度变成甬城的"活武松"。

二十世纪五十年代,拳不离手、唱不离口的张少策先生"走进"广播,老听客是早早吃过饭,雷打不动地准时收听。他结合宁波当地传说,在江厦街说《宁波王瑞伯》。根据文学作品编演的新长篇《风雷》《敌后武工队》《铁道游击队》《山东马永贞》等延续"书理通、语言正、动作准"的张派风格,吸引了不少听众。

"小热昏"卖梨膏糖,今人不太知晓,年轻人更闻所未闻,但上了年纪的老一代人却是再熟悉不过。他们从小听着"小热昏"的故事长大,常有一大帮孩童围在大香炉旁,不少入迷者天天往城隍庙里钻,那一段难以磨灭的美好时光,深深烙在他们的童年记忆里。

大香炉旁的"小热昏",在今天看来,就像是宁波本土的"脱口秀"表演。表演者自嘲是胡言乱语"说浑话",偶尔也会讥刺时弊,讽喻世道,但为求保全,避免"祸从口出",常对听众宣称自己头热发昏,满口胡言,不必当真,"小热昏"由此得名。

民国以后,逢庙会、年节,"小热昏"演出时常出现在宁波城隍庙内,一般集中在城隍庙的大香炉前。有段时间,庙里一度出现过好几个"小热昏",有的还会在地上撒白粉围成一个圈,划定地盘,随后打起"莲花板",敲起"狗叫锣"。演唱前,先击打一番,俗

四 声色

称"闹场子",不一会儿就聚拢了群众。等人数凑得差不多,就开始吆喝"书帽子",顺带表演"三仙归洞"等小戏法。

"小热昏"中,宁波本地人少,大多是从上虞、绍兴"跑码头"来宁波讨生活的,唱腔以宁绍地方小调居多,言语发噱,唱句通俗,颇受小市民欢迎。虽说是外乡人,也都入乡随了俗,学盲人唱新闻那一套:"犯关犯关真犯关,宣统皇帝坐牢监,正宫娘娘担监饭,红皮老鼠拖小猫(读作 mái)……"这"书帽子"摘掉后,才开始唱正文。

由于受文化水平的限制,会讲大书目的"小热昏"极少,多是唱唱"光棍调",调侃调侃城厢新闻和家长里短。当年,有位三十出头的"小热昏",专讲《平阳传》,凭这部"大书",一下子吸引了人气,卖出不少梨膏糖。当时市面上流行《平阳传》的连环画,周云舫画过《张勇平阳传》,沈缦云画过《大闹岳阳楼》,脑袋活络的"小热昏"取材连环画,迎合听众的胃口,多少有点创新意识。

即便看过连环画,深谙其中的故事情节,众人依旧百听不厌。那个"小热昏",嘴巴像搽了麻油,插科打诨的花样多,从"八英大闹岳阳楼"到"黄花岗七雄聚会",从"小英雄力除二虎"到"江雄力战四小侠",无不说得头头是道、栩栩如生。说到紧要处,便要抖卖玄关,兜售那包治百病的梨膏糖。老面孔们都还识相,纷纷解囊,也不乏开溜之人。

听众中,不乏学龄孩童,识得几个字后,已是将连环画翻烂

宁波人

了。"小霸王张勇""大头陈保"犹如今日"奥特曼",为他们心目中的大英雄。更有甚者,听上了瘾后赖学,一天到晚听他讲《平阳传》,被大人发现后,拎着耳朵拽出来,一路骂回家,少不了被踹上一脚。在家长心中,"小热昏"变成"教唆犯",恨不得砸掉他的摊子。

民国初年,革命成功,革命党人主张破除迷信,先从捣毁城隍庙的塑像入手,拔去照壁前的长竿,庙内摊贩惊慌失措。在关键时刻,讲"善书"的葛慈生和"小热昏"群起反抗,邻近打抱不平之人,多挺身助力,搏斗流血,葛慈生被拘押。几日后,事态平息,葛慈生释放后仍理旧业,听众拥挤,倍加于前,多有慕其名而欲见仪容者。"小热昏"们在宁波往事里又添了浓重的一笔。

宁波所辖的宁海县,至今保留着一个古老的剧种叫"平调",也颇具特色。

《金莲斩蛟》是平调的传统戏,戏里有个角色叫独角龙,表演挺惊人的。嘴巴里可含十颗猪獠牙、头戴长翎、画着脸谱的演员,本来已经恐怖,突然间从嘴里吐出两颗五六厘米长的大獠牙,看客不由得会被吓一跳。一咬、二舔、三吞、四吐,一眨眼又吐出四颗、八颗甚至十颗獠牙,动作变化之多令人眼花缭乱:时而快速弹吐,时而刺进鼻孔,时而上下歙动,左右开放,颇有川剧"变脸"的意味,这绝技叫作"耍牙"。对于平调,观众百看不厌的,就是这《金莲斩蛟》独角龙的戏份。

四声色

二十世纪六十年代初,六小龄童的老爸——绍剧名家六龄童,观看平调剧团刘兴官的独角龙耍牙,大为钦佩,当场端来一碗清水,恭恭敬敬地奉在刘兴官的面前,要求拜师。如今,"独角龙"传到了薛巧萍的身上,她在《中国达人秀》上一举成名。平调的曲牌和唱词没有甬昆、南词那般高雅,而平调的生命延续到今日,甬昆却消失了。

至于苏州评弹,宁波是弹词流传的最南端,过了奉化、宁海、象山南三县,兴作"台州乱弹"。

则见风月暗消磨

夜月琴三弄,巷深昆腔幽。

一说昆曲,就想到阴柔娇媚的空谷幽兰,耳畔响起百般缠绵、千回婉转、悠扬跌宕的水磨腔,生旦穿过花窗,翻过粉墙,人立小桥风满袖……

昆曲,中国戏曲史上最具完整表演体系的剧种,称其为"百戏曲之祖"几乎没有什么争议。昆曲唱腔华丽婉转,念白儒雅,表演细腻,戏服华丽,做工飘逸,加之完美的舞台置景,戏曲表演中的诸多环节已臻最高境界。

在昆曲发展历程中,宁波是一个不可忽略的重镇。宁波人创立的"甬昆",是一支流传于宁波地区的昆曲流派,为昆曲声腔剧种的后起之秀,曾独步浙东甋甋百年。

2001年,算得上是昆曲"大红大紫"的一年。那一年,昆曲被联合国教科文组织列为"人类口头与非物质文化遗产",日本NHK电视台来到中国,拍摄了一组昆曲的纪录片,其中就有宁波场景和宁波昆曲老艺人出镜。

四声色

纪录片里,有一个场景是在宁波乡间的一个祠堂,雕梁画栋上结着蜘蛛网,一个八十多岁的男旦,走到场地中间"咿咿呀呀"唱起来。老人年事已高,嗓音失润,但眼波流转,顾盼自如,做工流畅到位。这是我们最后见到的甬昆,以后,想要拍到这样的镜头,怕是再也不能了。

昆山腔,并非宁波本土声腔,它在哪一年流入甬江之滨,一时无从查考。此前,宁波的余姚腔,与浙江海盐腔、江西弋阳腔、江苏昆山腔,合称中国戏曲四大声腔。值得一提的是,余姚腔曾是产生最早,影响深远,为各种戏曲新兴声腔所吸收的古腔,一度风靡全国。

余姚腔的兴盛流传,催生戏曲理论家吕天成和他的《曲品》,影响颇广。至晚明,剧作家阮大铖专养了一个戏班,聘请善唱余姚腔的名家臧亦嘉。当时,南京秦淮河上的寇白门、顾眉、李香君、董小宛、陈圆圆、杨宛叔等风尘佳丽除唱"昆曲"外,亦向臧亦嘉学唱余姚腔。作为历史上繁盛一时的古戏曲声腔,余姚腔自明正德年间(1506—1521)兴盛,至清乾隆年间(1736—1795)消亡,风靡近三百年之久,为中国戏曲发展做出一定贡献。

此消彼长,兴衰回环。据"甬昆"老艺人毕春桂、陈才根、叶奎官等回忆,昆山腔大约在清康熙、乾隆年间传入宁波,太平天国运动之后,逐步在本埠兴盛。

宁波昆曲,别名"甬昆",宁波人唤作"本班",以区别于温州

宁波人

"永昆",金华、台州的"草昆",以及嘉兴的"兴工"等昆腔剧种。"甬昆"曾在宁波地区的鄞县、镇海、奉化、慈溪、余姚、宁海、象山等地广泛演出,在舟山定海、岱山等海岛也有留踪。

昆山新腔一出,虽格律严谨,文字深奥,但在各地文人雅士的推动下,很快出现了地方化、群众化的趋向。宁波历来为浙东大郡,当年内外贸易交流频繁,豪商巨富、官僚地主留心姑苏一带"流丽悠远"的昆山新腔,引进新声作消遣。"甬昆"之所以在浙东一带诞生落户,成为当时声腔剧种的后起之秀,也是时代与百姓的需求使然。

喜好昆曲的"老耳朵",必然熟悉昆曲经典剧目《玉簪记》,这出由明人高濂所创的传统剧目,四百年来传唱不绝。《玉簪记》的散出《琴挑》一向是昆腔的入门教材,另一散出《秋江》则被川剧吸收改编为名篇,传唱至今。

《玉簪记》的故事取材,恰与甬上第一状元张孝祥颇有渊源。出生于明州鄞县的张孝祥(1132—1170),字安国,号于湖居士,为南宋著名词人、书法家,唐代诗人张籍的后裔。他与潘必正、陈妙常的故事记载于《古今女史》,后演化为话本《张于湖误宿女贞观》和同名杂剧。状元公张孝祥不公开官员身份,与道姑陈妙常、书生潘必正上演了一出圣俗与色空的三角恋情。明代的高濂看过这个杂剧后,将其改编成《玉簪记》,晚明戏曲在情色议题上的大胆作风随之呈现,其中《琴挑》《偷诗》等散出尤受士大夫追捧。

四声色

"甬昆"一枝独秀的过往,一度引来姑苏"正昆"到宁波寻亲。1962年,苏州戏曲研究专家团队在研究、追溯昆曲的历史渊源时,意外发现一支早年生根于宁波一带的昆曲队伍。为此,他们先后几次来宁波调查,终于找到当年名噪一时的老生陈云发、高小华,正旦周来贤,四旦王长寿、林根兰,大面林云生,小面严德才,以及乐师徐信章、张顺金等人。这些"甬昆"老艺人被邀前往苏州追忆艺事,口授身传"甬昆"技艺,苏州市戏曲研究室专门为他们编印了一本《宁波昆剧老艺人回忆录》,详尽记述"甬昆"艺人口述的"甬昆",为研究昆曲留下珍贵的历史文献。

清光绪年间是"甬昆"的全盛时期。本土戏班如雨后春笋,破土而出,激增至几十家。当时著名的有"老庆丰""新庆丰""老聚丰""老凤台""老绪元"等各班演员阵容整齐,生旦皆备,名角云集,技艺超群,表演精彩纷呈,颇有口碑。

宁波观众是这样评价"甬昆"的:"昆曲笛子,调腔锣鼓,做工考究,话音带土。"至清末民初,在观众热情推动下,学唱"甬昆"的人越来越多,蔚然成风。观众看戏时"侧耳会心,点头微笑",欣赏水平也随之提升。

"甬昆"在宁波沃土上深深扎根、开枝散叶、开花结果,先后诞生了《狮大岭》《龙门阵》《玉麒麟》《造白袍》《七侠五义》《梁武帝》《凤波亭》《弥勒戏》等"新编戏"。其中,《狮大岭》《龙门阵》《玉麒麟》三出戏文,经过千锤百炼,炉火纯青,长演不衰。

宁波人

旧时，宁波人做起戏文，有自己的一套规矩。农历二月、三月、四月演的是年规戏；五月演关帝戏；到了六月，大部分戏班子停锣歇夏，但有些要演夏收戏；逢"老郎神"祖师诞辰，从六月初一到十一日止，演酬神戏，方能正式歇夏；七月半，逢"鬼节"做"盂兰盆会"，须街上搭台，唱焰口戏；如遇旱年，须唱龙王戏；八月演龙船会戏；中秋佳节，又要唱戏；九月各地做安神戏、元红戏、出洋戏、回洋戏；十月、十一月要演祠堂戏，也称"冬至戏"；直到十二月半，方才歇年，但各班回城，还要演年脚戏，并为班主义务演戏。

风月无边催人老。二十世纪二十年代，京剧大盛，"甬昆"一蹶不振，渐趋衰落，只剩下寥寥几家班子。延至1933年，"甬昆"减少到只有三家戏班。就在这一年，"新庆丰"的行头主，著名"甬昆"老艺人林连标离世，戏班停业，演员星散。不久，其余两家班子也因维持不下局面，终于散伙。在浙东一带，流行百余年、盛极一时的"甬昆"，渐渐销声匿迹。

蝶飞花谢，则见风月暗消磨。从"余姚腔"发声至"甬昆"淡出，多少山河变易、人间悲喜、荣枯盛衰、爱恨离合，宁波人浅斟低酌，自顾自专注地唱出一段五百多年的风流。

麒麟童横空出世

二十世纪三十年代,北京和上海文人之间曾经发生过一次公开"互怼",被称为"京派"与"海派"之争。

最初,这段公案仅限于讨论作家的写作风格,进而延伸至对京沪两地文化行为与气质的评价,其后将国粹京剧牵扯进来,"京派"搬出梅兰芳,"海派"自不示弱,搬出了周信芳。

"海派"搬出周信芳,是一次难得的思想统一。京剧本是在北京城繁荣兴起,上海京剧有周信芳一个,却抵得过北京许多角儿。并不是京剧重镇的上海,在很长一段时间里"护卫"了一个奇特的周信芳。

回想京剧的"京派"与"海派"之争,似乎本该树立"天下京剧是一家"的观点。京派是京剧,海派也是京剧。不能说唯有京派才是正统,海派是野狐禅。同样,未必海派才是进步的,京派是落后的。再如,过去常说"四大须生",仅是北方的四大须生,也不应代表全国。

二十年后,1955年,中华人民共和国文化部、中国文联和中

宁波人

国戏剧家协会,联合为梅兰芳和周信芳举行规模宏大的从艺舞台五十周年纪念会。

有人会问,像盖叫天等唱老生的艺术家也不少,为何偏偏推出了周信芳?这是鉴于他在京剧表演艺术上的成就以及对京剧发展的贡献。有些人难免会不服气,但周信芳一生出演过六百多部整剧,编过两百多部戏,既是京剧传统的忠实继承者,又是大胆勇猛的革新家。他在中国京剧史上的地位,可想而知。

周信芳(1895—1975),名士楚,祖籍宁波,慈城人。周家上代都是当官的,最高官职做到监察御史,到周信芳的父亲周慰堂一代,家道中落。周慰堂十七岁那年,从宁波流落他省,有一次,京剧界朋友演出《御果园》,临场缺少旦角,就强拉周慰堂扮演。周慰堂看重朋友情谊,硬着头皮上舞台后一鸣惊人,颇受观众欢迎。周慰堂自此下海,妻子许氏也唱京剧,夫妻双双随戏班浪迹江湖,小有声誉。

1895年,周信芳出生,后随父母到各地码头演出。周信芳从小天资聪颖,整天泡在戏班中,耳濡目染之下,五岁时正式拜文武老生陈长兴为师学艺。七岁那一年,他首次在杭州拱宸桥天仙茶园扮演娃娃生,之后取艺名"七龄童",出入各戏园。

十二岁那年,周信芳赴上海演出。一位写海报的老先生,误将其艺名"七龄童"写成"麒麟童"。次日,上海各报均以麒麟童的名义发布消息。班主方知有误,令人重写"七龄童"的海报。哪知观众误以为另换了一个小演员,纷纷要求退票,戏院老板只好将

四声色

错就错,将名字改回"麒麟童"。周信芳有了这个吉祥的名字后,名气更大。这一年,他拜李春来为师,并与孙菊仙、王鸿寿等名角同台演出,受名师点拨后,技艺突飞猛进。

十五岁时,原本童伶金嗓的周信芳变声后,声音变得闷哑,两年多竟未见好转。"天不予以唱戏本钱",他只得直面命运的挑战,于是每次登台,老生、小生、净、丑等行当的角色他轮番接演,用技艺精湛的演出来弥补嗓音的不足,为的是出新求变。

自古唱作难两全。自十五岁"倒嗓",周信芳能够施展的音域实在有限,直到以自己的嗓音条件成就了沙声麒腔,他整整磨砺了二十年。

同时,他追求进步,对新兴的艺术形式总是饶有兴趣。

1920年,商务印书馆提出为周信芳拍摄戏剧电影,他欣然接受。与电影的接触也影响了他的京剧表演技法。

> 一次他教弟子演《坐楼杀惜》,演到宋江杀人后,只见他站起来身体稍稍摇晃一下,然后右手拾起地上的匕首,放在鼻子边嗅了一嗅,若有所悟,接着做向前刺的动作,左手好像去抓人,踮起脚尖。这样抓了三次,再小步冲前,随着锣鼓声,脚步踉跄,眼神恍惚……这些动作都是从电影当中吸收的,原来戏剧中没有这种程式。
>
> —— 沈鸿鑫著《周信芳传》

宁波人

沈鸿鑫写《周信芳传》时,特别提到周信芳在表演上的新尝试。按周信芳自己的说法,这是从"美国电影明星卡门尔那里学来的"。当时,对于电影等新兴艺术形式,周信芳借鉴之余,还热情地身体力行。渐渐地,洪深、欧阳予倩、朱石麟、费穆都成了他的好友兼合作伙伴。

非但如此,周信芳践行"千斤话白四两唱,三分念唱七分作",痴迷于对念白与作工的钻研。他主张,先使观众明了剧情,并以作工辅助话白的不足。多年后,他苍劲深厚、质朴奔放的悲音沙腔,雄浑而富有书卷气,酣畅淋漓又行活意深。周信芳一生演了六百多个剧目,且多是自编自导自演。海量的剧目,即便放眼世界戏剧史,也极为罕见,在中国京剧史上独树一帜。

周信芳逼仄的音域里有谭派之婉约、汪派之豪放与孙派之粗犷。北京演老生的张春彦看了周信芳的戏,连连感叹:"把北京所有的名老生放在一只锅子里熬膏,也熬不出个'麒麟童'来!"

麒麟童成名以后,也时常为家乡人民献艺。1936年,四十一岁的周信芳已蜚声大江南北。宁波天然舞台老板何志庚,闻听麒派红透上海,于是亲自赶到上海邀请,他一口答应。

1936年底,周信芳来宁波演出,单是第一夜的《萧何月下追韩信》就轰动宁波城。他在宁波连演七天,此后的《投军别窑》《华容道》等天天客满,一到晚上七时就得拉铁门。家乡人实实在在过足了麒派戏瘾。

四 声色

1958年，成立不久的宁波地区京剧团想聘请大团名角来撑台柱，周信芳知悉后，给予热情支持。他亲自排练演出剧目，吩咐儿子周少麟要尽力让家乡父老再次欣赏"麒派"风韵。作为宁波地区京剧团的特邀演员，周少麟主演过《打渔杀家》《华容道》等麒派传统剧目，亦有口皆碑。

周信芳出道后，随着麒麟童一名家喻户晓，周父对慈城，对故土宁波的思念也越来越迫切。父子俩商定自费建个祠堂，以荣乡里。经过多年筹建，1925年1月，周信芳再次陪父亲回慈城，举行了周氏"全恩堂"开堂仪式。三开间的全恩堂为一幢典型的祠堂建筑，硬山式抬梁式结构，祠堂右侧内墙镶嵌有两块石碑。石碑一大一小，大的上刻《重建全恩堂碑记》，小的刻着《祠堂禁条》。

遗憾的是，在1975年春天，周信芳在"文革"中逝去。这位红遍大江南北的"麒麟童"、一代开宗立派的京剧大师，终究没有"荣归故里"，再也没有回到宁波慈城的"全恩堂"。

宁波人与中国早期电影

从《长江7号》到《长安十二时辰》，从老外滩到南部商务区，从前童古镇到象山影视城……这些年，越来越多大牌导演到宁波取景，当红明星轮番来宁波，宁波的知名度也越来越高。

《中国电影大辞典》专门做过统计，像王丹凤、洪金宝、陈思思、王志文、周星驰这样祖籍宁波的知名中国电影人竟有一百二十余人。中国电影史上诸多的"第一"也是宁波人创造的：

1913年，宁波人张石川拍摄中国第一部故事片《难夫难妻》。

1916年，宁波人张石川创办中国第一家自主制片的影片公司——幻仙影片公司。

1925年，邵醉翁、邵邨人、邵仁枚、邵逸夫兄弟创办天一影片公司，宁波人首先将中国电影推向海外。

1931年，中国第一部有声影片《歌女红牡丹》，出自宁波人张石川之手。

1933年，宁波人邵逸夫兄弟创办天一公司。

四声色

　　1938年，宁波人发起创办第一个人民电影团体——延安电影团。

　　1947年，宁波人郑崇兰研制出中国第一台35毫米有声摄影机。

　　1949年，宁波人袁牧之出任中央电影局第一任局长。

　　1953年，宁波人桑弧执导中国第一部彩色戏曲片《梁祝》。

　　1956年，宁波人桑弧执导中国第一部彩色故事片《祝福》。

　　……

可是，你有没有发现，在《星光大道》《中国好声音》这样如火如荼的选秀综艺里，几乎见不到宁波人的身影。宁波人骨子里，似乎生来没有"闹腾"的性格，他们是含蓄的、内敛的，集体缺少一种"人来疯"的基因。但纵观中国电影百年发展史，宁波人却在电影舞台上演绎出一幕幕精彩的活剧。

在人类的七大艺术门类中，与文学、戏剧、舞蹈、音乐、美术、建筑等艺术相比，电影是一门最年轻的艺术。

　　1895年，法国卢米埃尔兄弟发明了电影。

　　1896年，电影传入中国上海。

　　1905年，谭鑫培的京剧《定军山》摄制成功，北京任庆泰的丰泰照相馆成为中国电影的诞生地。

宁波人

1910年,宁波商人王敬文在江北何家弄开设影戏馆放映"电光影戏"。

没过几天,在同一月内,江北岸就出现了群英聚乐、幻仙、万胜三家影戏院。此时距中国电影的诞生仅仅过去五年,宁波城里的人就能看上电影,这在当时的全中国都算是一件时髦、了不起的事情。

说到中国早期的电影,终究绕不开张石川、邵氏兄弟、袁牧之这些宁波人。

1913年,二十三岁的张石川开始"触电",拍摄中国第一部短篇故事片《难夫难妻》,主题是抨击封建制度下的买卖婚姻。由于条件局限,《难夫难妻》质量欠佳,但这部故事短片是土生土长的第一部中国故事片,有完整的故事线,通俗易懂,所以颇受观众欢迎。拍完《难夫难妻》后,宁波人张石川的名声大振,之后创办幻仙公司、明星影片公司,任总经理兼导演。明星影片公司也成为中国资格最老的影片公司。

自二十三岁与电影结缘至1953年离世,张石川一生共导演一百五十多部电影,其"中国第一位电影导演"的称号实至名归。

在中国电影百年历史中,袁牧之的名字,也许更能让宁波人自豪。他是新中国成立后,中央电影事业管理局的第一任局长。袁牧之的名字,也注定与新中国电影事业的开拓紧密联系在一

四声色

起,他是中国影坛当之无愧的拓荒者和领军人物。

1909年3月,袁牧之出生于风雅南塘之地。1930年,在左翼戏剧运动的影响下,二十一岁的他接受了进步思想。1934年,加入上海电通影片公司,编剧并主演了他人生中的第一部电影《桃李劫》。该片的插曲是由田汉作词、聂耳作曲的《毕业歌》,传遍大江南北。

《桃李劫》是一部具有情感冲击力的电影,影片既是对个人苦难的描述,又是对当时整个社会的悲愤控诉。《桃李劫》是中国早期以有声电影手法创作的影片,在这部影片中,音响第一次成为中国电影的一种艺术元素。《桃李劫》的导演应云卫,恰恰祖籍也是宁波。

《桃李劫》上演一年后,袁牧之在影片《风云儿女》中又成功塑造"辛白华"——一个由沉沦到觉醒,最后走上抗战前线的青年,为大众所熟知。《风云儿女》里的插曲《义勇军进行曲》,后来成为中华人民共和国国歌。

1937年,袁牧之编剧、导演电影《马路天使》。影片通过对社会底层人民悲惨命运的真实描绘,深刻地揭露和尖锐地抨击了半殖民地半封建社会的黑暗。袁牧之构思新颖,导演技巧独特,把悲剧内容和喜剧手法统一起来,使整部影片的风格明快幽默,含蓄隽永。这部二十世纪三十年代中国电影的力作,受到几代观众的喜爱,也使他成为编、导、演"全内行"的电影人。

宁波人

1938年,袁牧之奔赴延安,组建"延安电影团",深入陕甘宁边区和华北抗日根据地拍摄纪录片,并编导了解放区第一部大型纪录片《延安与八路军》,留下了珍贵的影像资料。1940年,袁牧之受组织的委派,赴苏联学习、考察。六年后,袁牧之回国接受周总理"组建人民电影"的指示,在东北组建东北电影制片厂(长春电影制片厂前身)并担任厂长。

1949年,随着新中国的诞生,中央电影事业管理局正式成立,袁牧之被任命为第一任局长。之后的两三年里,全国基本建立起国营电影管理体制,制定新中国第一批电影行业法规,全国发行放映网基本形成。

上海辞书出版社出版过一本《中国电影大辞典》,根据收录的电影人物统计,在中国百年电影发展史上,广东和浙江这两个省份的电影名人最多,浙江省则以宁波为最。

宁波人从事电影者不仅名人众多,且几乎涵盖了编剧、导演、演员、摄影、录音、美工、洗印、剪辑、服装、道具、化妆,乃至电影理论、电影教育、译制片翻译等电影相关的各行各业。

偏于东南海隅的宁波,似乎与电影有前定的情缘。百年来,凭着对电影的热爱、耕耘与传奇,中国电影史一次次选择了宁波。如果把百年中国电影比喻成灿烂的星空,那么,宁波上空的星星分外耀眼而明亮。

　　这些斑斓驳杂的宁波市声,处在这俚俗繁乱的烟火人间中,恰似一阕独特而动听的变奏曲,让人久听不厌。

邵氏出品，必属佳片

从银杏巷穿过大河路，绕过东风无线电厂，就离后田垾的中学不远了。平时，上学路上可以握着粢饭团慢悠悠晃荡，但一看到书包里还有本封面残缺、快被翻烂的《多情剑客无情剑》，不由得一路小跑，赶紧去学校旁的租书屋还掉，若被老师瞧见了，那还得了！

是的，那是一个男看金庸，女看琼瑶的年代。像我一样的男生，大概也不少吧，我们"不可救药"地迷上了金庸、古龙、卧龙生与温瑞安。渐渐地，我开始人格分裂，一边在家长老师眼皮底下努力做着好学生，一边继续沉沦于书中的快意江湖。学校图书馆承担起道德教育的责任，而破陋的租书屋提供着"精神食粮"，直到有一天，忍受着卖票阿姨鄙夷的眼神，哥儿几个终于踏进脏兮兮的录像厅，热血沸腾地看完狄龙、尔冬升主演的《多情剑客无情剑》，结尾的"邵氏出品，必属佳片"八个大字赫然印进脑海，此生不忘。

毫不夸张地说，自二十世纪七八十年代成长起来的一代人，

宁波人

或多或少都有"邵氏电影"的印记。即使是那些不常观影之人,他们大多也在影像载体上目睹过邵氏电影的零碎片段,而对那些阅片丰富的老司机们来说,"邵氏出品,必属佳片"无疑是横亘中外影史的巍峨高山。

"邵氏出品"的灵魂人物,便是那个人称"六叔"的宁波人——邵逸夫先生。他白手起家,打造出邵氏影业、无线电视两个影视王国,出品了数千部脍炙人口的影视作品。他一手缔造了香港影视的黄金时代,培养出的演艺明星数不胜数,对整个亚洲的文化产业影响深远。先不说他在电影界如何启发了李安、昆汀等一众名导,单就大陆遍地开花的"逸夫楼"来看,"六叔"的名头想被人忘记都难。这位宁波人所经历的百年,远比他所拍摄的任何一部影视作品都要精彩动人。

时间追溯至二十世纪二十年代,邵氏家族兄弟刚刚成立"天一影业公司",迈出了跻身影界的第一步。公司出品第一部故事片《立地成佛》,轰动上海滩,市民争相观看。三十年代,邵逸夫高价请来粤剧名伶薛觉先担任主演,亲自担任制片与导演,拍出有声电影《白金龙》,轰动一方。1933年初次公映时,观众硬是要把留声机砸开,看看是不是有人藏在里面,也让邵逸夫成为中国电影史上有声电影的开山鼻祖之一。

1957年,五十岁的邵逸夫移师香港,兴建影城。邵氏影城全盛时期,员工超过一千三百人,被传媒誉为"东方的好莱坞"。此

四 声色

后,从这里拍摄的影片源源流向邵氏电影发行网,每年高达四十多部,远远超过香港其他电影公司的影片产量。他大胆起用年仅三十岁的李翰祥担任导演,拍摄由影星林黛主演的电影《江山美人》,于1959年公映时一炮打响,创下当时香港电影票房最高纪录,还囊括了第五届亚洲电影节五项大奖。1963年上映的《梁山伯与祝英台》反响空前,黄梅调电影一骑绝尘,加之李翰祥的古装宫廷戏奢华大气、考究细致,一度代表当时华语电影的最高制作水准。紧跟其后,《独臂刀》《大醉侠》等邵氏武侠电影横空出世,开创了一个武侠天地,在华人心中筑起一道侠义之墙。

二十世纪六十年代中期,香港电影业百花齐放,竞争激烈。天生敏锐的嗅觉让邵逸夫觉察出电视作为艺术的后起之秀,今后将有无限广阔的市场和不可限量的潜力。"六叔"果断选择在电影业急流勇退。1967年,六十岁的邵逸夫再度转型,投身电视业,创建香港无线电视,即为众人熟知的TVB。

于是,他变成一位电视王国的缔造者。TVB在他手里,在香港电视圈乃至华语电视圈呼风唤雨四十年,长年拥有港岛八成以上的收视率,所出产的电视剧销至全球华人世界。在TVB的全盛时代,可以不客气地说,有华人的地方,就有TVB,宁波人"六叔"造就了香港娱乐圈的神话。

作为全港首个免费电视台,TVB很快在香港娱乐圈占据了一席之地。他于1971年在TVB开设了首期艺员训练班,其后

宁波人

这个训练班为演艺圈输送了大量的中坚人才。如今,周润发、周星驰、梁朝伟、刘德华、郭富城、刘嘉玲等顶尖巨星,乃至国际级导演杜琪峰等人,皆是该训练班的得意学生。

TVB在六叔掌舵下可谓好戏连台,《上海滩》《射雕英雄传》《京华春梦》《万水千山总是情》等风靡大江南北的经典剧集纷纷亮相,在香港乃至整个华语电视圈掀起一轮又一轮收视高潮。TVB主办的一年一度"香港小姐"选美盛事,同样制造出不少当红影星。六叔作为TVB绝对的精神领袖,只要有他出现的场合,历届港姐冠军都以搀扶他出席活动为荣,台前幕后的人员纷纷起身鼓掌,掌声不绝。

从默片到有声,从黑白到彩色,从时装到古装,从黄梅到武侠,从电影到电视,六叔在创造影视娱乐业奇迹的同时,为香港乃至中国影视事业的繁荣、走向世界做出了贡献。他一生爱国爱港,艰苦创业,慈善济世,曾担任港事顾问,为香港顺利回归和繁荣稳定发挥作用。

六叔对家乡宁波的建设事业,一贯出手慷慨,"逸夫剧院""逸夫教学楼""逸夫中学"遍布甬城。他曾先后十一次回宁波探亲,最后一次回乡已是九十七岁高龄。作为一位著名的慈善家,从1985年起,他平均每年向内地捐赠一亿多元人民币,用于支持各项公益事业,为促进内地的教育和科学事业发展做出了积极贡献。

四 声色

"邵氏出品，必属佳片。"扳起指头数数，这赫赫有名的八个大字占据香港电影半壁江山也才是六十年前的事。可就在这恍惚一瞬，捧着爆米花戴起眼镜看 3D、浸淫在好莱坞大片、陶醉在矫情忧伤文艺片中，年轻一代早已搞不清楚曾经的"邵氏电影"到底为何物了。

荣枯盛衰，物所难免，"邵氏"也逃不过这一规律。只是作为曾经香港影视业的显赫龙头，"邵氏"的跌宕起伏接连着敏感多变的时代脉搏，功夫武侠片、歌舞片、爱情片、喜剧片……那些兴衰往事值得我们深情回望。

2014 年元月，六叔安详离世，享年一百零七岁。这个长寿的宁波人走了，却留下了"邵氏出品，必属佳片"的传奇。这出现在每部邵氏影片结尾处的八个大字虽有些高高在上，但正是那雄心与抱负成就了百年华人影视史上一个不可复制与替代的传奇。

五

品味

宁波人的味觉

"当今的中国，每座城市看上去都很相似，城市之间能被用来区分的似乎只有饮食习惯和弥漫在街市上空的气味了……"这出自纪录片《舌尖上的中国》的解说词，让我情有独钟，深以为然。可不是么，草草杯盘，昏昏灯火，家国情怀和远人幽思都未免虚妄，更让人觉得切实活着的，不过是那桌案上的一块糕团、一碟菜与一碗羹。

"四明八百里，物色甲东南。"依山臂江枕海的宁波，物产迭出，食材丰沛，海味尤多。宁波人常常就地取材，驾轻就熟地运用晒、风、腌、酱、醉、糟、霉、臭八种技法，力求保持食材的原汁原味，形成鲜咸合一、不失本味的独特口感。

民国宁波籍作家苏青在《谈宁波人的吃》里写道："自己因为是宁波人，所以常被挖苦为惯吃咸蟹鱼腥的。其实只有不新鲜的鱼才带腥，在我们宁波，八月里桂花黄鱼上市了，一堆堆都是金鳞灿烂，眼睛闪闪如玻璃，唇吻微翕，口含鲜红的大条儿，这种鱼买回家去洗干净后，最好清蒸，除盐酒外，什么料理都用不着……

宁波人

我觉得宁波小菜的特色,便是'不失本味',鱼是鱼,肉是肉,不像广东人、苏州人般,随便炒只什么小菜都要配上七八种帮头,糖啦醋啦料理又放得多,结果吃起来鱼不像鱼,肉不像肉。又不论肉片、牛肉片、鸡片统统要拌菱粉,吃起来滑腻腻的,哪里还分辨得出什么味道?"

"不失本味",苏青不愧为资深吃客,深谙食中三昧,一句话提纲挈领地点出宁波味道的灵魂。

人生何所事,口腹最相关。读书、看报、刷微信,频频看到"吃货"二字,这个时髦的词语,常作为对美食爱好者的昵称。央视纪录片《舌尖上的中国》三季播完,"吃货"一词传播度屡创新高。总嫌它有些糙耳,觉得沾染一股江湖油气,讲究的宁波人,将此类人唤作"吃客"。相比较"吃货","吃客"一词就有些文化了,沾上些风雅。

宁波吃客,饮食考究。三眼大灶、两眼风炉,三餐燥饭、两餐点心,无不遵循时令:

> 正月,猪油汤团、血蚶、红膏呛蟹、新风鳗鲞、糯米粿;
> 二月,冰糖甲鱼、荠菜春卷、松花团、大头梅鱼、黄鳝;
> 三月,麻糍、艾青团、油焖笋、腌笃鲜、桃花泥螺;
> 四月,鳍鳛、马兰头、白斩鹅、乌贼、银鲳、刀鱼、鲥鱼;
> 五月,茶蛋、脚骨笋、咸肉倭豆饭、鲥鱼、碱水粽、"五黄六白";

五　品味

六月，水贴糕、地力糕、木莲冻、糟三黄鸡、河虾；

七月，早米灰汁团、冷拌面、芋艿鸭、臭冬瓜；

八月，苔菜月饼、望潮、桂花大黄鱼、臭苋菜股；

九月，清水大闸蟹、小眼睛带鱼、糯米藕、浆板圆子；

十月，豆酥糖、云片糕、乌狼鲞、小娘蟹、锅烧河鳗；

十一月，水磨年糕、雪里蕻咸齑、白切羊肉、龙头鲓；

十二月，祭灶果、番薯汤果、酱肉、风鸡、冬笋、腊鸭。

这份单子，不佶屈聱牙，也不横征暴敛，是说宁波人按时逢节，备尝新味，食饮有节。

立春吃荠菜春卷，原料是早春才有的荠菜和冬笋丝，一咬一个春天，如同身在旷野。你这厢，还在抱怨迟迟不来的春天，也许在咬开一个裹着荠菜、冬笋丝的春卷后会悟到：噢，又是一年春回大地了。

闷热的三伏天里，幸好有加了薄荷水与糖桂花的地力糕和木莲冻，才有了难忘的消夏记忆。

八月中秋金桂馥，月影沉璧，松风满怀，点上三支清香，妇孺拜月，供桌上必有一卷苔菜月饼隐藏在皎皎的月色中。

铅云笼罩下的初冬，捧起一碗暖手的酒酿糯米圆子，足以慰藉江南那漫长而湿冷的寒冬。

即便冬日漫长且湿冷，老天爷偶尔放晴，窗前檐下，总会挂出

宁波人

一条条风鳗,若有似无的腥气,随风飘荡在幽深的弄堂里,传递着年节临近的讯息。

宁波人会在家常之味上做足文章。早春二月,黄鳝刚出洞,韭芽鲜嫩,两者属稀罕之物。黄鳝拆骨取丝,韭芽切段,起浆撒白胡椒粉,浇一勺热猪油,即成"宁式鳝糊",合着山中春笋、河埠头蛳螺、溪头大白鹅,满口的早春滋味。至于"立夏茶蛋松花团,倭豆米饭脚骨笋",秋天的"鸭子芋艿糯米藕",隆冬的"红膏呛蟹咸咪咪,大汤黄鱼摆咸斋",都是吃客们追求的口腹之美,带着充满仪式感的诗意,同宁波方言一样,玄妙得令人着迷。

有着"金嘴"的宁波吃客,秉承原汁原味,苛求食材本真。一条透骨新鲜的出水海鱼,鳞片铮铮亮,只需搁少许盐,几片生姜,一勺老酒,抑或添半勺"咸斋卤"清炖炖,鱼肉飘飘、嫩嫩的。吃客们断不会"拎勿清",拿好端端的"热气货"去油炸或红烧一番,白白糟蹋鲜气,这个是讲门道,吃套路。

一条东海野生大黄鱼,碰上邱隘的雪里蕻咸菜,如同天雷勾引地火,一道天造地设的"咸斋大汤黄鱼"立刻捧出宁波味道的气场。龙凤金团为南宋高宗赵构所赐,定胜糕为岳家军出征鼓舞将士而特制,就连那不起眼的海苔虾皮麦饼,徐霞客吃过,方孝孺吃过,柔石也吃过。宁波人胸中的豪气,也如嚼着麦饼形成的肌肉疙瘩一般强硬,升腾出翻天覆地的英雄气概……这些熟悉的宁波风物和味道,都为"金嘴"吃客如数家珍。

五　品味

难得的是，宁波人心里揣有一份宁波美食地图，孰优孰劣，煞煞清爽。为吃上一碗面结汤，即使排半天的长队，也非要去月湖边上的"仓桥头"；想斩半只麻油鸭，一早就往白沙菜场跑，心甘情愿绕半个宁波城；红膏舱蟹嘛，总是自家腌来入味，凌晨三点爬起来，一路奔向路林水产市场，何惧寒冬腊月的西北风呼呼响！

宁波人无师自通，对吃有一种与生俱来的热情。欲吃出点花头，就不按常理出牌，所谓看料拣新鲜，荤素对烧，混搭起来也是千变万化：活泥螺烧茄子，濑尿虾煮冬瓜，乌狼鲞燁肉……全靠掌勺者的脑洞大小和悟性高低。

在江南濡湿的空气里，"金嘴"吃客的成长轨迹，离不开恋恋的三江风尘，离不开浓郁的四明烟火。宁波人对味觉的琢磨与追求，并非得意于发掘珍馐美味，而是感恩上天的慷慨馈赠，铭记一方水土的哺育之恩，渐渐地，吃出一股坚忍和大度。宁波人的性格和脾气，随之显现三分。

逐臭之欢

法国作家马塞尔·普鲁斯特在《追忆似水年华》序章里的一段话说得极是:"唯独是气味和滋味,会在形销之后长期存在。即使人亡物毁,久远的往事了无陈迹,虽说气味和滋味脆弱些,却更有生命力……"

于食物诸多纷杂的气味与滋味中,提及宁波人的口味,总绕不开"臭"的话题,宁波人整体似乎对臭味情有独钟,嗜食成癖。

北方人常以咸苦统领三餐,视吃香喝辣为高档;南方人素喜甜酸辅佐,奉生猛海鲜为奢侈。历数西人、国人,域外、域内,无不厌臭而远离之。唯独宁波人舌根下逐臭的基因,焕发出一代代顽强的生命力。宁波老太们只消端出一碗"遗臭万年解千愁"的臭冬瓜,恐怕连安徽臭鳜鱼、火宫殿臭豆腐都不是其对手,纷纷要甘拜下风。

有不少宁波人,一贯固执地认为大蒜才是臭的,深恶大蒜气、韭菜气。至于臭冬瓜、臭苋菜股、臭芋艿梗、臭鳓鱼之类被宁波人冠以"臭货"之名,却是舌尖上的灵魂美味。

五　品味

早些时候,宁波人的祖屋临街枕河,枇杷门巷里隐现着盈翠轩窗,无论高宅大院,还是市井里弄,几乎都藏着大大小小的臭卤坛子,宁波人谓之"臭卤甏"。

有天井的人家,常把臭卤甏摆在屋檐下,甏口盖上一块方砖;居室逼仄的人家,一般将其置放在室外的走廊、阴暗的墙脚,任凭风吹雨打、日晒夜露,那股醇厚的臭味,随着岁月的推移,浓淡相宜。

一甏神奇的臭卤开醅,掀起宁波人的逐臭之欢。于是乎,冬瓜、苋菜股、芋艿梗、茭白、豆腐干、千张纷纷丢进卤汁"臭"出来。

民国宁波籍作家鲁彦也忍不住说:"有的人闻到了邻居的臭汤气,心里就非常地神往;若是在谁家讨得了一碗,便千谢万谢,如得到了宝贝一般。"作家鲁彦小心翼翼地将"宝贝"倒入甏中作引子,丢进一些咬不动的笋根、苋菜梗、毛豆粒,甚至把吃剩的虾壳、蟹壳统统扔在臭卤甏里,谓之"烂发肥,臭生香"。左邻右舍闻到逸出的气味,纷纷心驰神往。

鲁彦在北方住久了,不常吃鱼,偶尔回趟宁波老家,一闻到鱼的腥气就要呕吐,唯多年未碰的臭冬瓜和臭苋菜股,见了它们,一如从前般心生欢喜。他觉得,这种臭味分明是比芝兰还香的气息,有比肥肉鲜鱼还美的味道。

这欲臭还香的怪味,为性情所系,有人一直念味不忘,亦有人大恶之。一股子奇诡,遂构成大部分宁波人的集体味觉记忆。非

宁波人

但鲁彦,不少海外宁波帮回乡探亲时,都要品尝一下臭冬瓜之类的"臭货",以缅怀往昔乡情。那种臭味可在他们的舌底储存好几十年,真真不可思议。一碗"臭名远扬"的臭冬瓜,曾令世界船王包玉刚念念不忘,早年回乡探亲还专门品尝一番,以解"莼鲈之思"。这欲臭还香的怪味,神奇般地兼治思乡诸症。

臭冬瓜、臭苋菜股、臭芋艿梗、臭茭白、臭鳓鱼……在宁波人眼中,将它们腌制出这种浓郁的臭味,是为助其重获新生。如果只是一味的恶臭,即便是宁波人,恐怕也难以接受。最妙的是,它们在柔嫩中夹杂着一缕清爽的异香,融于舌尖,浸润丹田。启动奇妙莫测的味觉之后,便似乘云驾雾、飘然若仙,虚无之间,分不清是臭还是香。这一缕缕奇特的嗜好,仿佛背后有神力一般。

逐臭之欢,应当正本清源。臭卤甏,难免会滋生霉菌蛆虫,须时不时消毒。其方法是把火钳烧红,探入甏中"嗞"地烫一下,一阵冲天臭气爆发之后,臭虫霉菌便无藏身之地。

这种特技,由目不识丁的宁波老太们研制,臭卤顿时由浊变清。诚然,那一股冲天臭气,免不得让人掩鼻而逃。上好的臭卤,一如四川泡菜中的"老汤",可以保存数十年,滋养寻常宁波人家的老中青三代。

被吃货们刷屏的美食纪录片《风味人间》,第四集《肴变万千》中,出现了那熟悉的风物——臭苋菜股。导演像是专门为宁波人拍摄的,仿佛隔着屏幕都能闻到那股浓郁的臭味儿。在江南酷

五 品味

暑的三伏天里,午饭时间走进老墙门,恨不得弄堂里都弥漫着臭苋菜股的味道,乃至臭冬瓜、臭苋菜股、臭芋艿梗、臭茭白争奇斗艳,个个演绎成宁波民间的灵魂菜和"压饭榔头"。

抑或,春节期间,满桌子鸡鸭鱼肉,吃得昏天黑地、醉生梦死之余,唯有端上来一盘臭冬瓜,方可一解浑浑噩噩与舌尖麻木,开胃消腻,大受追捧。对那些宁波的臭货,未谙它们习性的人,初尝第一口,觉得艰难无比,不堪承受,且莫停箸!几番往复,自会觉得兴趣无穷,乐在其中,可谓"山重水复疑无路,柳暗花明又一村"也。

温柔不做作,坦诚不直白。这是一番神清气爽的上古气息和滋味,也许正是因为这些臭货内秀可口,"软塌塌""臭兮兮"常被人惦记,所以造就集体逐臭之欢,而一发不可收拾。

生吃，不烹小鲜

宁波毗邻东海，远有舟山渔场，近有象山、宁海、奉化的小海鲜，宁波人一年四季的饭桌上少不了海鲜。首选料理方式，既不点火，也不烹煮，而是直接生吃，如同完成一项固定仪式，为的是体现对海鲜的敬重。

"香港四大才子"之一的蔡澜，在香港无线电视翡翠台做《蔡澜叹名菜》节目时，欲做一个宁波菜专题。于是，他请来了倪匡，让倪匡帮忙列一份他最想吃的宁波菜单。宁波老乡倪匡一口气写了二十多道，什么红膏舱蟹、黄泥螺、醉虾、血蚶、生蛎黄、剥皮大燠、大小黄鱼、海瓜子、龙头鲓……十有八九是海鲜，且基本上是生吃活剥的。

蔡澜接到这份菜单一看，又是红膏舱蟹，又是醉虾的，感喟宁波人生吃螃蟹活吃虾，对待海鲜的那股子生猛劲头，不输东瀛日本人。

的确，宁波人生来一副好脾胃，黄泥螺、海蜇、血蚶、牡蛎、蟹糊、醉虾……在宁波人的食单上，刚落网上岸的海鲜，生吃，最直

五 品味

截了当。生鲜当头,纷纷充当冷菜中的花魁。

宁波话里有个词语——"透骨新鲜",意思是,鲜不只是停留在舌尖,而是透至骨髓,渗透到血液里。那"透骨新鲜"的海鲜本味,天南地北间闯荡的宁波人,不管走多远都会深深怀念。

学生时代,读到荀子《劝学》中的"蟹六跪而二螯",疑惑顿生:如果"跪"说的是蟹足,那么蟹的一对桨状后腿呢?倘若缺了它们,蟹还能在水里游吗?这一对饱满的桨状后腿,就是宁波人口中厚实鲜美的"蟹股",荀子怎可将其遗漏?

墨分六色,琴具七音。爬进宁波人口中的螃蟹不少:红膏梭子蟹、二八年华的"小娘蟹"、"八月蟛蜞抵只鸡"的青蟹、清水大闸蟹、酒糟蟛蜞蟹、石蟹、和尚蟹、沙蟹、红钳蟹……清蒸一味,爆炒一味,糟醉一味,捣成蟹糊又是一味。螃蟹种种,烹法各异,宁波人有口福从小吃到大。

东海盛产的梭子蟹,被宁波人亲切地唤作"白蟹",贯穿于百姓的日常饮食。在众多蟹中,宁波人最宠它。"秋风起,蟹脚痒"讲的是清水大闸蟹,不搭界。立秋后,"小娘蟹"的蟹盖头里虽没长红膏,也生得肥壮饱满,拣来几只"脱壳蟹",葱油、清蒸甚好,但这都不是白蟹最美的时候。

白蟹最肥之时,正是冬天最寒冷的那几日。霜冻后,西北风刮起,雌蟹开始凝膏,至农历十二月,红膏达到最饱满的状态,"红膏白蟹"的名头,方才名副其实。

宁波人

清蒸红膏白蟹,味道也不错,只是如今价钱水涨船高,已不是早些年的白菜价。撒上一把盐,腌成咸呛蟹,红白相间、咸中带鲜,蘸醋食之,久不停箸,这就是宁波的"红膏呛蟹"。

红膏白蟹腌后生吃,在外地人,尤其是北方人眼里,往往会大惊小怪地觉得不可理解,那股生腥味已难消受,更甭提举箸。要么错将其当鲜蟹蒸,甚至有人裹上面糊油炸,好端端地暴殄天物,可惜了。"波涛于口海"的宁波人,也懒得同他们理论。

难以想象,只用盐与水,不开火,就能产生如此的美味。这种入口即化的鲜甜,体现在一抹红膏上。与蟹肉相比,红膏多了些硬实感,稍加咀嚼,一丝咸咪咪的口感,就能刺激舌尖上的每一颗味蕾。

"红膏呛蟹"号称"宁波第一冷盘"。宁波人婚丧嫁娶,逢年过节办酒席,它都是一道必上的冷菜。在圆台面上的众多冷盘里,红膏呛蟹永远做"头牌",无此不成宴。

宁波人腌"红膏呛蟹"的方法,家家不尽相同,说来都头头是道。有人直接用自来水腌,有人用凉开水,还有人喜欢加点高度白酒,各家有各家的套路、门道。最简单的,用饱和盐水来腌制,一天一夜后,撬开蟹壳,血红的蟹膏充满体内,半透明的蟹肉亮晶晶,闪着玉石般的光泽……

近来,坊间流行"活蟹十八斩"。将整只活梭子蟹斩十八刀,加入作料,即刻端起上桌。食客用筷子夹起一块,含在嘴里,蟹肉

五　品味

似乎在舌尖蠕动，另具一番风味，鲜得要将舌头吞下去。

黄泥螺，宁波人一贯是生吃。泥螺酒醉腌制后，便诞生了一盘"下饭神器"。宁波人熟稔泥螺三味：三月桃花盛开，壳软体肥；五月梅雨淅沥，膏溢壳外；中秋桂花遍地香，爽脆有嚼劲。宁波人自小练就口舌功夫，牙齿和舌尖配合得恰到好处，将螺肉吸出，与薄如蝉翼的白壳分离，吃一颗泥螺，像练口吐莲花似的杂技。掐来丝瓜叶摊在桌角吐螺壳，绿白相映成趣。

大年三十的年夜饭里，总有一碗泡得恰到好处的血蚶，静候宁波人去剥开。这种贝类深得人心，不需要任何工具，徒手剥开后饱含鲜血，外地人不敢问津。唇吸，舌卷之，宁波人大快朵颐，不少人笃信：蚶子猩红的鲜血是一宝，为强身健体之补血上品。

鲎（宁波话读作 hòu），模样如钢盔，不雅。它比脸盆略小，后面举着一条剑尾，胸前一圈排开六对"螯"，颇像千手观音展开的神奇玉臂。这种海洋里的远古遗民，早在三亿多年前的泥盆纪就生活在地球上，其时恐龙尚未出世。宁波人对待这个"生物活化石"，采取酒糟后生吃。郭璞注《山海经》云："（鲎）子如麻子，南人为酱。"糟鲎，最能下饭，宁波人生吃的糟鲎，最接近于古籍中"鲎子酱"的滋味。

酱青蟹、酱毛蟹、醉虾……一道道宁波传统的腌制品，酒香浓郁，回味甘甜，皆生吃，为宴上珍品。不过，这些生货，十天之内一定要吃掉，否则越浸越咸，且不管天冷天热，一定要放入冰箱

宁波人

冷藏。

　　生吃，是宁波人打开海鲜的一种方式，奏响了一曲海鲜的碧海潮生，大胆展现了宁波人在口腹之欲上的创造力与想象力。这些年，宁波人创制的海鲜生货，越来越被不同地域、口味各异的大众所体验、接受，乃至青睐、热衷，不再是墙角孤花。

　　看到"一副"摆出的裱花蛋糕、酒心巧克力、牛肉干……那一出又一出轮番登台的"花头精"每天演绎不重样,那个驻足观望的白衣少年,难免"汨汨"咽下一大口唾液。他撑着伞踽踽独行于暮色昏黄的万家灯火中,恋恋回头一望:永不落幕的,却是那悲欣交集的甬城烟火,还有"一副"的美好时光……

宁波人的那碗泡饭

泡饭,于宁波人而言,是情有独钟的一种存在,绝大多数人从小吃泡饭长大。

清晨,在老墙门内,身穿睡衣睡裤的主妇揉着惺忪睡眼,拖着鞋片,晃晃悠悠下楼来到灶跟间,捅开封了一夜的煤球炉,放上个钢精锅子,顺手取下吊在灶梁钩上的饭篮筲箕,抓几块隔夜的"冷饭娘"入水,盖上锅盖滚煮,然后忙着去倒马桶……这一轴世俗风情画,在昔日宁波的市井里弄,寻常可见。

泡饭,宁波人更喜欢将其称作"汤饭"。泡饭与粥是两码事,粥是生米熬的,泡饭由隔夜的冷饭粒加水煮成,非但全无粥的黏糊与缠绵,反而粒粒分明,宁波话说来就是"煞煞清爽"。

全家老小洗漱完毕,钢精锅子里的泡饭已煮好,但宁波人不说煮,而谓"放",唤作"放汤饭"。听着半导体里的新闻摘要,全家人捧起热乎乎的泡饭,端出酱菜、豆腐乳、"扒落羹头"隔夜菜,可丰可俭,奢简由己。

偶尔,难得有碟苔条花生米,抑或蟹糊、黄泥螺,那可要再添

宁波人

一大碗泡饭了。一家老小呼噜呼噜吃得热火朝天,几碗落肚,浑身细胞都跟着神清气爽起来,直吃到脚底心也微微冒汗,锅子中一粒米也不剩。

早些时候,稻米紧缺,老百姓常吃稀,少吃干,仿佛宁波人自觉实行粮食紧缩政策。若是中午、晚上吃大米燥饭,总要花上点工夫,烧几碗正经点的菜肴,而早上的一顿泡饭,过点咸齑、酱菜、燁麸之类的即可打发,除却省米省菜,还省时间。

说到底,泡饭是回锅饭。省时间,意味着省煤气燃料,水滚后便可出锅,所以外省人难免要揶揄:宁波人早餐一碗水泡饭,分分钟搞定,吃了就饱,撒一泡尿就肚皮瘪兮兮,不到中午便闹肚饥,最会"做人家"。更有甚者,说上海人吃泡饭的寒酸气,是宁波人传过去的。孰是孰非,岂是这一碗泡饭能讲得拎清?

泡饭,若要"放"得好,也需技巧。旧时没有冰箱,宁波人会把剩饭倒入竹编筲箕,吊在灶梁头顶或挂在窗口通风处过夜,以防变馊。用筲箕吊过的剩饭来放泡饭,风味与冰箱储存的剩饭有天壤之别。吊过的剩饭,风干了些水分,煮沸后,表面黏,内里糯,米粒光滑,如珠似玉,已臻内外兼修之境界。趁热啜上一口,米粒像会自动往喉咙里滑,尝过之人,深有体会。

不少老宁波有"一滚头"的秘诀,将水煮开,放入隔夜饭,用勺子细细按开结团的冷饭,再次开锅后大功告成。如此"一滚头"放出的泡饭,汤清,米滑,爽口至极。泡饭最忌久煮,常有忙碌的主

五 品味

妇顾此失彼,忘记灶头上的泡饭,使之滚了又滚,变成一锅汤浊米糊的厚粥烂饭,失去泡饭爽利之精髓,使其面目模糊,食之索然无味矣!

宁波人的那一碗泡饭虽好,却不能独自成篇。若要吃得畅快淋漓,"下饭"须配得好。这个"好",并非奢侈靡费,只要符合各人胃口,就算对路。榨菜、咸齑、腐乳、咸蛋是大路货色;苔条花生、四喜烤麸、烤天菜心属坊间经典;臭冬瓜、苋菜管、臭芋艿蘸乃"剑走偏锋";碗底剩的红烧带鱼冻、揾酱油的老油条,则是锦上添花。至于红膏蟹糊、黄泥螺、新风鳗鲞、三曝咸鳓鱼,堪称下饭中的"倚天屠龙"。甚至有些下饭,譬如鸡爪豆瓣酱、雪菜毛豆子、乌贼蛋炖肉饼子,似乎皆为泡饭而生,为泡饭而尽情尽兴的。

吃腻了清汤寡水,偶尔换换口味,宁波人会放一碗"菜泡饭",碧绿的鸡毛菜切碎,加入滚烫的泡饭中,撬上一筱子熟猪油,滋润丰腴。在泡饭里扔几片年糕、糯米粿、芋艿,米粒爽口,年糕软糯,锅巴焦香,惬意落胃,似有说不出的别致。有年糕等充量,也比纯泡饭添几分气力。这几分气力,是要帮上班族轧上拥挤的公交车,帮上学的孩童做操念书直熬到中饭的……

一些宁波人从瘪三成长为大老板,铜钿多了,天天在外应酬,衣食无忧,早饭总得改善些,吃好点了吧?实则不然,你若问他什么最好吃,还是屋里厢的一碗泡饭最乐胃。

宁波人

　　胃的乡愁虽属形而下，但却永远最结实。猪油汤团、水磨年糕固然好，泡饭却长期是宁波人早餐的主角。未登大雅之堂的泡饭，滋养了一代又一代宁波人，它也是生活的琥珀。

压饭榔头

山珍海味，家常菜肴，七荤八素，汤羹卤水……在宁波人嘴里一概被称为"下饭"，而不叫菜。

听到"下饭"一词，外地人心想，莫非这又是宁波人独创的词？他们心里暗自揣测：看不出，宁波人还挺幽默的。将菜肴称作"下饭"，不计较菜肴好坏，主要目的是将饭送下去，言简意赅啊。

实则不然，"下饭"一词并非宁波人独创，只是宁波人完好地保留了宋人沿袭下来的"古风"，以下可为例证：

不一时，来安儿用方盒拿了八碗下饭：一碗黄熬山药鸡，一碗臊子韭，一碗山药肉圆子，一碗炖烂羊头，一碗烧猪肉，一碗肚肺羹，一碗血脏汤，一碗牛肚儿，一碗爆炒猪腰子，又是两大盘玫瑰鹅，油烫面蒸饼儿……

——明·兰陵笑笑生《金瓶梅·第六十七回》

我们且把厨里见成下饭，切些去吃酒罢……趁众人在

宁波人

> 堂前,我拿些点心,下饭与他吃,又拿些碎银子与两个。
>
> —— 明·凌濛初《初刻拍案惊奇·卷三十一》

一般认为,《金瓶梅》的故事背景虽是宋代,反映的却是晚明时期的社会生活,书中"下饭"一词,就是今天说的"菜肴",它与主食无关。"下饭"一词最早见于宋代,后频频出现于明清小说中,逐渐演变成名词,意为"把饭酒送下去的东西",即各式"菜肴"。《梦粱录》云:"凡饮食珍味,时新下饭,奇细蔬菜,品件不缺……"民国《鄞县通志》又曰:"甬称肴馔曰下饭,谓借此可咽下饭也。"可见,菜肴称作"下饭",既有历史渊源,又形象贴切,宁波人完好地保留了宋代沿袭下来的"古称"。

"下饭"的称呼被保留后,宁波人嘴里就会频频蹦出这些词:买下饭、荤下饭、素下饭,长下饭、咸下饭、大下饭……而对于那些鲜咸可口的咸下饭,宁波人又形象地送给它们一个雅号——压饭榔头。

像一把把榔头似的,能把米饭压下去,听上去也给力,"压饭榔头"就是宁波人的味觉"图腾"。

于是乎,柴火灶里的白米饭,要被结结实实地压下三大碗去。这一把把压饭榔头,一半藏在海水里,一半藏在时间里。上海滑稽戏大师杨华生调侃宁波人,将京剧《空城计》中诸葛亮的唱段改编成《宁波空城计》唱道:

五　品味

我糯正勒拉城楼瞄一眼，
只听到城外田鸡笋打翻。
旗帜勒空中辣辣个翻，
却原来司马个军队有造反。
我糯也曾呕人去打探，
打探到司马朝西促促介来。
一来是马谡饭桶吥头埭，
二来是将帅不和失了城关。
侬连得三城额角头碰到天花板，
还要良心擦黑来夺我西城当下饭。
诸葛亮勒城楼等侬来，
侬来呐，来呐，来来来，
我搭侬扳扳老酒。
黄泥螺，龙头鲓，苋菜股，咸鲫鱼，
蟹糊，臭冬瓜，乌贼蛋，雪里蕻，豆瓣沙，
压饭榔头过酒小菜……

真真不容易，杨华生先生搜肠刮肚来的压饭榔头，一把把甩出来，堪称经典，令人捧腹。然而，这些林林总总的压饭榔头，都可以从晚明文选或明清小品里寻见。

盐是一道菜的灵魂，被宁波人运用得出神入化，堪称宁波人的独门绝技。海鲜是活物,捕捉上岸就一命呜呼,也很容易变味儿,一把盐撒下去,不仅保留了鲜气,更诞生了众多独特的新滋味,只只变成"压饭榔头"。

红膏呛蟹

家中冰箱下层冷冻格里,如果尚存一只舍不得吃的红膏呛蟹,宁波人的眼睛要放光,心里会泛出富足感,整个人的心情都会好起来。如果说红膏呛蟹是顶级的压饭榔头,那么寻常人家餐桌上的一碗蟹糊,也可被视作至宝,皆为宁波人的心头好。

醉黄泥螺

新鲜的泥螺可以白灼、葱油,也可以放汤。在宁波,最正宗的吃法是将吐尽泥沙的泥螺用盐、黄酒进行腌醉。一颗泥螺含在嘴里,鲜味四蹿,直奔唇腔舌颌而去,像一只翠鸟,转瞬消失在荷叶蒲草之间,无影无踪。可那根苇秆依旧晃动着,鲜味并没有立刻散去,继续撩拨着逐鲜的欲望。于是,拿起筷子,再揿一颗……

五 品味

三抱咸鳓鱼

新鲜的鳓鱼，通体银亮鲜腴，美中不足的是，鱼刺又细又多，吃起来麻烦。鳓鱼腌后充分发酵，反而促成鲜味的滋生，提升了咸鳓鱼的醇厚隽永。三抱，意在反复撒盐、晾晒，吃不惯的人会觉得这是一条变质的臭咸鱼，又腥又咸，卖相也难看。上锅蒸制后，那一股鲜香的滋味，却令宁波人陶醉，连讨厌的鱼刺也被发酵得酥烂碎软。鱼肉深红，入口即化。这又是一把给力的压饭榔头。

乌贼蛋

乌贼，又作墨鱼、目鱼，实则非鱼，是一种软体动物。宁波周围海域墨鱼分布甚广，旧时春季成汛，晒成干，即为"明府鲞"（又称"蜈蚣鲞"），为历代进贡皇家的特产。腌制的乌贼卵，因为腌得很咸，比较下饭，能省点菜，以前作为"边角料"，招待做苦力之人。如今，价格节节高，乌贼蛋跻身高档菜，乌贼蛋蒸肉饼子，好吃也不便宜。

龙头鲓

虾鳗，又称豆腐鱼，生长快，产量高，体内富含水分，不易贮

宁波人

存。价格低廉的虾鳡,多被宁波人用来晒制"龙头鲓",油炸后酥脆松口。因腌制时用盐较多,所以特别咸,嗜咸的宁波人也吃不消,往往会撒入几勺白糖来镇一镇咸味。"咸辣辣龙头鲓,过饭交关煞",虽小小一根,却足以送下一大碗饭。

羊尾笋干

宁可食无肉,不可居无竹。宁波人,个个是吃笋的行家:春笋、雷笋鲜甜嫩,油焖笋非取雷笋不可。冬笋是稀罕货,最鲜口。几乎所有的宁波人家到了夏天都会吃羊尾笋干。洗净抽淡撕开,浇上麻油,就是一道清爽的下饭小菜,顷刻盘空。用它来炖老鸭煲、煮汤,无不鲜美爽脆。

臭冬瓜·苋菜股

宁波人将冬瓜切成手掌大小的块状,带皮放锅里蒸到七分熟,取出冷却放入瓦缸,一层层叠起来,层间放少许盐。舀入陈年的臭卤汁使其没过冬瓜,然后把缸口密封,放到阴暗处,过十天半月就可以吃了。吃腻了大鱼大肉,上一盘灰绿色的臭冬瓜,倒些麻油,一口吃来,臭中夹着香,消腻开胃,大为追捧。苋菜股也如是,臭中带着香。

五 品味

醉麸·霉麸

醉麸,是将切成小块的生麸,浸泡于上好的黄酒、精盐和花椒中,像一块块小海绵,多少年来一直引领酱菜家族之鲜,鲜中藏醉,糟香留齿。豆腐发霉后能做腐乳,生麸发霉,也可做成霉麸。将蒸好的生麸切成小块儿,铺在竹匾里,覆盖一层箬叶,置于阴凉处,任其发霉,十来天后,加盐、黄酒等调料封在坛中。再等上一个月,它清香而有韧性、有嚼头,用来过白粥,最是可口。

雪里蕻咸齑

雪里蕻,又名"雪菜",味稍带辛辣气,腌食绝佳,略带酸味,食之生津开胃。"家有咸齑,勿吃淡饭""蔬菜三分粮,咸齑当长羹""三日勿吃咸齑汤,脚骨有眼酸汪汪",这三句经典的宁波老话,既言明雪里蕻咸齑在餐桌上的地位,也道出了千余年来宁波人对咸齑的依赖。闻名遐迩的"咸齑大汤黄鱼"、小家碧玉的"咸齑冬笋",怎可离了雪里蕻咸齑!

至于那些腌辣螺、酱毛蟹、咸鱼鲞、爊菜、爊带豆、腌茄鲞、霉豆腐、咸鸭蛋、酱瓜……新鲜食材一到宁波人手里,几乎逃脱不了被腌制、霉化、糟醉、臭卤的命运。

向人但说汤团好

罗伯特·福钧(Robert Fortune)的抵达,是在1843年的隆冬。刚满三十岁的他,被英国伦敦园艺家协会指派来华收集中国植物。他一路辗转广州、厦门、福州后,再踏上更北的条约口岸——宁波。

彼时,宁波即将开埠,中国近代史恰逢大变局。从江厦下船的福钧,穿过三江口城墙,与擦肩而过的宁波人彼此打量,裹得圆滚滚的顽童偷偷朝他甩鞭炮;小民在天妃宫的神像前下跪,焚香掷筊;老妪捧出一碗洁白如玉的水煮"雪球"(Snow ball),热气氤氲……如此活色生香的老宁波风情,被他记在《和华人同居》与《华北各省三年漫游记》,百年前流至西方。

福钧笔端的那碗冒着热气的水煮"雪球"(Snow ball),记录的便是宁波人的那碗汤团。洁白似玉的Snow ball缀着一抹糖桂花的香艳,着实惊鸿一瞥。

福钧的笔,只记下汤团的轮廓,并无咬开皮子后,汩汩冒馅的大特写。也怪我贪心,之前看多了外国佬吃宁波汤团,百思不得

五 品味

其解馅子如何嵌入的段子,对这样的杜撰一直心存幻想。

"拜岁拜嘴巴,坐落瓜子茶,猪油汤团烫嘴巴。"多少年来,汤团为这座城打了多少免费广告,多少人又是先吃过宁波汤团,才知晓宁波。也有人说。宁波人的团结精神,一如水磨糯米的集体抱团后,方诞生浓浓的黏性。

"南翔小笼""狗不理包子""热干面"皆有对应的城市,地方小食传递着永不散场的地域温情与耐人寻味的美好。什么小吃可以代表宁波呢?答案必定是汤团。毫无疑问,除了汤团,还是汤团。

宁波人的那碗汤团,根基厚实。河姆渡遗址出土的稻谷粒证实,宁波人脚踩的土地曾是世界水稻的发源地之一,水稻种植近七千年,做出来的水磨年糕、汤团怎会不可口?

倘有人将汤团唤作"汤圆"的,那个人多数不会是宁波人。也有人将汤团、元宵混为一谈。北人的元宵,以馅块入筛,倒进糯米粉来回晃动,馅料在撞击中化作球状元宵。宁波人的汤团,恰恰相反,反而像北方人包饺子,糯米粉和水成团,后将馅料裹入粉团搓圆。因馅量厚实,水磨皮子浑圆有光泽,软糯不粘牙,风味与口感更佳

汤团,本是元宵节必备食馔,宁波人却等不及,嘴巴馋了就动手裹。北方人除夕夜吃饺子,至于宁波人,香甜软糯的猪油汤团贯穿整个春节。大年初一清早的那碗汤团,开启新年的甜甜蜜蜜

宁波人

与团团圆圆。

特殊的水磨技艺,是宁波人的独创秘籍。宁波籍上海老报人陈诏在《闲话宁波汤团》一文中,道出其口感取胜的"秘诀":制取糯米粉,独特水磨工艺独不可缺,是不二法门。年节前夕,家家制水磨糯米粉,曾为城厢中一道独特风景。

宁波人对待猪油,天生有一种直观的热爱,猪油拌饭、水晶油包很讨喜,汤团的馅料非猪油不可。制馅的板油,剔筋、去膜、撕成小丁;黑芝麻淘洗后炒熟,放在石臼中研细,之后与板油丁、绵白糖拌和,反复揉捏成黑亮的一大坨,是为猪油芝麻馅心。像我老爸、老妈从大年三十清晨捏猪油馅子,直到夜幕降临,夫妇配合中央电视台的春晚裹汤团,年复一年的固定仪式风雨不误。

所以,宁波人心知肚明:想吃一碗正宗的宁波汤团,必定是出自寻常市井人家。为使裹出的汤团白净,事先将馅料分段搓圆,粉团捏成杯状,放进馅料收口,一粒粒圆润的汤团便陈列于团匾中,上遮一块潮湿纱布,等待下锅。

煮汤团,不可冒进。水微沸,将汤团下锅,须用勺不停地往一个方向转动,待汤团浮起,洒下些许凉水,再次开锅后便可盛起。水过沸,皮薄易破裂,一不留神,馅料全漏到锅里,用宁波话来说是"撑船"。"撑船"破卖相,最是可惜。

吃汤团,须要耐心。心急吃不了热汤团,囫囵往嘴里送的后果是:滚烫的馅子四溅,会烫破舌尖。你得小心翼翼地咬开一个

五 品味

口子,轻轻一啜后,浓香芝麻馅缓缓溢出,溅齿流甘,只要嗅到这股浓烈的香气,早将瘦身减肥诸事,弃至天涯海角。

天津人有"狗不理",宁波人也跟狗较上劲,城里有个卖汤团的中华老字号"缸鸭狗"。在外地游客心中,非要吃碗汤团,迈进天一阁后,才不枉来宁波一趟。早先宁波人外出经商,将汤团店开到了上海、杭州、南京、安庆、汉口等地。故有人调侃,若论宁波的人文底蕴,一个天一阁的分量足矣,若论宁波的美食,一碗水磨汤团可做代表。是的,那红膏呛蟹、黄泥螺、臭冬瓜一直是宁波人的心头好与自美之物,然外乡人未必肯接受,而汤团的温暖可抵普罗大众。

近年来,宁波味道总被冠以"老"字,就像我身边的朋友,起码有二三十年的吃客生涯,尚未老去的一代终于有些怀旧的资本。前些日子,当看到《舌尖3》拍出来的宁波汤团,居然长"角"、长出"尾巴",竟是塞肉的咸汤团,他们比老一辈宁波人更跺脚,更愤愤不平气不过……

要知道,宁波人的那碗汤团是一把开启记忆闸门的密钥,咬开皮子的一瞬间,滚烫的家常慰藉总能勾起从前,因为每个宁波人都有"猪油汤团烫嘴巴"的童年,这真容不得丝毫篡改。

老酒糯米做

说到饮酒,北方汉子生性豪爽,喜欢喝白酒、烧酒,"二锅头""老白干"方显英雄气概。饮酒时,杯要大,酒要斟满,他们追求的是度数,一股子引吭高歌唱"大江东去浪淘尽"的爷们儿气势。

白酒,宁波人也喝,但多数人喝老酒,稻米酿成的黄酒。温一壶,月光下酒,吟诗咏词,细品慢酌的是江南味道。执玉笏牙板,浅吟低唱一番"杨柳岸晓风残月",恰恰是江南才子最得意之时。

北方人之于宁波人,喝酒的排场以及气势,全然不在一个境地。

白酒,相对于黄酒,酒精含量明显高一些。奇怪的是,北方人到了宁波,尤其是初次接触糯米老酒的朋友,大杯落肚后,飘飘然,一下子就找不到北,沉醉而不知归路。

大概是老酒味道好,入口善,醇厚中又带着甜,北方人一下子掉以轻心,着了道儿。所以,喝宁波人的老酒,不是光有"酒胆"就行的,后劲十足。

收割完最后一茬晚稻,西北风渐起,农村进入了农闲季节,家

五 品味

家户户忙着做老酒了。旧时,这是一年到头最热闹的时候,与盖房、嫁娶一样,要当作家中的头等大事来操办。蒸熟的糯米混合白药,"孵"出一缸缸糯米老酒,成就了世代相传的酒香。

糯米饭,不仅可以做老酒,宁波人还曾拿它垒过炮台。

第一次鸦片战争前,镇海招宝山的炮台由石块垒成,被英军用五百磅大炮袭击,四分五裂。1885年中法镇海战役前,守军将领吸取教训,将炮台用黄沙、石灰、黏土伴着冒着热气的糯米饭,捣砌而成,一座座"糯米墙"犹如铁壁,发挥软中兼硬的特性,功效极大。中法镇海战役中,法国人竟没有打毁镇海一座炮台,威远炮台被打得最为严重,也只损坏一只角。

镇海招宝山炮台,是宁波糯米饭的一次成功逆袭,以柔克刚,至今屹立在甬江口。

说正经的,宁波人做老酒,是做不过隔壁绍兴人的。但就做老酒的白药,这种奇特的"酒引",宁波人却做出了名气。民国《鄞县通志·博物志》称:"绍兴产酒虽多,其药都购自甬坊。"

农历七八月间,农家房前屋后,有一种叫辣蓼的植物结籽成熟。将辣蓼的叶、茎、籽采摘洗净,捣碎研透,再将汁水与米粉搅拌后搓成团状,即为白药,把一只只团状白药放在稻草上,待白药干透,用棉纱绳将白药一只只穿起来,悬挂于屋檐梁间。这便是宁波人做老酒的"药引",也是宁波酿酒业的重要副产品。

"莫笑农家腊酒浑,丰年留客足鸡豚。"陆游笔下的糯米老酒,

宁波人

早在八百多年前，已经是百姓人家的杯中之物了。至南宋时，宁波又有"金波""十洲春"等佳酿问世，宁波人还独创了"滋生双鱼酒"，即在糯米酒中置入两条活鲫鱼，封盖陈化三年后饮用，这种"荤酒"名噪一时。

宁波人的人情往来也不少，七大姑八大姨凑到一起，就有了请客、办宴席的理由：搬一次家喝"进屋酒"，生了孩子要喝"满月酒"，离职要喝"打散酒"，结婚订婚更不用说，子女入学、毕业要办入学宴、谢师宴，都要吃老酒。"老酒糯米做，吃了闲话多"，乐趣在于微醺后的陶然境界，非但身子骨软了，话也多了，所以席间也就行酒令划拳，热闹许多。

席间，宁波人劝酒不像北方人那样"规矩大"。宁波人喝酒的时候，一般都是举举杯子，说声"随意"，点到为止。宁波人敬酒，一般是敬人的把酒都喝完，被敬的随意抿一口。当然也有大家互敬的时候。如果桌子大，连碰杯都懒得去碰，纷纷用玻璃杯底碰下转台，发出"叮叮当当"的响声，异常热闹，谓之"敲图章"。这就是宁波人请客吃老酒的态度，随意而不强求，不是为了喝酒而喝酒。

一个人吃饭会孤单，而一个人喝老酒不会。

一到盛夏，常能看到一些宁波人在自家门外摆开桌子自斟自饮，且要选在马路边，电线杆下。坊间巷窄酒碗宽，桌上摆着粗瓷大碗一只，斟满老酒，外加菜碟或碗盏若干，碟子里无非盐水毛

五 品味

豆、带壳花生之类。身边的马路上人来车往,尘埃冲天,车铃、喇叭声喧嚣,但饮者从容淡定地剥着毛豆、花生,细细咀嚼,端起碗呷上一口酒,一副怡然自得、很惬意的样子,透露着与世无争的生活态度,深谙养颐之福可得永年之理。

这般自饮自斟者,宁波人唤之为"老酒饱"。他们放不下的是糯米老酒,纵然有千般不顺,一盏老酒下肚,不知不觉间进入生活的芯子里。老酒糯米做,有点度数,轻微辣口,好就好在有点后劲,却不上头。

燀出来的菁华

藤花古屋下的宁波寻常人家,擅烹家常菜肴,有一种独特的烹饪技法,那就是"燀"(方言音 kào),读作入声。

"燀",这种宁波人的传统烹饪技法,并非将食物置于明火之上烤制,而是持续用文火收干食馔中的汤汁,不勾芡,以汤汁全部渗入食材,收汁"燀"干后,才起锅装盘。

"燀"的技法,重油、重料、费时、费柴火,起码花上个把钟头。但火候到家、工夫烧足的菜肴毕竟入味,极具宁波地方饮食特色。"葱燀河鲫鱼""苔菜小方燀""四喜燀麸",一碗碗熟悉的家常"火工菜",乃至燀肉,燀鱼,燀蔬菜,荤荤素素皆可拿来燀。

宁波人烹制甲鱼的技艺,可能是全中国最拿手的。一道"冰糖甲鱼"位列宁波十大名菜之首。这道大菜充分运用"燀"的特技,甲鱼与冰糖同烧,色重黄亮,具有滋阴、调中、补虚、益气等功能,吃来软糯润口、香甜酸咸。这道菜能在海鲜云集、咸鲜至上的宁波下饭里另辟蹊径,杀出一条血路,确实不容易。

以苔菜入馔的宁波传统"苔菜小方燀",别处难寻。苔菜色

五　品味

泽翠绿,有股特殊的香气,鲜咸可口,令人食欲大开。烹制"小方烤",是将带皮五花肋条猪肉,切成小方块后过油,然后加入绍酒、酱油、南乳汁、赤砂糖等作料,煮沸后用小火焖至酥烂,再收浓卤汁,随后将海苔拣去杂质,扯成小段,入油锅炸酥,捞起盖在"小方烤"上,撒少许白糖即成。这道菜红绿相间,咸甜相济,风味独特,色相与味道表里如一,并驾齐驱,也是运用"烤"的特技。

烤麸,"四喜烤麸""蜜汁烤麸""五香烤麸",于苏浙沪一带的人,并不陌生。早上起来,盛一碗满满的泡饭,过一碟烤麸下饭。软糯润滑,卤汁又丰厚,加上柔嫩的金针、木耳、香菇,算得上佐餐佳品,最是乐惠。

桑原武夫曾问柳田国男:"明治时代的学者,是以什么为治学的精神支柱?"柳田回他:"是在乡下农舍中,为在京的儿子干活干到深夜的母亲形象。"

桑原武夫的这个问题,如果拿来问在外漂泊的宁波人,顺着柳田联想起劬劳一生的母亲形象,也许会被"咸齑泡饭"或"烤麸"夺了思路,没什么原因,所有的生活底细里,都有一个清晨就在灶跟间忙碌的母亲。

没错,考上大学的那年,临开学前夜,老妈怕我吃不惯食堂大锅菜,特意烤了一锅烤麸,装了满满一大罐。几年大学生活下来,不知拎去了多少罐老妈烤的烤麸,也捎去了那沉甸甸的、浓得化不开的温情。

宁波人

在我看来,随意取几株青菜、天菜心、豇豆、大头菜,由文火慢慢焐出的"宁波爊菜",也是甬城家常菜中的经典之作。

城厢里弄,或是山郭村坞的人家,文火焐出一碗"爊菜",咸中带甜的,工夫烧足后,入口即化,不费咀嚼。刚出牙的幼童、上了年纪的老人都爱吃。用它过泡饭,呼噜呼噜地也会多扒上一碗。即便是外乡人,也对这道菜颇为推崇,吃过后赞许不已,不胜惊讶似的连叹:"喔唷!你们宁波人,怎么连青菜都可以红烧得这么好吃?"

爊菜,宁波人一般都能烹制,原料选择四时不同,或天菜心,或青菜,或大头菜,味道也各有所长,尤以天菜心烹制的为上佳。天菜,为宁绍平原所特有的蔬菜,属十字花科大叶芥品种,栽培历史悠久。明嘉靖年间,天菜已在宁波地区种植,并在宁波冬春季蔬菜中占有重要的一席之地。用天菜起的羹、转的浆、焐的爊菜,是百姓桌上常见的"下饭"。

将天菜心洗净晾干后切成小段放入锅中,锅中水沸后,滤去水分,清除苦涩味和青芥气,然后加菜籽油、酱油、盐、糖等调料,丢进几块桂皮,用文火慢慢焐,直至汤汁收干,即可出锅。有时,宁波人在焐爊菜时,也会顺带放入几块水磨年糕。天菜心软绵鲜甜,年糕软糯,口感浓郁,相得益彰。

冬至夜,家家户户有吃爊菜的习俗。冬至爊菜不用天菜心,而独取整株的大头菜。在别地,大头菜都是用来做酱菜的,宁波

五 品味

人别出心裁地将其用小火慢熥成燴菜。一家老小围坐一起,每人一碗番薯汤果,夹几块焖得酱红的大头菜,吃几块年糕,寓意来年生活"烘烘响""年年高",给平淡的生活增添几分仪式感。

市井里弄的家常味道,有一大半是燴出来的菁华。它们在酱油、菜籽油的双重润泽下,鲜咸中带着食材天生的甜味,是宁波人整年吃不厌的"长下饭",身处高档大饭店反而难以体味,非要是寻常人家才烧得入味。故而有人说,在"燴"出来的菁华中,最能体会到妈妈的味道,家人的味道。

我的"一副",我的"国"

我的小学在江北岸,家住江东大河巷,平日挤公交上学,8路公交车过不了"浮桥",得从灵桥绕一圈。我嫌它绕远路,碰到下午放学早,索性在公交轮船码头站下车,穿过新江桥、浮桥,一路上有看不完的风景。

年少贪玩,放学后总喜欢到处闲逛磨蹭,迟迟不肯回家写作业。我背着书包一路晃悠,听过兰江剧院前吱呀的京胡,嗅过新江桥下卖咸货、干水产的鱼腥气,"柳暗花明"地撞进了那个美食集中营——"一副"。

想到那些神奇的泡泡糖、亮晶晶的金币巧克力、大白兔奶糖、牛肉干……整个人,鬼使神差般踱进去,仿佛一日不进,如隔三秋,想煞恨煞,终究逃不过"一副"这块"磁场"的吸引力。

我口中的"一副",全称为"宁波第一副食品商店"。关于这个甬城美食大本营的诸多记忆,老宁波人十有八九不会忘记。乍听店名,脱不了计划经济的味道,因为是开在新江桥南堍、中山路口的第一家大型综合副食品商店,理所当然地成为当年甬城百姓购

五 品味

买烟酒、糖果、糕点、零食的首选之地。

1971年秋天,早在新江桥还被称作"反帝桥"的时候,甬城百姓惊喜地发现:新江桥南堍,出现了一座两层小楼。没错,1972年2月1日是它的诞辰,招牌一旦立起,从早上八点营业,琳琅满目的二十多个柜台前都是人头攒动的顾客,晚上八点关门时,负责人不得不拿起喇叭爬上柜台无数遍喊:"阿拉要关门嘞,大家明朝再来哦!"

规模大、货品全的"一副"刚抛头露面,就让同行望尘莫及。彼时,东方红大街上的"冠生园"等食品店门前冷落三分,城里人、乡下人都被"一副"吸了进去。

宁波不同于上海,上海南京路上的各色南货食品店一字排开,而"一副"在三江口一家独大,将烟酒、南货、糖果、糕点全数囊括,可谓占尽天时、地利、人和,平日里生意火爆、人潮汹涌实属意料之中,更不消说年节。

二十世纪八十年代中后期,"民以食为天,食品在一副"的口号如日中天,"一副"的食品种类愈加繁多,"上海牌"占据半边天,"益民""冠生园""光明"厂的食品卖得脱销,那些能吹出泡泡的口香糖、梁丰麦丽素、正广和果子露、燎原厂阿波罗棒冰……纷纷勾出我们肚里的"馋痨虫"。

从小嘴馋,放学后生煤球炉,也不忘煨块番薯、年糕,看到"一副"摆出的裱花蛋糕、酒心巧克力、牛肉干……那一出又一出轮

宁波人

番登台的"花头精"每天演绎不重样,那个驻足观望的白衣少年,难免"汩汩"咽下一大口唾液。

我不甘心、不放弃,对于那些没碰过的"可口可乐""果冻",狠下决心要尝味道。梦想美好,现实残酷:过年压岁钱躲不过家长"保管+没收"的套路,无奈口袋空瘪。冷静分析一番后,我得出两条增收的途径:一是开源,考试拿高分后,哄哄家长开心,讨零花钱的成功率会高;二是节流,"红毛人"嘛,少拍几张,蚕宝宝做人情送给同桌养,不碰校门口低档零食,省下订"课间餐"的点心钱,加上划拉家里的报纸、酒瓶卖给收废品的。如此一来,手头渐宽,上体育课,一不小心,兜里还会滑出几个硬币。

在"一副"的寻味之旅,从一块麦淇淋蛋糕开始。这个偌大的美食集中营中,三番五次诱惑我的,是那一块块码在玻璃橱窗里的蛋糕,上面涂满厚厚的雪白"奶油"和点缀的红绿糖浆,卖相惊艳。时常看到耍无赖的孩童,围着装满蛋糕的玻璃柜不肯走,大人死拖硬拽地往回拉,戴着卫生套袖的营业员阿姨早已司空见惯,日复一日看笑话。

当我鼓足勇气,将几个带着温度的"5分"硬币恭敬地递过去,那国营店阿姨的眼神,分明是在怀疑硬币来路不明。我懒得理论,小心接过蛋糕,吸足气深深一嗅"奶油"香味,抛却"二师兄"吃人参果的猴急,慢条斯理细细品咂后,幸福感填满整个人。

牛皮垫纸全部显露时,旁人对这个吃蛋糕的男孩,投以羡慕

五 品味

的眼光，啧啧声起。晚饭时，终究被细心的家人察觉：他们从红领巾上沾的"奶油"痕迹开始探察。我经不起再三审问，如实交代后，少不了一顿唠叨和数落。

当我还不明白"仪式感"为何物时，却将这段经历大胆地写进"第一次××"的半命题作文中。不想，老师将我写的《第一次吃奶油蛋糕》当作范文读给大家听，她夸赞我从视觉、嗅觉、味觉入手，写出了生动的画面感，直听得我手心出汗、脸发烫。

自此，如同打通任督二脉，我的作文脱胎换骨。无心插柳的我，当年仅仅因为迷恋一块"一副"的麦淇淋蛋糕，"蛋糕"的绰号由此诞生。小时候白白胖胖的，倒与这个绰号相衬。

此后，"太阳锅巴""果冻""桉叶糖""卜卜星""康元饼干""话梅皇""雪碧""足球冰激凌"……我一一尝遍，在"一副"的美食天地里，一个白衣少年拿起玻璃瓶装的可口可乐，边喝边有打不完的嗝，继续体会着口腹与味觉的满足，胸怀里满是"少年心事当拏云"之豪情。当年那些"高大上"的风物几乎塑造了我早期全部的人生观、价值观和美学观。

那些令人啼笑皆非的"一副"往事，深深印在我的脑海。想起当年"一副"茅台酒开瓶卖，六元一杯，穿喇叭裤、戴蛤蟆镜的后生们发兴，端起杯子耍派头，"一副"可谓甬城酒吧之雏形。阵阵酒香飘来，吮吸着"酒心巧克力"的我，瞧他们拽拽的样子，心里嘀咕：呵呵，老子喝的不也是茅台酒嘛！

宁波人

那些久远的"一副"记忆,如穿过岁月的弄堂风呼啸而来,让我觉得如今亭台楼阁里"金碧辉煌"的食物,多少背离了少年的单纯梦想。

彼时,我沐浴在三江口的春风里,边走边吃,边吃边看,目睹着"一副"飘荡的人间烟火,目睹着"一副"的热闹与变革:他们开辟熟食区,聘请广东师傅现场制作叉烧、烧鹅,今日市面上的"脱骨凤爪""麻辣牛百叶"皆为"一副"之遗风。四时八节,他们会在端午出售碱水粽,中秋现烤鲜肉月饼,一到夏天,二楼专辟冷饮雅座,名唤"一副冰岛",有橘子冰霜、紫娃娃、绿豆汤等。轧朋友、谈对象的小年轻们一股脑儿涌进,这里当之无愧为甬城最早的甜品店。

小学毕业前夕,老师带队去江厦公园拍照留念,合影位置恰好在望江楼,一眼望去,对面正是熟悉的"一副"。同学们个个笑脸,唯独我心底一丝惆怅:今后要去江东的十九中上学,不再过浮桥,"一副"的美好时光就此作别。

少年心事总是怯怯,心底放不下的,依旧是那些"高大上"的风物,还有那些萍水相逢、擦肩而过的顾客,那些国营店作风的营业员阿姨,那些相视一笑给我温暖的陌生人……

待我上完大学归来,"一副"已化为一片草坪,但它永远地留在少年记忆里。在静寂深夜,在独自醒来的清晨,那些稍纵即逝的黯淡景致,泛着陈旧的光影,一旦涌出记忆闸门,肺腑波澜大

五 品味

起,拿起笔刻舟求剑,一个字一个字努力地找回我的"一副",我的"国"。

深深眷恋中,有股隔世的凄酸,又想起当年那个背书包的少年,他撑着伞踽踽独行于暮色昏黄的万家灯火中,恋恋回头一望:永不落幕的,却是那悲欣交集的甬城烟火,还有"一副"的那些美好时光……

派头、噱头与花头

派头、噱头、花头，是宁波人口中经常飘出的"三只头"。派头穿在身上，噱头"噱"勒头上，花头就是常翻常新，且要摆在台面上。

派头穿在身上。无菜可以吃白饭，无衣却不好出门。这个"衣"，就是挺括的衣裳、不走样的裤子。男人，在家可以赤膊、赤足，汗衫可以窟窿百出；女人，在家可以穿睡衣，可以背心褴褛。一旦出门，大多是衣冠楚楚。不像别的地方的人，宁波人极少穿着睡衣满街走。宁波的大马路上，极少有"睡衣党"出没。

宁波人素来讲穿衣的派头，将出门穿的衣服称作"做人客的衣裳"，马虎不得。

从前，洋行里的后生回到家后，哪怕内急，也不会轻易直奔厕所蹲马桶，生怕裤管皱了、衣服脏了。一般是先将外衣卸下，就像戏曲演员回到后台，一招一式卸下行头，且要打开衣柜，将衣裳挂起来，如此可吊出线条而不变形。收好"做人客的衣裳"，还须关上橱门免尘免灰，保持衣服的鲜亮、挺括。

老底子，那些条件略好的小职员，总要节衣缩食，省出些钱

五 品味

来,攒几件"做人客"穿的长衫西服,免得受人白眼,自降身段。听老一辈的人说,他们睡前总要把裤子仔细地按裤线叠好,隔三岔五用熨斗熨妥,以保持裤管挺拔。第二天出门,昂首阔步而"意气骄满路"的样子,是为宁波话里描述的"登样"。

改革开放之前,即便在全国一片"蓝色海洋"的年代,宁波人一身合体的蓝,配上裁剪精致的"假领头",照样是认认真真要派头。一片"假领头",用最少的布料,维持了宁波人的体面,洗换起来也相当方便,不久后就传到上海滩,上海人唤之为"节约领"。经他们推波助澜,"假领头"一度风靡全国。

"嚯头嚯头,就是要嚯勒头上。"比起吃饭穿衣,宁波人在头发上花的时间、费的钞票也不少。寻常人家的小姑娘收入一般般,对待头发却很讲究,喜欢隔三岔五"凹"个发型来发嗲。即便在"三年困难"时期,一头用牛皮纸卷过的波浪长发,照样可以风情万种。

二十世纪八九十年代,"容光美发厅"烫出来的大波浪、咪咪头和爆炸式盛极一时。新娘子结婚化妆必定要做足头上功夫,各种发胶不说,加上头饰要花去一两千元,这在当时可不是一笔小数目。

后生们嚯起来也不马虎。按三七比例兵分两路的"三七开","奶油包头""板寸头"扎足台型。为让头发服帖,考究一点的后生,还会上点发油,油头滑面"掼"出来,嚯出气派、风度、格调、态

宁波人

度、素质、品格的"行头",连同拔出的"3字头"软中华香烟,噱出派头。

花头,就要摆在台面上,还要勤翻新。都说宁波人低调务实,老字号的招牌却有"花头",摆在台面上也漂亮。宁波人不会将一个澡堂子称为"南国浴霸",也不会将一个理发店称为"美容大世界"。"老三进""老大房"之类的让人有货真价实之感,而不屑用"正宗""祖传"的噱头来卖弄风骚;"升阳泰""东福园""状元楼"是留给顾客祝福颂功的面子,所以菜单上一律不注明"招牌""金奖"的字眼;"寿全斋""冯存仁堂"可揣摩出宁波文人的雅趣,无须打上"地道药材"的幌子。这些"花头精",宁波人极少自褒自奖。

百姓生活里藏着层出不穷的花头精。譬如,宁波人也能把大鱼大肉玩得别有生趣。活到六十六周岁,宁波人总觉得要过个关口,"六十六,不死掉块肉""年纪六十六,阎罗大王要吃你肉",说得神乎其神。人活到六十六岁,遇到后半辈子的关口,欲想长寿,须由小辈烧六十六块肉,再端来一碗糯米饭,饭上放一带根青葱,另加两根龙头鲓。女儿或儿媳送肉时,不可进屋,须从窗口递进,免得被"阎罗王"瞧见。嘴里频频高呼:"阿爸(阿姆)哎,吃肉哩!"据说父或母吃完六十六块肉,会平安渡过这个关口,得以长寿。那两根龙头鲓,代表两条腾云驾雾的"东海小白龙",其实就是虾鳓鱼干。

五　品味

宁波人又说"做人须下好三碗面——体面、情面、场面"。体面是穿着得体，情面不言自明，场面上须有情趣，办事漂亮。"三碗面"与"三只头"相辅相成、相得益彰。

"三碗面"也好，"三只头"也罢，都描摹出宁波人讲究体面，精心追求生活质量，不抛弃生活的仪式感，且充分展示光亮的一面。

六

世相

天下宁波帮

被誉为日本"国民作家"的吉川英治,曾在其作品《丰臣秀吉》中频频提及宁波。话说日本战国三英杰之一的丰臣秀吉(1537—1598),以武力统一大名纷争的战国后,这个日本枭雄的野心急剧膨胀,臆想攻下朝鲜后,进攻大明王朝,妄言"乘日本船渡海,居守宁波府",欲亲自坐镇宁波指挥,进而拿下天竺(印度)。

为何丰臣秀吉在他的"黄粱美梦"中,一心想坐镇宁波呢?原因在于明代的宁波府,对于战国时期的日本来说,是他们心驰神往的地方。一是宁波的特殊地理位置,二是活跃的商贸活动,将宁波与世界舞台紧紧联系在一起。

时至今日,身处中国大陆海岸黄金中点的宁波,频频活跃于世界舞台,时不时为长江经济带"巨龙点睛"。

状似喇叭口的杭州湾南岸,东西不过二百里,却人杰地灵。中国近代历史的风风雨雨,从这里孕育出一个饮誉四海的"宁波帮"。

向东是大海。如果大海有记忆,它会记得从唐宋浩浩荡荡走

宁波人

过来的那个东南沿海的繁华古港口,以得天独厚的地理区位、浓郁的商业氛围孕育了一代代多财善贾的宁波商人。自唐朝始,"明州商帮"北上高丽、日本,南下东南亚,西驰阿拉伯海,驰骋国际商贸舞台,宁波商人一度有着"中国犹太商人"之誉。

如果大海有记忆,它同样会记得自明清辗转走出去的那些遍布半个中国的商贸足迹。这些足迹心怀海天一色的豪气,抛却了走西口的哀怨与闯关东的悲壮,绘就了一幅"无宁不成市"的宁波帮群像,为中国近代工商史打下明亮的底色。

如果大海有记忆,1842 年,《南京条约》签订后,宁波被辟为"五口通商"的口岸之一。一方面,各国列强在宁波控制海关,垄断海外贸易;另一方面,宁波的商业贸易、金融事业随之兴起。

然而,宁波的腹地毕竟局限于浙东沿海的狭小地带,五口通商后,帝国主义除了输入鸦片,抢走白银、丝绸,并没有给宁波带来真正的繁荣。

十九世纪中叶的上海,却成了冒险家的乐园,一大批有眼光的宁波人横渡杭州湾,潮水似的涌入上海。刻苦自励、重视商业信誉的宁波人,在弱肉强食、对手如林的上海滩,很快站稳了脚跟。1897 年,宁波商人严信厚在上海开设中国第一家华人银行——通商银行之后,上海宝大祥绸布店、大中华橡胶厂、中国化学工业社、四大国药店等负有盛名的企业的经营者多是宁波人。即使在日军占领、经济萧条的 1941 年,宁波人在上海经营的

六 世相

工商企业仍多达两千两百三十家。

1902年,早期银行家严信厚筹划成立了上海商业会议公所。辛亥革命后,公所更名为上海总商会。商会基本控制了上海金融贸易的基础——货币、信用、汇兑,而商会成员也基本由宁波人组成。在长达半个世纪的时间里,上海总商会的影响横跨政商两界。因此,上海总商会实际为"宁波帮"大本营,严信厚也成为宁波帮的开山鼻祖。

风过簌簌,冠盖亭亭。纵而观之,宁波帮有两次较大规模的创业高峰:第一次是在十九世纪中期,一批宁波人为生活所迫而闯荡,拿起裁缝刀、菜刀和理发刀谋生,俗称"三把刀子闯天下"。他们含辛茹苦,从底层劳动者做起,日积月累,把自己的事业一步步做大,譬如那颇有建树的"红帮裁缝"群体,声名远播。

第二次创业高潮发生在二十世纪四五十年代。他们大多自上海移居港澳,或以台湾为跳板,转向南北美洲、澳洲与西欧。这次移居港澳台或海外的宁波人中,经验丰富的工商实业家、学者等社会名流比较多。他们披荆斩棘,硬是在陌生的异国他乡开拓出一片片新天地。

两次较大规模的创业高峰之后,陆续出现了"世界船王"包玉刚、"影视大王"邵逸夫、"棉纱大王"陈廷骅、"毛纺大王"曹光彪、"钟表大王"李惠利、"中国围棋之父"应昌期等,乃至"邵逸夫星""王宽诚星""曹光彪星""李达三星"在浩瀚宇宙中纷纷闪

宁波人

烁，其光芒照耀着一代又一代宁波帮，继续谱写辉煌。旅居海外和港澳台的宁波人中，不乏见识广、知识博、有技术、善经营的实业家，还有不少著名的政界人士和科技名人。

当年，邓小平同志发出"把全世界的'宁波帮'都动员起来，建设宁波"的号召后，最为引人注目的一个举措就是国务院成立以中共中央书记处书记、国务委员谷牧为组长，国家计委常务副主任陈先为副组长，包玉刚先生为顾问的"国务院宁波经济开发协调小组"。为一个城市设置经济开发协调机构及其领导，在共和国历史上罕见，即使不绝后，也是空前的，其背后更是离不开"宁波帮"的汗马功劳。

改革开放初期，宁波帮人士以争献拳拳桑梓情为快，掀起了海内外宁波帮服务家乡、报效桑梓的热潮。一桩桩义举美谈，一个个动人故事，在灵秀的四明大地流传。彼时，宁波人几乎每一次都能抓住发展的机遇，搭上利好政策的顺风船。

全国政协原常委、香港中华总商会原会长王宽诚，早在20世纪五六十年代就为祖国、为家乡做过许多好事，有过许多义举。1980年11月，在王宽诚的建议下，甬港联谊会分别在宁波、香港两地成立，旨在团结香港的宁波籍人士建设家乡，沟通两地的信息、联络感情。宁波帮有力地促进了甬港合作及宁波与海外全方位经济协作格局的形成。

人情重怀土，飞鸟思故乡。包玉刚先生多次带着全家老小回

六 世相

到宁波访故里、谒祖坟、会旧朋、结新友。有这些热心宁波帮的通力合作,宁波大学得以在短短的两年内建设完成。宁波大学的建校历史不过三十多年,一进去却给人百年老校的感觉,大楼不用编号,直接用人名命名:包玉刚图书馆、安中大楼、包玉书科学楼、龙赛理科楼、曹光彪信息楼、逸夫教学楼……整个学校,像是一个以建筑组成的宁波帮公园。

时序更迭,新老更替。如今,已有四十余万名宁波帮人士及其后裔分布在一百多个国家和地区。他们不仅是工商界的典范与代表,而且成为一种公认的文化现象。金秋时节,他们穿越千山万水,相聚家乡,参加世界"宁波帮·帮宁波"发展大会,与宁波一起奔跑,同宁波一起追梦,共同创造属于自己,也属于这座城市的精彩。

潮涌三江,云起四明;宁波商帮,潮听八方。跨越三百余年,半部近代宁波经济发展史由他们书写。如此说来,"宁波帮"名正而言顺,且要放到"天下"的位置上。

老墙门春秋

北京有四合院,上海有石库门,宁波有老墙门。

老墙门,一个传统经典的栖身地,一度是属于宁波城里人的。门楣上撰写着三教九流,厅堂间过往着五湖四海,灶台里烹煮着七情六欲……中规中矩的老墙门,是一代代宁波人延续数百年的主流居住方式和精神道场。

如果说人生如戏,那老墙门提供了一个舞台,一出出悲欢离合在此上演,就像太上老君的炼丹炉,炼出天地人景的精华,兴衰回环之后,令人感触物是人非的悲悯。老墙门是人文的,其字其画,令人体悟望族旧宅的韵味;老墙门又是温馨的,锅碗瓢盆,尽显市井烟火与人生百态。

老底子,宁波孝闻街一带的老墙门是新式里弄,郁家巷一带属花园式墙门,秀水街的带着后现代主义风格,外滩新马路一带又是老克勒的石库门。连同马头墙、风火墙,那些气度非凡的厅堂,那些拱围烘托的轩庑,那些配套有序的库舍,以及石窗棂和木雕拼镶的门窗,一并年代久远的爬山虎、凌霄、紫藤,布局陈设,无

六 世相

不令人惊叹、瞩目于其昔日之风采。

起初,不少老墙门是气派的,有与生俱来的一股傲娇姿态。连片的青黑色屋瓦下,清一色为"前厅后堂,四明两廊"的格局。那一道道高耸的马头墙,彼此间保持着体面的距离,龙背兽脊般的墙脊与高翘的檐角,无处不透露、彰显出甬上望族与大户人家的威仪和自豪。一栋一檐的定向,皆遵循天理祖制,不越雷池,绵亘成一幅宗族生息繁衍的历史长卷。

千江有水千江月,万里无云万里天。如同一个巨大的括号,老墙门把一个活生生的"门第",紧紧地括在自己的界线之内,流露出一种昂首向天的显赫。

老墙门内,聚族而居的宁波人,渐渐产生了内部约定的家族秩序与"族房制度"。很长一段时间内,宁波老墙门适应并在空间布局上表达和体现这种族房制度,正襟危坐而慎言笃行。

于是乎,察院前范家、大方岳第张家、腰带河头秦家、迎凤桥陈家、三法卿屠家、张斌桥史家……带着一种被历史承袭的敬意,望族与大户人家,接二连三地丰富了老墙门里生动的内容。于是,就有了春赏庭花,夏听暮蝉,箫鸣秋月,酒饮冬霜,中国文化一直在这样的老墙门内低吟与浅唱。

然而,当"旧时王谢堂前燕,飞入寻常百姓家"后,族房制度逐渐瓦解,老墙门从大户的独门独院,落得个抱残守缺。再后来,经过三五番的岁月淘洗,老墙门里纷纷挤满了市井"七十二家房客"。

宁波人

此去经年,原先老墙门儒雅的主流文化逐渐淡化,琴棋书画诗酒花变成了柴米油盐酱醋茶。婆好媳歹、姑短嫂长打破平日里的宁静;行商挑贩生意交易,口角交锋你来我往;家长里短的流言蜚语、孰是孰非于此传播。老墙门时时酝酿着即将发生的热闹。

宁波人称日子为"日脚",仿佛日子都是有脚的,不停地推着人朝前走。归根究底,这种"过日脚"所包含的精明与心气,是"身处老墙门,做出大道场"的能耐。

世俗生活的历史流变,并非都能被记录在纸上,却凝结在市井之中。时间久了,越来越多人挤在一起,生存环境日渐逼仄,灶间沦为公用,人们为了楼梯拐角的半尺空地,长年缠斗不休。谁家晾衣服多占地,谁家洗菜多用水,旁人都看在眼里;谁家孩子挨了揍,哪对夫妻床上动静大,都是老墙门里公开的秘密……每个人的呼吸都感觉有点局促,粗糙、简陋,竭尽全力又遮遮掩掩。想要追求君子式的恬淡与风度,在老墙门的嘈杂声里显然已落为泡影。

真真是八方杂处,唇齿相依。故而有宁波人调侃道:在天井里杀鸡,无论躲在哪一个墙角,鸡叫都能听得见;在灶间烹油煎带鱼,满墙门的人都可嗅到鱼腥;在明堂生煤炉,楼上一朵一朵乌云飘过,隔壁人家今天烧什么菜,先嗅着菜籽油的气息。宁波老墙门每天上演着活泼泼、不重样的生活图景,无奈"七十二家房客"

六 世相

挤在螺蛳壳里,被迫练就了一身螺蛳壳里做道场的功夫。

身处老墙门,虽少了一些个人空间,邻里之间却很亲密。墙门间,人们的称呼极有特色,熟稔者可以直呼其名,不太熟的便以居住的墙门相呼,譬如"前楼阿嫂""后楼伯伯"。有时,一个墙门里娶进好几位"新娘子",又被分别叫作"楼上新娘子""楼下新娘子"。搬进高楼居住后,这些称呼化作乌有。

"楼上新娘子"嚼着山珍海味,"楼下新娘子"咽着咸齑泡饭,"前楼阿嫂"身穿丝绸袭衣,"后楼伯伯"穿着破衣烂衫,一出出,一幕幕,统统在墙门里大曝光。前窗贴后窗的弄堂,窄窄的,犹如电影《马路天使》里的场景,加之弄堂又是交通与社区交流、活动场所,倚窗聊天与促膝谈心的景观随处可见。沿街的夫妻老婆烟杂店则充当着信息交流中心。在老墙门里,人人都是透明的,想要遗世独立,难上加难。

长期寄身老墙门,宁波人便在住的问题上形成了种种复杂有趣的社会文化现象。一种是邻里关系亲密无间。各家之间,几乎不存在什么秘密。谁家有客,邻居都来串门问候;一家有难,各家相帮。在墙门内,任何一家的悲喜,也似乎是大家的悲喜。上班做工尽可放心,不必担心"贼骨头"来光顾,左邻右舍生有一双双警惕的眼睛。这种邻里关系,就是宁波旧俚说的"邻舍要比亲眷好"。

另一种是邻里关系紧张。为了灶间里公用部分的几寸空间,明堂地上的一摊水渍,合用大火表各家多贴半度、一度电等细微

宁波人

小事,大动肝火者有之,指桑骂槐者有之,阴损恶作剧者有之,甚至拳脚相向者有之,耗费了几多心思和精力。到后来,楼梯拐角处一片黑暗,谁也不愿自己装一盏灯让大家享用;水龙头,干脆做个铁皮盖子实行全封闭。本来已经不太开阔的心胸,变得愈加斤斤计较。

吵归吵,闹归闹,一场雷雨刚落几滴,心里正懊恼:出门前,不该将衣服挂在天井里,还有团匾里晾晒的霉干菜⋯⋯而前几日,为了公摊水费,吵得最凶的那个隔壁阿嫂,却早已帮着收下衣服叠好,悄悄将霉干菜收起,似《锁麟囊》里薛湘灵之吟唱:收余恨,免娇嗔,且自新,改性情。夏天坐在天井里,剖一个西瓜,你一块我一块的,几大家子聚在一起聊天讲大道。这种生活,人与人之间相互信任,即便少了一些个人空间,又何妨。

老底子,老墙门里的孩童,在弄堂这个自由的王国里,一个个天生做君王。一到暑假,白天,他们寻幽猫、摸暗子、擂铜板、打弹子、拗铁弹弓、做蓓轮车、斗蟋蟀、折三角尖、打花蜡纸,一到晚上,聚集巷口桥头,在小板凳上听老人说"三打韩通",听着乐趣无穷的宁波往事,听着那些民俗演义、善恶报应、神话传说进入梦乡。

谁家烧了好菜,必定分四邻一尝,东家的猪油汤圆,西家的霉干菜焖肉,亭子间的苋菜管,后厢房的碱水粽,不少宁波人是吃着墙门里的百家饭长大的。老墙门保留着那些酸酸甜甜的记忆、青春岁月的迷茫痕迹、恩恩怨怨的生活残片、亲缘有序的人伦常

六 世相

理、邻里欢处的脉脉温情,这都是宁波人深深眷恋老墙门的情结所在。

这些年,身边不少宁波人是多么欢欣鼓舞地告别老墙门,他们庆幸自己终于住进明亮的高楼,过上了名副其实的摩登生活。其后,家家大门紧闭,既没有相互串门的欲望,也不愿多管别家闲事,每一户都关门成为一个独立世界,过成了"一花一世界,一叶一菩提"。

搬进高楼的人们,下下狠心,将那浸泡着世代悲欢离合的正堂与偏房,那狭窄的楼梯、昏暗的转角,那许许多多平时熟视无睹的鸡毛蒜皮,尘封在记忆中。

可是,没过多久,他们又开始怀念起墙门逸闻与人情往来,还有老弄堂、老字号、老行当、老家生,怀念凹凸的石板路、斑驳的粉墙,躲在角落里的青苔,吱嘎作响的楼梯,大杂院里的嬉笑嘈杂,观花赏月,挽袖扑萤。曾经,每一座墙门飘荡着历史的回音,每一片砖瓦浸透过岁月的雨水,每一条弄堂承担起过去与未来的沟通。活色生香的墙门文化被宁波人创造,为宁波人所有,其历史文化价值,三言两语道之不尽。

诚然,他们并不一定想再回到老墙门的生活方式,但他们怀念那种生活,那种墙门的共处文化。老墙门里的春秋,也许会成为每个居住者最生动的生命印记。

甬地男女

大凡世间生活，总逃不开"男女"二字。写一座城里的男与女，若真要将男人和女人的特点说清楚、讲透彻，实属不易。想面面俱到、入木三分地刻画一番，总不免以偏概全，隔靴抓痒。

有怎样的城市，便生就怎样的女人。犹如灯笼里的燃芯，点燃后，整个灯笼就亮起来，女人正是一座城市的韵味，演绎风情的码表。我能想到描绘宁波女人的词语，大概是精致、实惠、拎得清，懂事、识趣、大方、精明且解风情。

宁波人称呼女孩，不管她是小丫头还是"二八"年华的姑娘，只要没出嫁，一律叫"小娘"。印象中，宁波小娘极少发嗲，却喜欢"吊脸"。"吊"是"作"的另一种表现，只是宁波小娘极少用这一招，偶尔一两回"吊脸"，男人就什么都明白了。

"小娘"一旦出嫁，就变成了"老嬢"。宁波男人口中的称呼，变成"屋里厢的""阿毛娘"，这口气如同在说一件贴身的棉毛衫，散发着丝丝体温，有拦截非分之想的作用。也有称呼"太太"或"夫人"的，像在说一件华美的礼服，高贵端庄，美丽动人，激起一

六 世相

股占有保护的冲动。

"太太""夫人"的称呼体现了高雅端庄,但宁波男人一般不这么叫,觉得不稳妥。他们对妻子还有个"家主婆"的叫法,神形兼备,象征了妻子的地位。大多数的人家,当家的是丈夫,做主的却是妻子,"家主婆"叫得名副其实。

旧时,宁波人家多是"男主外,女主内",男人多不在本地营生,女人独手掌乾坤,宠辱不惊。男人回家后,倒像做客,女人对待老公像白娘子待许仙,接过外套,托盘奉上莲子羹,递上撒过花露水的小毛巾,摇着檀香扇,巧笑倩兮,撑足门面。她们纵有天大本事,能盗仙草、战金山,在自家男人面前却温柔三分,私底下别是一番销魂蚀骨,有着水莲花不胜凉风的娇羞。

过去的中国社会,商人的地位不高,原因之一是经商的人常年在外奔波,顾不了家,所以古诗有"悔作商人妇"之叹。俗话说"家和万事兴",宁波男人对外求通达,居家也追求和睦。这些男人的背后都有不动声色、梨涡浅笑的宁波女人,像一杯龙井茶,清清淡淡,清香余韵久久不散,却默默地辅助男人打下江山。

家里的大账进出,儿女出洋留学,姻亲升官发财,抑或是天灾人祸,家道中落吃官司……女人们含蓄凝练而不露声色,内敛而不怨天尤人,从容地顶起半边天。她们的毅力和坚忍,令那些只会说大道理的男人寡言和脸红。

如今,宁波女性既是社会的建设者,又是家庭的女儿、妻子、

宁波人

母亲,她们每个人对人生角色的定位都意味着一种选择。形形色色、丰富生动的不同女人,构成了这个因女性的活跃而姹紫嫣红的新时代。她们在喧嚣的世界里,已经修炼成从容不迫的姿态,成长为繁华都市的中流砥柱。

而说到宁波男人,他们将生意做得天下闻名。"大开放、大合作"的经营哲学,造就了宁波众多工商巨子。宁波人追求的是大生意,而且是在大城市做大生意。大多数宁波人不会去偏远的山村或小镇进行商业活动,他们注重的是涵盖面大、辐射强、交通发达的城市商埠,控制商业制高点,从而具备全国性的影响力。宁波男人也不会在大城市做小生意,俗谚云"宁波大老板,温州小老板"。管大放小,这是宁波男人的气度。

宁波男人间有相互的"黏性",宁波的先人们几乎世代都在惊涛骇浪中捕鱼度日,与风浪搏斗的谋生方式培养了他们的合作精神,险恶的生存环境激发了他们的群体意识。他们意识到群体是个体的依靠,因而特别注重同乡情谊、团结合作。

所谓"黏性",就是善于团结、善于互助、善于凝聚。"同乡三分邻,同姓三分亲",在近代中国乃至海外,凡是有宁波男人活动的地方都有同乡会一类的组织。譬如加入上海的四明公所就是宁波人进入商界的一个主要途径。做生意历来如同打群架,单打独斗就会挨揍。为啥宁波人那么爱吃汤团?说白了,宁波人的团结精神就像宁波汤团一样,抱团之后才会产生强大的黏性。

六 世相

要论血性，宁波出不了北地的梁山好汉与侠客大盗，宁波男人也比不过隔壁的台州人、温州人。街头看见两辆汽车剐蹭，司机吵翻了天，两个宁波男人血脉偾张，眼珠子瞪得老大，互相指着鼻子，手指头距离对方的鼻尖只有一丝之遥，骂得脸红脖子粗的。可是，谁都没动手，他们是以唇枪舌剑争个高低。如果有人提出让他们别浪费时间，干脆打一架，他们是断然不会采纳的。

空骂不动手，有人说宁波男人内敛，有人说宁波男人耍嘴皮子功夫。大概宁波男人物理学得好，懂得作用力与反作用力的关系。一旦出招便结合韵律，抬脚的一刹那，嘴中"呆大"二字必定同时响起，且尾音绵长让对手摸不着套路，而出脚的节奏，则须同脚法一样充满爆发力。几句"娘希匹"一定要叫得清脆、干净、利落，打不过的时候也不能丢范儿，一句"侬拨我等着"，给人无限"遐想"。

社会上固然欣赏北方男人的豪气，但以身体强弱、不怕死来决定高下，宁波人不兴这一套。只要不去惹他们，宁波男人动手的并不多。这要是让性格直爽的北方汉子见了，会感到纳闷和憋屈。宁波人的性格决定了大多数人都希望以脑袋和舌头取胜，而不是用拳头。

宁波男人将"路数"作为标识指南。"路数"一词，只可意会而难以言传，然而代表着宁波男人的"一不做，二不休"。路数是待人接物，路数是经营理念，路数是生存法则，路数是处世艺术，路

宁波人

数是不卑不亢……

他们熟谙城市的游戏规则，奉公守法，循规蹈矩，按章办事，不会瞒天过海，野豁豁。就像张爱玲《红玫瑰与白玫瑰》里的佟振保，在最关键的时刻"管住了自己"。

如今的宁波男人，更懂得养家糊口，持家本领赶超女人。二十世纪八十年代，弄堂里到处可见宁波男人在做木工活，刨花随风轻扬。几天后，小菜橱、床边柜、写字台、沙发，纷纷做成，而且这些家具都是用边角木料做的。油漆店和五金店生意一度奇好，插销和抽屉锁断档。节能的八芯煤油炉，是男人们用废旧马口铁罐头敲出来的，三角铁可以焊成金鱼缸，旧铅皮敲成台式八瓦小日光灯的灯罩灯座，宁波男人个个是顾家的巧工匠。

幼时，倘若家里有一辆自行车，绝对是富足的象征。宁波男人亲自保养修理，换车胎，给轴承上牛油，换下来的内胎留着补胎用，多余的可以做木拖板的鞋帮，外胎可以打鞋掌。家门口停一辆坚固无比的二十八寸凤凰锰钢牛皮鞍座自行车，真比今天停一辆奔驰宝马还来得风光。

宁波男人会安排生活，须眉不让巾帼。宁波的男子汉会持家、做家务这一点，很令北方的女子羡慕。忆往昔，甬城千万只马桶没有消失之时，拎马桶的行列里，有许多男子汉的身影。而现在大清早、黄昏时分，在菜场里，在大饼油条摊前，在取奶站前拿牛奶的人群中，在早晚接送小孩的行列里，男子汉足足撑起"半边

六 世相

天"。从这里足见男女平等的原则在宁波得到全面贯彻。

宁波男人对女人的照顾、体贴、呵护,并不比上海男人逊色。江南女子大多水灵灵的,做丈夫的疼犹不够,怜也不足,用以表达的方式只能是俯首称臣、包揽家务。

手心手背都是肉,女人也疼爱着男人,宁波的丈母娘疼爱女婿是出了名的。很多宁波已婚男人,大概还有这样的记忆:彼时,与她相识相恋,火焰般的恋情不惧冬日夜晚凛冽的寒风,电影散场后,和她手牵手,一路陪她走到寂静无人的巷尾,还依依不舍,不肯告别。未曾谋面的丈母娘听到声响,热情地招呼你进屋,笑眯眯的也没几句话,一会儿工夫,就捧来一碗冒热气的桂圆汤,上面铺着两个溏心荷包蛋……那似曾相识的画面啊,不少宁波男人记得一辈子。

前些日子,宁波第十次上榜"中国最具幸福感城市"。亚马逊中国发布中国浪漫城市排行榜,佛山、宁波和东莞成为中国最具浪漫气质的城市冠亚季军。虽然北京是政治文化中心,上海是公认的有着浪漫气质的城市,广州又是人们印象中"最懂生活"的地方,这三个城市却都没有进入前十。北上广暂且不论,一直以为杭州人要比宁波人浪漫风流。最近目睹一对宁波"老夫老妻"二十七年的枕边情书,就不再怀疑。

从前慢,一辈子只够爱一个人。从前,恋人两地分居,一封书信,马车缓缓传递,短则月余,长则经年。如今,医务夫妻隔着昼

宁波人

夜,以枕边情书传爱意。

　　有你的日常,便是最好的爱情。在低眉敛目的风景深处,就像《浮生六记》中的沈复与陈芸,宁波的男人和女人一旦"作"起来,也够浪漫的。

　　门楣上撰写着三教九流,厅堂间过往着五湖四海,灶台里烹煮着七情六欲……中规中矩的老墙门,是一代代宁波人延续数百年的主流居住方式和精神道场。

外滩"小开"

宁波老三区,指的是海曙、江东、江北三个区。它们是新中国成立后,宁波最早的三个市属区,围绕着三江口这个辐射点以扇形展开,三块区域唇齿相依,呈三位一体之势。抱着自己是"城里人"的思想,相比于其他县市区,身处老三区的人,长期有一种与生俱来的优越感。

2016年,宁波新一轮区划合调整。大江东去,江东区全部划给鄞州,桃园三结义多年的老三区被拆散,只留下海曙和江北两区。

大概在中国,有"江北区"的城市为数不少,所以宁波人对"江北"的称呼,喜欢加个"岸"字的后缀,一概说成"江北岸"。不少宁波人的印象里,承袭着一个观念:英国人开发、创造江北。

1843年12月19日,英国首任驻宁波领事罗伯聃,率领军舰抵达宁波,英国驻宁波领事馆开署。1844年1月1日,宁波正式开埠。原先的江厦码头,在城墙根的东门口。可偏偏英国人驶来的船只,不是舢板,而是大船。轮船之大,大得无法驶进江厦

宁波人

码头。

早先,英美船舶的船舷大多在右边,以至于当年驶进甬江的船,不得不逆水停靠,不经意的巧合,迫使英吉利海峡驶来的大轮船,无奈地在江北岸一隅滩涂停机抛锚。这样,宁波城的码头,就往北移了千余米,从东门口移到了江北岸。

英国人罗伯聘,选定江北岸作为商埠后,又在江北杨家巷设置"宁波大英钦命领事署"。渐渐地,江北再也不是"晒网稻花鱼"的江村。滚滚江涛走白沙之后,甬江沿岸的"前江沿"开始热闹沸腾,这块宝地即为"外滩"的前身。

江北岸外滩,现今多数宁波人已经习惯称其为"老外滩"了。坊间传言"宁波老外滩比上海外滩还要早二十年"。事实上,同为"五口通商"口岸,宁波开埠于1844年1月1日,上海开埠于1843年11月17日,在上海之前开埠的还有广州和厦门。子虚乌有的"老外滩"竟被当作史实,时不时出现在学生作文、领导讲话、书籍杂志和新闻媒体中。十多年过去了,谬论依然流传。即便是早开埠,又有什么值得"炫耀"的呢?

虽然"宁波老外滩比上海外滩还要早二十年"的讲法纯属子虚乌有,但宁波外滩并不落寞。1844年中美签订《望厦条约》后,美国于1853年正式设置驻宁波领事馆。紧接着,浙海关、港口、洋行、招商局、报馆、青年会、教堂、银行、邮政局、船公司、学校、照相馆、剧院、西式医院、工程局、巡捕房纷纷兴起,为外滩增添了许

六 世相

多新鲜色彩。

据1881年2月11日《申报》记载：

> 宁波府城对面之江北岸地方，咸丰年间尚未著名，其乡人多捕鱼为业，富不过千金，贵不过千总。迨同治初，洋船需华人向导，于是乡人有或为舵工，或为带水，崛起泽渚之间者指不胜屈。不及十年，拥巨万之资者若干人，晋提镇之衔者若干人。昔则鱼庄蟹舍，沿江多板屋之居；今则鸟革翚飞，平地有华堂之筑。人则纡青拖紫，市则银涌金鸣，过是乡者莫不啧啧称叹。古人云"十年时事几番新"，诚哉斯言。

《申报》记者对外滩的这篇报道，距江北岸开埠尚不到四十年，经过多年发展，"前江沿"的称谓渐被宁波人遗忘。由于交通便捷、市面繁华，到二十世纪初，外滩一带成为当时宁波人社会活动与交际的中心，众多有影响力的活动都在此举行。

在宁波人眼里，"富二代"的称呼不免落俗，宁波人有个专有名词——"小开"。"小开"可以百搭，不管是酱园店"小开"，还是外滩"小开"，一旦搭上都很顺耳。倘若换个词，纱厂公子、南货店少爷、外滩少东家……都没有"小开"来得传神，来得上口。

外滩变为交际中心后，也成了"小开"们的人间天堂。尤其是宁波基督教青年会成立后，"小开"们踊跃响应，大礼堂、演讲厅、

宁波人

电影院、图书室、阅报室、游艺室、弹子房都有他们的身影。此后的京剧社、话剧社、足球队、篮球队、网球队、棋艺班等各种文体组织,乃至演讲会、音乐会、读书会、夏令营,皆有"小开"留踪。

戎行在《宁波江北岸风情》里回忆,"当时宁波的一般青年,最时髦的去处,就是上基督教主办的青年会",青年会所在的这座二层洋楼里面有弹子房、桌球室、溜冰场、室内球场、阅览室、电影院、西餐馆,青年们为这些洋派的新鲜玩意儿纷纷加入,成为会员,盛极一时。

久而久之,一种完全不同于传统文化的新时尚,以玩世不恭、特立独行的"小开"们为载体直接呈现在宁波人面前。他们喝咖啡,吃吐司涂白脱奶油,读莎士比亚,开派对,懂一些狐步舞的feather finish slow……从通商口岸刮来阵阵西洋风,吹进了法国梧桐下的江北岸,一桩桩时髦而柔情的宁波往事,在外滩石库门里盛开荼蘼。

1920年6月19日,中西音乐大会在槐花树下的崇德女校举行。6月21日,《时事公报》在报道这个活动的同时,以《对中西音乐大会的感想》为题发表时评,为之叫好。文章是这样评论的:"青年会与友谊社是很高尚的结晶团体,实行女子解放的先锋,不但打破男女界限,而且融化中西的感情,不是解放运动一个很好的模范吗?我们希望这种团体发达,我们更希望这种团体一天多似一天。"殊不知,这场音乐会由外滩"小开"们撑起半边天,其摩

六 世相

登风气之开通,不在上海、粤省之下。

现代体育在宁波的开展始于江北岸,不大有争议,这自然也离不开外滩"小开"们的吹捧。早在1886年,浙海关就耗银百两,建起网球场;1897年斐迪学校在甬城学校中首开体操课;1925年春,宁波青年会也在江北岸修建网球场,并组建网球队及足球队、篮球队、乒乓球队等运动队,还多次主持举办单项球类比赛或综合运动会……恰是有了外滩"小开"们的积极参与,现代体育运动得以在宁波顺利开展。

大概因为是"小开",其谈吐、举止,乃至吃相也不同,凡事不知轻重,不分尊卑,喜招摇过市。大概因为有的是时间与铜钿,琴棋书画、跳舞桥牌、沙蟹(梭哈)麻将、京戏弹词、网球股票,"小开"们都知晓一点,但又因为天生懒散,大多是三脚猫功夫。外滩"小开"们在宁波开埠后最大的贡献,就是拓展消费文化和缔造甬城时尚。没有他们,在这一轴红尘俗画中,便会少了些许神韵。

一批优质的"小开",需要经过时光与风浪的洗礼,而非仅靠雪茄和红酒堆砌,如同收藏品,越久越有品位,越黯晦越显风度。当年,从宁波男人的群体中剔除优质"小开"一族,其整体风貌会大打折扣,犹如吃生煎包少了一碟玫瑰米醋,烧"腌笃鲜"忘了放几片嫩笋。

有关"小开"的故事与派头,叫人联想起王安忆《考工记》中的陈书玉,没有牌子包装,气质与风格却摆在那里。他们一唱三叹,

宁波人

将这座城的市民精神、生活图景和历史变迁轨迹,在远去的故事中一一彰显。

怀旧是一门感伤的美学,怀旧又是一盘必赢的棋。不管时代如何在窗外呼啸而过,外滩"小开"们用一段风俗时尚史为这座城撑腰,也曾演绎了一部低回慢转的宁波别传。

忍　冬

宁波的冬天,寒冷而多雨,一向湿淋淋的,阳光往往不可多得,冷也冷得阴森。偶尔天空出太阳,在和煦的假象下,湿气却一点点地渗进皮肤,侵入体内深处。

倘若老天爷脾气好一些,收收雨,铅灰色的云笼罩天空,映得整个城厢都是黯黯的灰绿色。

冬日夜晚,待在室内,觉得窗户透风,墙也透风。多穿衣服不顶用,身上热气被湿冷的空气一点点地带走。所以,我一般不会在冬日夜晚码字,敲键盘时手直哆嗦,老是打错字,遭罪。

曾在冬天里的北方,小住过一段时日。北方的冬天,室外寒风凛冽,滴水成冰,大雪纷飞,室内却温暖如春。空气虽干燥,但冷在皮肤,且室内供暖设施完善,入室仅穿件薄薄的衣衫即可。这种冷的性质属于"干冷",是物理攻击,多穿衣服即可御之。

宁波的冬天,长达四个月之久,雨水连绵不绝,着实令人头疼。由于没有暖气,室内跟室外温度相差并不大,看起来温度不低,湿气却逼人。那是一种由内向外的冷,寒气时不时侵入骨头,

宁波人

用宁波话说起来,就是"冻得骨骨抖",足见渗透力之强。这种魔法攻击可定性为"湿冷",即使穿再多的衣服也没用。

干冷不算冷,湿冷才真冷。

明明是里三层外三层的,把自己裹得像个碱水粽,明明已经穿得像企鹅一样,还是感觉手脚不是自己的。每逢此时,你就会深度怀疑地理课本中宁波属亚热带气候的说法,是在骗人。

冷时,比东北冷;热时,又比广东热。夏季的副热带高压肆虐,"清蒸""烧烤""桑拿"轮番上阵,连同冬日"冻得骨骨抖"的湿冷,宁波人来者不拒,一并接纳消受。大冷大热的生存环境,自是让不少宁波人的性格亦大起大落、大开大合,"石骨铁硬"的嗓门自然要比别地方的人硬一些。

幼年在江北白沙首善巷的部队大院中度过。部队大院恰好紧挨着甬江,荻芦萧瑟,江畔又是容易起风之地,水汽之重,可想而知。大院里住着不少北方人,北方家属来到宁波后,扎扎实实地给冻着了。

那时,家对门住着一家沈阳人。女主人一到冬天,就往我家窜,不时跟我妈抱怨,你们宁波人到底是怎么活过来的!——因为室内没有暖气,她家的卧室正朝北,尤其阴冷。她在被窝里放了好几个热水袋,一觉醒来手脚还是冰凉的。刚来宁波的那一年,全家用过晚饭后,早早上床,窝在被子里不出来,但还是给活活冻坏了。在冰天雪地的东北,一家人从小到大都没长过冻疮,

六 世相

但在宁波过的第一个冬天,手脚连带耳朵,都是冻疮。

对从小在冰天雪地里长大的沈阳一家人来说,零下二十摄氏度算不得什么,潮湿才是最痛苦的。

衣服晒了一星期都不干,看似干了,穿上身还常觉得没干透,有股潮味。看到被子发霉,整个心也潮湿了。漫漫冬日里,老天爷一放些不可多得的阳光,沈阳阿姨也学着我们支起晾竿,抓紧时机晒垫被、晒衣服……

再后来,我家搬到江东大河巷。冬日的清晨,手握一个温热实在的粢饭团,踽踽独行于寒冷晨曦,甬城的大街小巷,满是身穿棉袄、头戴耳罩、脚踩棉靴的行人。

凄风苦雨的日子,宁波人没把那彻骨的冷当回事。躲到屋里去吧,没用,因为南方的房子不供暖,屋里头甚至比屋外头更阴冷,所以人们在冬天总盼着天气放晴,好出去晒太阳,站太阳底下,总比在屋里暖和。

上学路上,弄堂里早已炊烟袅袅,星火点点,耳边充斥着刷马桶的响声。市井中的妇女们义无反顾地奏响"晨曲",她们是正面迎冬的主力军。即便是再冷的天,她们围起围裙,裹起袖套,箍上镯子,毅然将手伸进冰冷刺骨的凉水中,汰个不停。一天下来,擦干水渍的十指早已通红,肿胀不堪,自然也逃不掉一年一度准时到来的冻疮。年复一年,小媳妇熬成婆。

少不更事,我这个"起床困难户"每天要经历一番挣扎,才有

宁波人

勇气爬出温暖被窝。有时,把衣服放进被窝里焐暖了才穿。然而寒冬一过,就"好了伤疤忘了痛",轻描淡写地说一句:"我们从小习惯了。"

如今想来,决计不是宁波人特别耐寒,只是气候长年如此,人们在此生活,学会了挨,学会了忍。所以,我喜欢用一个词——"熬冬"或是"忍冬"。

宁波人过冬天,是熬过来的。"做人家"舍不得开空调,就扳着指头数节气,盼严冬早日过去。三九过了,就到立春,其实还早,春寒料峭,倒春寒的天气,一直要等到清明谷雨时分,才差不多渐渐和暖起来。

每年冬天,对上了年纪的人而言更是一种煎熬,无孔不入的阴湿,总是不经意间在他们的关节处积结起一堆变形的骨头疙瘩,交迫疼痛,无法根治,即风湿是也,真真苦煞。

冬天总是要夺走不少人的生命,冬至是年迈体弱之人的一个"关口",所以宁波人有"冬至大如年"的说法。体弱多病的老人往往会因熬不过某个严冬而过世,倘若熬过,开春又是精神抖擞了。

冬天,偶尔来一场雪,可把宁波人乐坏了。但凡一下雪,北京成了北平,苏州成了姑苏,宁波又变回了明州。东钱湖也好,月湖也罢,雪后的长堤一痕、湖心亭一点、孤舟一芥,让人纷纷去"湖心亭"烹茶赏雪。只是下雪的日子并不多,也不长,偶尔来一场雪,宁波人要欢天喜地上好几天。

六 世相

一方水土养一方人,独特的气候环境造就了独特的生存法则。宁波人熬冬的生活方式,任是北方人、中原客,不扎根在这片土地上生活多年,横竖是体会不了的。

宁波人惯于熬,惯于挨,惯于忍,用一种不温不火却又坚韧不拔的生活态度直面严酷的考验。什么都能熬,熬过去,挨过去就好。熬过冬天,就是春天。

讲规矩，也讲契约

北方人经常说，酒前现真身。从饭局饮酒中，或许可以发现宁波人的一点点实诚、一点点契约意识：一般来说，宁波人劝酒，不会磨嘴皮子，也不耍猾藏奸，而是跟你一对一等量喝；倘使你一下子喝不了这么多酒，宁波人索性就把酒倒进自己杯中，替你喝下去。

走过不少地方，也看见过有人在酒桌上吹嘘自己的能耐，大包大揽，拍胸答应。一旦席终人散，你就会发现这些都是酒中戏言，千万别当真。

相比之下，宁波人很少会答应你他所做不到的。他们没有"舍得一身剐，敢把皇帝拉下马"的气概，没有当出头鸟的豪爽，但他们说到做到。

该办的事情，不必请客吃饭，宁波人也会忙前跑后替你办；不该办的事，吃上四五次饭，也未必起作用。酒席上，宁波人不喜欢高谈阔论，极少有满嘴的豪言壮语，一旦答应下来，他们一般都会信守承诺，是讲契约的。

六 世相

宁波方言里，将过日子称作"做生活"，宁波人把做人、做事与生活相关联，所以他们言谈举止、做人做事讲究规矩。宁波人"做生活"最实惠的一句话是，"拿工资做生活，就要对得起这几张钞票"。拿钱干活，骨子里渗透的就是契约意识。在宁波，一个人如果有其他的毛病和缺点，或许会被人谅解，但是做人干活不踏实不敬业，就不会受人尊重。

宁波人"做生活"的契约意识，核心就是讲诚信，说到就要做到。因此，他们不肯拍着胸脯，说那种"包打天下"的豪言。对于别人相托的事情，即使很有把握办到，他们也只是谨慎地说："侬心莫急，我尽量试试看。就等我消息吧。"

讲规矩，一代代宁波人从小被家长开蒙。宁波人对上海"最大贡献"之一，就是"宁波阿娘"。上海的儿孙辈很多由宁波阿娘带大。宁波阿娘有啥特点？第一个就是"规矩多"，所谓"看人往上看三代"，宁波老太们从小带出的小孩，都是规规矩矩的。第二个就是"争面子"，家里不论贫富，都拾掇得整洁体面，且拼了一口气也要生活在上海的好地段，从不住在"下只角"。所以，上海人都忘不了曾经的宁波阿娘，也学会了讲规矩、讲契约。

开埠，终究还是影响了宁波人。诚信是中国传统文化的核心理念，以法治为基础的现代契约精神则是随着西风而来的异质文明。宁波人长久以来秉持的规则意识、契约精神，正是西方文化本土化的结果，在宁波近现代至当代的都市发展中发挥了关键性

宁波人

作用。伴随这一西方文化的融入与影响,宁波城市文明逐步走向现代。

譬如,曾经作为宁波主流民居的老墙门,几乎与宁波城市建设及市民社会孕育同步,它的样态、功能自然适应着市民的生存方式,烙下宁波文化精神的诸多风貌,尤其是契约精神。

契约精神像是使社会基本结构保持稳定的黏合剂,否则老墙门内就没有一刻安宁。虽然墙门里也常有利益摩擦,但是大家都能守着相处之道的底线。个人产权明晰,利益边际清楚。比如公用水表如何按常住人口等具体情况进行费用计算,都有自发的约定规则。这是宁波人一种朴素的契约精神,只要不侵犯到自己,宁波人一般不大去评论别人的生活方式,"各管各,自管自"是派生出来的互容共生契约。

宁波人难免有种种陋习,一如灰墙上的水渍污痕和墙根探出的杂草蔓枝,但老墙门里的人际关系却被一把"奥卡姆剃刀"无情地剔除不该有的累赘,而留下值得珍惜的契约精神。于是,宁波人养成了所谓"勿管闲账"却尊重隐私底线的意识。

与宁波人谈生意是比较艰苦的,因为他会把账算得一清二楚,要求也提得十分具体,令一些外地人感到十分不舒服。但一旦生意谈成,宁波人就会不折不扣地执行,即使亏了,也会咬牙挺过去。为什么?为了信誉,为了信用,也为了长期合作。

今天,契约精神让这座城市弥漫着讲文明的风气。一些初来

六 世相

宁波的外地朋友很奇怪：在许多没人监管的场合，宁波人怎么能自觉地遵守秩序？比如不在公共场合吸烟、乘自动扶梯左行右立、等出租汽车自觉排队……

但凡在宁波生活过的人都深有体会：宁波的公交车在斑马线前停下来主动礼让行人，多年下来，宁波人似乎早就被惯坏了，出门在外只要走斑马线，大胆放心地往前走，去了外地还真有点不习惯。在公交车的示范带动下，出租车、私家车也逐渐加入文明礼让斑马线的行列。

有时候，生活在宁波的各种便利，让你感受到的，不仅仅是那些服务民生、改善民生的交通设施，像"81890"热线这样的便民服务，同样可以做到润物细无声。

"81890"谐音"拨一拨就灵"，想要医院预约挂号或找水电维修工，打这个电话准不会错，基本上会得到满意的服务。事实上，政府、市民在"81890"热线平台上实现了"双赢"。对政府来说，它是分担压力的助手，可将市民反映的公共事务管理方面的问题转交并督促政府有关部门尽快答复与解决。对市民来说，再也不用查找五花八门的服务电话，而是记住"81890"这一个号码即可。

说到底，宁波人是把官方的宣传、倡议当作社会契约。即使没有监管人员，违背这些规矩，在宁波人看来，也是没有素质的表现，是很没面子的。讲规矩、讲文明的宁波人，其实是在给自己的人生买保险。

墙外花开

雨过天晴,路过中山公园逸仙楼,碰巧撞见"百年树人·宁波校长"甬籍校长教育名家成就展。一圈看下来,中国高校竟有一百六十一位宁波籍大学校长,首次集体在逸仙楼"亮相"。

论宁波名人,饮誉四海的宁波帮人士、甬籍院士,当属这座城市挖不尽的富矿,而今又"出土"了宁波籍大学校长这个特殊群体。清华、北大、浙大、上海交大、复旦、南开……甬籍校长在全国上百所近现代高校留踪,俨然是一种现象级的存在,他们中有:

  严修,南开大学的创办人;
  张寿镛,一手创办光华大学;
  叶恭绰,上海交通大学首任校长;
  顾仲彝,上海戏剧学院首任校长;
  蒋梦麟,北京大学"终身校长";
  金雅梅,中国第一所公立护士学校首任校长;
  ……

六 世相

"甬籍校长",再为宁波添一座文化矿藏,令人耳目一新。

作家贾平凹曾写到过宁波,大概意思是,来到宁波,发现这里的房子修得最好的既不是工厂商店,也不是政府大楼,而是一所所的学校……足见宁波人对教育之重视。平心而论,宁波的基础教育,走在全国的前列。

从1955年中国科学院选聘学部委员到"两院院士"评选,每次评选,宁波籍科学家从未缺席。他们遍及中国科学院和中国工程院的十二个学部,累计有一百多位。这个群体之庞大,居全国各城市前列。

宁波是院士之乡,是一块出科学家的风水宝地。他们人数多,贡献也不小。其中有中国实验胚胎学的创始人童第周;有中国生物物理学的奠基人和开拓者贝时璋;有中国教育界第一位美国国家科学院外籍院士、遗传学家谈家桢;有被国际医学界誉为"世界断肢再植之父"的陈中伟;有荣获国际地理科学最高荣誉"维多利亚奖章"的中国第一人任美锷;有中国第一个油田玉门油田开发的组织者与领导者翁文灏。此外,中科院院长路甬祥、曾任复旦大学校长的杨福家等,都是值得宁波人骄傲的甬籍院士。

经过一番计算,宁波人发现:按人口比例,全国约九十万人中才有一位院士,宁波呢,七万人中就有一位。效实中学是宁波市培养和输送院士人数最多的中学,建校以来共有十五位院士从这

宁波人

里走向全国。而现有人口不过两万的镇海庄市，共走出了六位院士，被传为佳话。

当然，宁波也有搞文学的，远有吴梦窗、张小山、屠赤水、姚梅伯，近如苏青、巴人，乃至鲁彦、柔石、余秋雨、冯骥才、倪匡、於梨华、阿耐皆可挤入创作一流。但这座城市依旧缺一些文艺气息，而不乏大批学术应用型人才，像王应麟、王阳明、黄宗羲、万斯同、全祖望。

回眸中国电商版图，宁波人丁磊和杭州人马云的风格迥异：网易小清新、内敛的风格完全不同于阿里大开大合、狂飙突进的风格。最后的结果是：阿里摇身变成罗马帝国，它的疆土扩张到整个地中海；网易则活成了南宋，虽偏安一隅，倒也有滋有味。偏安一隅的丁磊先生，终究没有回到宁波。

每年高考过后，宁波人要比往常八卦，会密切关注效实中学和镇海中学的PK。如果不出意外，浙江省的文理科状元隔三岔五地落在镇海中学。宁波高考首批上线率和上线人数在教育大省浙江省内连续多年名列第一，可学业有成回到家乡的又有多少？教育优势在高考后戛然而止，随之而来的是优秀学子的外流，"回收"概率并不大。关于这些，宁波人自己心里明白、煞煞清爽。

墙内的种子，纷纷在墙外开花飘香。一直以来，宁波人的传统观念里，如果一户人家有人在外面闯荡，则是一家人引以为傲的事，如果一个男人老是待在家里，则会被人看不起。故而，从宁

六 世相

波出去的商人、企业家，稍有实力的就会把事业放在外地。像杉杉集团，在本地做大做强后，一股脑儿把公司总部举家撤离宁波。不仅如此，像余秋雨、冯骥才、倪匡等文人都在外地发迹，而像周星驰、林忆莲、洪金宝等香港艺人，巡回演出之余，偶尔也来宁波探亲，深情地说一声："好久没回家乡了。"

的确，绍兴的蔡元培、鲁迅，也是到了北京、上海才成为人物，而宁波人，出去闯荡上海、香港，混得风生水起的，才能叫"宁波帮"，留在本地小打小闹的，则被看作自娱自乐。

这些年，随着在上海闯码头的老宁波人相继过世，与海外宁波帮一样，后代都已融入异乡，情感上的共鸣似乎比往年淡了几分。相比以往，最近宁波人有点着急，所以年年召开世界"宁波帮·帮宁波"发展大会，召唤甬商回归，召唤总部回归、项目回归、资本回归、技术回归、人才回归，召唤他们积极参与宁波重大产业发展、重大科技创新，全面融入宁波改革发展大潮，竭尽赤子之心，奉献能及之力，与家乡人民一同为宁波更强的综合实力、更高的城市地位而打拼。

令宁波人欣慰的是，墙外开花的宁波人重乡谊、不忘本。改革开放以来，他们以开阔的视野、先进的理念，与这座城市同频共振。今日，宁波以不足全国 1‰ 的土地面积、1/200 的人口，贡献着全国约 1/60 的 GDP 和 1/18 的进出口总额，这份成绩单几乎没有水分。

宁波人与上海人的纠缠

关于这一篇,最初落笔的标题是"宁波人与上海人的渊源"。

宁波人与上海人有着千丝万缕、割舍不断的亲情,一贯是你中有我,我中有你。他们之间,有份心有灵犀一点通的相知相惜。一想到这儿,索性将"渊源"换成了"纠缠"。

细数两份人家的纠缠,至少也是缠绵了一个多世纪的长情。

清明时节雨纷纷,路上行人欲断魂。每年清明节前后,宁波的街头上就会冒出很多"上海哪能",嘴里冒出和宁波人一样的"阿拉"发音,原来,这是上海人搭乘专门开设的清明专列火车,纷纷来宁波老家扫墓,祭拜祖宗大人。

一百多年来,"阿拉上海人"与"阿拉宁波人"是血缘相亲、情缘相融的一家人。小时候,住在宁波老墙门里,至少有一半的人家,直接与上海亲戚来往;剩下的一半人家,弯弯绕绕之后,也能攀上上海亲眷。

1866年,上海江海关试办邮政后,先后在宁波开设十五家邮传行,往上海的一封信和小包邮资是制钱七十文,往杭州一百文。

六 世相

可见，宁波到上海邮政费用比到本省杭州还要便宜三成。一旦遇上急事，宁波人不会跑省城杭州，而是直接绕过省城，傍晚去码头跳上"民主三号"或"民主四号"轮船，海上颠簸一宿，第二天早上，意气风发地在上海十六铺码头上岸。

上海，一座由移民组成的城市，五方杂处。有人言简意赅地说，上海人是由三种外地人组成的：宁波人、苏南人和苏北人。

靠着"近水楼台"的便利，苏、浙两地的外来移民反客为主，在人口总数上甚至超过上海本地"土著"，在沪上外地籍贯的家庭中，宁波人又占很大比例。

有人统计过，二十世纪三十年代前后，上海人口激增，正是宁波人大量移民上海的结果。当时在沪宁波人，约占总人口的六分之一；到1948年，这个比例攀升到五分之一。所以有不少上海人，遇到填写涉及籍贯的各种表格时总要追忆一番祖、父辈，但心底早已是上海人，为了不忘先辈，又称自己为"上海宁波人"。

在很长一段时间里，宁波人看上海，就像不列颠人看美国。

最早，在上海滩"打宅基"的还有苏北人，谋生手段以拉黄包车、剃头修脚、搓澡擦背为主，住在"下只角"。

宁波人不一样，他们要干体面的活。宁波人勤俭、务实而且精明能干，特长是经商。即使不识字的妇人也能称斤算两，不做亏本生意。之后，开裁缝店的、开钟表眼镜店的、做公司职员的，乃至开钱庄银号和证券交易所的……都有宁波人的身影。

宁波人

在上海打拼的宁波人,家里不论贫富,都拾掇得整洁体面,且拼上一口气也要居住在"上只角"。

宁波人曾一度主宰上海,这是一段不可否认的历史。早在十九世纪末,宁波人控制了上海的钱庄。在上海近代的机器和船舶制造业中,有宁波人的三分天下。二十世纪三十年代,上海工商界名人中,宁波人占据四分之一,宁波帮中赫赫有名的叶澄衷、虞洽卿、孙衡甫、刘鸿生等人更是在上海商界呼风唤雨。钱庄、五金行、证券所、国药店、南货店,基本上是宁波人打下来的天下,所以诞生了"无宁不成市"的说法。

当年在上海滩,商家请客坐下来吃饭,如果周围没有宁波人,那这顿饭是吃不成的。于是,上海人口中,再次流传"无宁不成席"的说法。

上海人一向眼睛"长得高",总觉得外地人统统是没见过世面的"乡下人",却不敢对宁波人如此冷淡。如果偶遇一位上海人,当对方得知你是宁波人,他会主动上前与你套近乎:

"喔哟,侬是宁波人呀,阿拉外公也是宁波人,哪能介巧啦!"
"喔哟,宁波格红膏呛蟹米道真是好呀!"

当着宁波人的面,上海人敬让三分,一转身却说道:

六 世相

"老王,侬今朝去啥地方?"
"我今朝回宁波乡下头上坟……"

即便宁波人是上海人的嫡亲"娘舅",背地里上海人还是把宁波人叫成"小宁波""乡下人"。但他们心中,对宁波人抱着亲昵与认同的态度,在公开场合开玩笑时,"小宁波""老宁波"的,也蕴含一种亲昵的调侃味道。

宁波人的生活场景与上海人雷同,一个墙门十几户人家,平日里鸡犬互不相闻,同样是"各管各"。然而,在人情往来上,宁波人和上海人又不尽相同,有着不小的差别。

前些年,宁波人到上海走亲戚,必带上一大捆鱼鲞,大包小包塞满了红膏舱蟹、黄泥螺、虾干等海产品,手里再拎只土鸡、大白鹅,"吭哧吭哧"挑箩揩担到上海滩。做人家的宁波人,宁可在平日里多吃几餐咸菜汤、豆腐乳,也得在上海亲眷家撑足面子。

再看看上海人来宁波做客,他们带上半包大白兔奶糖、几条咸肥皂和毛巾,大快朵颐宁波人山珍海味的同时,还觉得自己客气得不得了。

宁波人到上海亲戚家做客,不少人吃不饱:上海人的饭碗太小,也就比酒盏稍大;上海人的"小菜"如同摆设,好看不经吃。

一到晚上,宁波人在上海亲眷的"鸽子笼"里打地铺,翻来覆去睡不踏实。而上海人来宁波做客,那鸡鸭鱼肉粗碗大盘,撑得

宁波人

他们眯眯笑,最好的眠床留给客人,宁波人自己打地铺。

可见,宁波人虽然精明圆滑、头脑活络,但在场面上绝不含糊,用上海话说就是"拎得清"。

一城烟雨半东南,描写上海之大;全城烟囱三支半,形容宁波之小。不少宁波人,看到甬江后,忽然就像见到黄浦江。百年来,一代代宁波人从这里出发,坐一夜轮船到达上海十六铺码头。这条江和上海的关系极其密切,如同脐带一样,把宁波和上海这两个城市联系在一起。

有人说,把长江经济带比作一条巨龙,这条巨龙的"龙头"是上海,那"龙眼"就是宁波。杭州湾,这个举世无双的喇叭口,让宁波和上海隔海相望,深情脉脉。如今,宁波接二连三地建跨海大桥、跨海铁路对接上海,上海的资源和人口外溢,人家却有更多选择,譬如苏州、嘉兴……随着在上海闯码头的老一代宁波人相继过世,后代都已融入异乡,情感上的共鸣似乎比过去淡了几分。

遗憾的是,神女有情,楚王似乎有些无意。

岁 华 一 枝

　　祭灶谢年，上元迎紫姑，清明戴杨柳，端午赛龙舟，八月十六过中秋，困困冬至夜……斑斓多姿的岁时节令与宁波风俗文化一旦交融，连同一个个节日嵌入中国年轮后，就传递着精神温暖，串起岁华一枝的人间情趣。

　　有多少岁节风俗可以重来，也许多数人的岁序记忆，不出童年一段。爆竹喧天，烟花闪耀，相互道贺，开笔书福，写满对美好生活的向往。从早到晚的仪式，一道道不同的程序，奇怪的禁忌，如此雅致却又神秘……

　　然而，就是这些独特的宁波岁节风俗，却将生活与艺术相融合，传递着自然与人文的默契，不失为一门灵动的传统生活美学。岁月含香，接地气的岁节风俗，如同绵绵岁华中绽放的一簇簇花朵，不疾不徐、从容不迫地装点着平淡日常，构成了甬地一道绚丽多姿的风俗长廊与人文景观。

宁波人

春 节

正月初一为春节，宁波人旧称元旦。是日，宁波人纷纷早起，身着新衣、头戴新帽、脚穿新鞋，以示辞旧迎新。大族、大户人家供奉祖先遗容画像于堂前间，称为"供帧子"。各家幼者依序拜尊长，称"拜岁"。除夕夜，长辈给孩童"压岁钱"，钱用红纸包起来压在幼者枕头底下，故谓"压岁"。元旦晨起后，宁波人要吃汤团，寓意团团圆圆。

正月初一，宁波人不扫地、不点火、不杀生、不动刀剪、不倒马桶、不洗涤衣服，也不打骂孩子、不讲不吉利的话。走路不小心跌跤，便要改口说："哦，元宝一叠。"正月初一晚，天色未昏即眠，不点灯火，称点灯将招来今岁蚊蝇多。晚上不出门，俗称"过太平夜"，睡前放"关门炮"。正月初一是晚辈向长辈拜岁的日子，不作兴走亲访友。

初二至初七八，迟的到正月十五，各家出门走亲戚，相互"拜岁"。一般先至亲后远亲，少拜长、婿拜翁、甥拜舅、侄拜姑，互相款待酒席，宁波人称之为"岁饭""岁酒"。走亲访友的礼品一般都是两只"斧头包"。一只装着红枣，意为红红火火，生意兴隆；一只装着桂圆或胡桃，意为团团圆圆，人丁兴旺。斧头包上面都覆着一张红色招头纸，印有"南北果品，四时鲜果"字样。

初五，为财神日，经商之人最看重此日，"请财神"后才开门营业，称"开市"。自初五凌晨开始，轰隆隆的鞭炮声一直持续到黎明,响彻甬城的大街小巷。信佛之人,于初七夜里要走七座桥,且不走回头路,初八拜八个寺院,俗称"走七桥""拜八寺"。春节期间,宁波人有舞龙灯、跑马灯、耍大头和尚、做戏文等传统娱乐活动。

元　宵

农历正月十五为元宵节,又称上元节。十三日为宁波人的"上灯夜",十八日为"落灯夜",其间为"灯节",行会演"灯头戏"。祠庙和市井人家悬灯,称"灯祭"。彩灯花样纷呈,挂十二月连环走马灯为宁波本土特色,较多人家挂兔灯,寓意玉兔伴着广寒宫嫦娥,以慰其寂寞。北宋婉约词冠周邦彦在宁波做地方官的那一年,留下了他众多辞赋中最负盛名的《解语花·上元》,记录了当时宁波街市灯烛通明的绚丽景象。

元宵夜,宁波人闹花灯,放鞭炮,吃汤团。镇海一带兴吃"丫头羹",类似现在的百果羹;宁海一带吃"百家馏",热热闹闹地一家一家吃过去。旧时,上元节是夜,少女们相约于厕间、猪栏迎祭紫姑,又叫"迎祭厕姑",并扶乩,以卜成人后的智愚和婚姻。

立　春

立春,二十四节气中的第一个节气,如遇到与正月初一同日

宁波人

则称"重春"。明清时期,宁波知县于先一日以彩杖迎春。当天,县太爷从县衙至社坛祭芒神、土牛,然后下田扶一下犁耙,举行试耕仪式,以示劝农,重视农事,祈求丰收,正如汤显祖《牡丹亭》中《劝农》一折所描绘。当日,官家雇一名乞丐,饰以官服,令其坐在翻向的八仙桌上,由兵役抬着,跟在知县后面,称为"春官"。故宁波俗谚有"叫花子做春官——亦有一日"一说。

立春日,宁波人以艾草拌和米粉做春盘、春饼,饮春酒,谓之"接春""闹春",祈求好收成。如今吃的荠菜春卷,相传系春饼演化而来。

乡间还有报春牛、送《春牛图》的习俗。"春官"肩背褡裢、手持青铜小牛,唱门报春,进屋后,以青铜小牛在米缸、谷仓左右各绕三圈,边绕边唱"黄龙盘谷仓,青龙盘米缸"等吉利话,并挨户送木版印刷的《春牛图》。图中心绘有牧童骑在牛背上吹笛,或手牵牛绳紧走,或看牛在吃草的图案,四周环以十二生肖、二十四节气日子和潮水涨落时辰,相传以此可预卜当年农事之忙闲。

清 明

清明,又是一个农事节气与宁波习俗相融合的大节。旧时,宁波各家的门窗上插、挂杨柳,妇女头发簪柳梢,孩童头戴柳圈,青亲谐音,寓意思亲。宁波古谚"清明戴杨柳,下世有娘舅",带有

六 世相

思亲之含义。

宁波习俗重祭祀,尤其以上坟祭祖、做清明羹饭为重,海内外游子多归里上坟。过去,宁波人携艾青团、麻糍等上坟节令食品,并担牲礼上坟。上坟时清除杂草,铲新土压坟顶,以示后代子孙已尽孝祭祖,同时寓意祖宗保佑全家平安、兴旺发达。合家同吃清明羹饭。

立 夏

在二十四节气中,立夏系夏季开始。旧时,宁波人用赤豆、黄豆、黑豆、青豆、绿豆等五色豆拌和白粳米煮成"五色饭",后演变为用新鲜蚕豆瓣、咸肉煮糯米饭,称"立夏饭"。用红茶或核桃壳煮蛋,称"立夏蛋",相互馈赠。妇人用彩线编织蛋套,挂在孩子胸前,或挂在帐子上。小孩以拄立夏蛋作戏,以蛋壳坚而不碎为赢。

是日,宁波人要吃"脚骨笋",即用每根三四寸长的乌笋烧煮,不剖开。吃时,要拣两根相同粗细的笋一口吃下,言吃后能"脚骨健",从而祈求身体康健。再是吃莙荙菜羹,说吃过莙荙菜后,夏天不会生痱子,皮肤会像莙荙一样光滑。

宁波人有立夏称体重之习俗。吃完立夏饭,在横梁上挂一杆大秤，大人用双手拉住秤钩、两足悬空称体重。孩童坐在箩筐内或四脚朝天的凳子上，吊在秤钩上称体重，谓立夏过秤可免"疰夏"之苦。立夏这一天称得的体重，可作为医家诊病、调养的标准体重。

端　午

五月初五端午节，宁波人各家门口挂菖蒲及艾草，俗称"蒲剑斩千妖，艾旗招百福"。民间还有悬香袋、吃"五黄六白"与碱水粽子、赛龙舟的习俗。

民国张延章《鄞城十二个月竹枝词》说："五月端阳老虎画，艾旗蒲剑辟群妖。雄黄红蘸高粱酒，苍术还须正午烧。"宁波人描端午老虎、做布虎，用"百兽之王"老虎来镇住蛇、蜈蚣、蜥蜴、蜘蛛、蝎子等"五毒"。是日，宁波人用雄黄蘸酒在婴孩额上写"王"字，午时喝雄黄烧酒解百毒，还会吃"五黄六白"。黄瓜、蛋黄、黄鱼、黄鳝、雄黄酒称"五黄"，豆腐、茭白、小白菜、白条鱼、白斩鸡、白切猪肉叫"六白"。

端午这一天，不论毛脚女婿，还是正式女婿，纷纷挑"端午担"，礼送岳父母。少者四色，多者八色，其中大黄鱼要成双，鹅头颈涂红颜色。路上，鹅叫得越响越好，谓越叫越发，称"吭吭鹅"。当天，大人给小孩手臂系上五色手绳，叫"健绳"。以后弃绳时，

六 世相

要黏上糯米饭,抛至屋瓦上让飞鸟衔去,谓孩子可无病无痛、长命百岁。

七 夕

农历七月七日,传说是天上银河两岸的牛郎织女一年一度鹊桥相会的日子,宁波民间称"乞巧节""汰头节"。旧时,宁波妇人于此日采摘槿树叶揉成汁液,放入水中洗头发。

是夕,妇女陈列瓜果于月下,乞求得到织绣技巧。在月下以线穿针,以能穿过且穿得快者为"得巧";仰望星空,认准一组七颗星,连念"锁星犁星,七簇扁担稻桶星,念过七遍会聪明",一口气念七遍,成者,谓"乞巧";亦有相约去田园茄丛中卧地贴耳听声响,听得锵锵声音者以为织女来临,视为"得巧";亦有以三条长凳搭桥,两条相接,另一条搁于上端,少女相扶走过凳子,称七女"走仙桥"。举凡种种,意在"乞巧"得中,必有好兆头相佐。

农历七夕,宁波男人有吃"童子鸡"习俗。郊邻农人于七夕挑着新鸡进城上市卖,每只一斤至一斤四两,论只出售,价稍贵。鸡的煮法与往日不同,用陶罐装鸡放在镬里炖,且只用早稻草烧。吃法亦异,要一个男人吃一鸡,连汤喝光,谓可强身滋补。

宁波人

中元节

农历七月十五为中元节。相传七月三十为地藏王菩萨生日，亦是游魂野鬼、饿煞鬼入人间受供食之日，故迷信者相信七月为多鬼祟之月。旧时，宁波人放七月半焰口，三十夜放关门焰口，请僧、道、念伴，拜忏醮祭，做"盂兰盆会"，唱"八剧头"。放焰口完毕，或放水灯，或唱滩簧七十二小戏、四明南词等，过午夜始散。有在战船街江心寺放水灯，或结草为船浮于江，或纸糊水灯，或用木板作船，上设隔层置祭盘，摆水灯羹饭，以祀亡人。

立 秋

立秋在二十四节气中作为秋天开始。桥下流水，溪边草木渐有秋意，此时扮台阁、做戏文，有吃西瓜的食俗。偶有人家兴吃"桂花糯米糖藕"之俗，盖自苏杭一带传入。

中 秋

八月十五中秋节，全国皆然。中秋是个大节，唯宁波人自撰历书，兴十六日过中秋。一说中秋本为八月十五，相传元末方国珍以己生日改之；另一说为南宋宰相、鄞人史浩从临安返里过节，

六 世相

归途马失前蹄,坐骑受伤,夜宿绍兴,于十六日才到宁波,故宁波百姓也等至此日过节。

中秋以吃月饼示团圆,甬城旧俚:"八月十六中秋节,月饼馅子嵌嘞甜;新米蜂糕红印添,四亲八眷都送遍。"农历的中秋佳节,最具特色的节令食品就属月饼。宁波月饼又以苔菜月饼、水晶月饼别具风味。此时,新鸭肥嫩,全鸭炖芋艿子为时新佳肴,俗称"鸭扑芋",宁波人有吃"鸭子芋艿"、水拖糕等食俗。

重 阳

农历九月初九为重阳节。《鄞县通志》载:"士人登高燕赏,以茱萸泛酒饮之。各家制角黍,亲戚互相馈遗,谓之挑重阳担。"是日,设酒馔以祀祖先,祀毕,家人欢聚享食。古人兴登高之风,今已不行,但尚有裹重阳粽子、吃重阳糕之习俗,有谓糕与高谐音,寓登高意。农历九月正菊花盛开,今常举办菊花展览。

冬 至

旧时各家以芦稷粉搓圆子,叫"芦稷汤果",后渐改为糯米粉实心圆子,加番薯粒熬制,叫"番薯汤果",先供灶神,再全家吃,俗称"冬至小年夜",有俚语言"冬至大如年,皇帝老官要谢年"。这天，长辈嘱咐小孩不可啼哭，大人也不能打骂小孩。宁波人要做"冬至羹饭"，吃大头菜烊年糕。

宁波俗谚有"嬉嬉夏至日，困困冬至夜"一说，因为冬至夜最长，夏至夜最短。是夕，宁波人睡前须洗脚，说是夕洗脚，冷天不开裂。冬至夜要比平常睡得早，以祈好梦，谓"冬至前夜梦最灵"。冬至早晨相互传梦，长者为小辈"圆梦"。冬至过后，民间视之为吃补药、服补品的最佳进补季节，宁波人谓之"冬至进补，来春可上山打虎"。

祭 灶

农历十二月二十三日夜"祭灶"，亦称"送灶神"。相传灶神于每年十二月二十三日夜上天向玉皇大帝奏陈一家善恶，至除夕夜返回，奉旨赏善罚恶，或赐福，或降灾。宁波人祭灶用白开水一盏，供"祭灶果"。祭灶果有红球、白球、麻球、油果、寸金糖、脚骨糖、白交切、黑交切等各色，相传为使灶君尝到甜头，向玉皇大帝说好话。祭毕，将旧神祇焚烧，谓"送灶"，祭灶果则由孩子分食。延至除夕夜，安贴新的神祇，称"接灶"。

谢 年

谢年，岁终祀神，又称"送年"，是宁波人一年中祭神最隆重的

六 世相

一次。谢年前先要大扫除，俗称"掸尘"，对祭祀用的器皿用水冲刷，甚至将木祭盘用红糖水洗净。谢年前夜，当家男主人，即主祭者要沐浴更衣。供品有"五牲"或"七牲"，放置于木质红漆祭盘中，有公鸡、全鹅、猪头、年糕、活的金色雄鲤，鱼眼上贴圆形红纸。

当天色渐暗时，点燃写有金字的红烛一对，主祭者三跪九叩三上香，屏声静息，祈神降福，俗谓"闷声大发财"。之后，全家老小和帮忙者吃谢年饭。乡间以吃肉吃鱼为主，辅以其他荤素菜肴，备酒不备饭，且以汁水青菜年糕汤代替米饭，以兆来年油水多、年年高。

做生意的宁波人谢年时，兼置办年夜饭酒席，诚邀店内伙计和同业好友吃酒，冷盘热炒，较为讲究。席间有两道必备菜：一是爊麸，寓意呼呼响，富起来；二是黄豆芽，寓意子孙兴旺，称心如意。

除夕

除夕，宁波人称三十夜，月小称廿九夜。处于辞旧迎新的除夕，旧时是宁波人一年到头最忙碌的一天。宁波人过除夕，多围绕祀神祭祖、祈求吉祥进行。易门神、贴春联、挑水满缸、做年夜羹饭祭祖，祭毕，家人聚食，称"吃年夜饭"。

宁波人年夜饭的菜式也有讲究，自然少不了传统甬菜，荤菜

宁波人

常见的有风鸡、新风鳗鲞、红膏舱蟹、熏鱼、血蚶、咸齑大汤黄鱼、海蜇皮、三鲜暖锅等。素菜常见的有香菇、荠菜春卷、木耳、爆麸、黄豆芽、金针菇、莲藕、年糕、冬笋等。年夜饭的菜肴除讲究享"口福"外，讨"口彩"显得尤为重要，如："鸡"和"吉"同音，表示吉利；"鳗"的意思是"缸缸满、甏甏满"，代表丰衣足食；宁波经商之人对"红膏舱蟹"情有独钟，红膏舱蟹寓意"生意红火，纵横天下，八方招财"；七孔莲藕寓意"节节高，路路通"。

席间长辈搛菜给孩子吃，讲吉利话，讨新岁彩头。对席上全鱼多不动筷，留至新岁，寓意年年有余。餐毕，长辈分"压岁钱"给孩子，压于枕下。

除夕夜，宁波人要把正月初一需动刀的食物切好，地也扫好，各家水缸要挑满水，米缸盛满米，置元宝、如意年糕和鱼、肉、饭各一碗于米缸内，谓之"缸缸满、甏甏满"。信佛妇女坐夜待晓，或至寺庙坐夜"守岁"。